포테칩스
FRONT
D.C.K
드라큘라 야근! 2
와가하라 사토시
일러스트 아리사카 아코
satoshi wagahara
ill. aco arisaka

아이리스 예레이
토라키의 옆집에 살며 흡혈귀 퇴치를 생업으로 하는, 남성 공포증이 있는 수녀.
히키 미하루
뒷사회에 정통한 명가의 아가씨. 암십자 기사단에도 영향력이 있으며 토라키를 사모하여 쫓아다니고 있다.
리앙 쉬이링
토라키의 편의점에 새로 들어온 알바생으로, 유학생 여자애.

"리앙 씨, 글씨 잘 쓰네."
"고맙습니다.
아직 일본의 한자는 공부하고 있어요.
아무래도 어려워서요."
토라키 유라
일조권 최악인 반지하에 사는
편의점 야근 흡혈귀.

"나를 꽤 얕봤는걸!
……칼, 아니, 낫?"

"토라키 씨?
"으엥?"
"기왕 이렇게 됐으니, 어리광 부릴게요?"
"그, 그래……."
"하지만, 아이리스 씨한테 혼나지 않나요?"
"으응? 어째서?"

"그야, 여자친구잖아요……."
"아……. 아, 아~! 아~! 그거!"

FRONT M

디자인 ■ 키무라 디자인 랩

드라큘라 야근!

DRACULA YAGEUN!

2

와가하라 사토시 지음
아리사카 아코 일러스트
박경용 옮김

제 1 장 흡혈귀는 유혹에 약하다?

DRACULA YAGEUN!

수없이 많은 사람들이 일상 회화 속에서 가볍게 말하는 『프라이버시』라는 개념이, 권리로서 법적으로 이론화된 것은 1890년이라고 한다.

그리고 그 개념의 기원을 거슬러 올라가면, 중세 잉글랜드에서 생긴 관습법인 영미법에 이른다고도 한다.

"그래요. 집 내부의 구조는 이렇군요."

"이봐."

개념이 태어난 지 천 년. 근대법에서 권리로 논하게 된지도 백 년 이상.

『프라이버시』는 이미, 현대사회를 살아가는 수많은 사람들에게 기본적 인권의 중요한 한 부분을 차지하는 권리라고 말해도 문제없을 것이다.

"이쪽에 창문이 있다면, 탈출 경로를 상정한 동선은……."

"야!"

갖가지 일상생활의 정보가 디지털적으로 축적되는 현재에도 프라이버시의 개념은 계속해서 성장하고 있다. 그리고 『개인의 사생활에 관한 정보가 타인에게 공개되지 않을 자유』와 『사적인 일에 속한 영역에 다른 사람의 침입을 받지 않을 자유』라는 두 가지 뿌리는 지금까지 이어져오고 있다.

"전기의 계약 암페어 수치는 40인 것 같습니다만, 이건 계속 그랬나요? 증명할 수 있는 것이 있다면 제출해 주세요. 전기 요금의 영수증 정도는 있겠죠?"

"아니 잠깐!"

그리고 지금, 사회 정세와 함께 성장하여 다양성을 얻은 『프라이버시』를 전력으로 침해 받은 남자가 참다못해 소리를 높였다.

"영수증을 내라는 건 또 뭔데! 너희가 세무서라도 되냐?!"

"암십자 기사단의 주둔지를 맡은 기사장입니다만."

"그러니까 나한테는 천적 같은 조직의 두목이라는 거잖아! 왜 그런 녀석한테 전기 요금 영수증 같은 걸 줘야 돼?!"

"이유는 처음에 설명하지 않았나요?"

"나는 전혀 양해하지 않았어!"

"토라키 유라."

수도복 차림의 중년 여성은 날이 선 목소리로 남자의 이름을 부르고, 왼손의 모든 관절을 굽히면서 으르렁댔다.

"이 정도는 그나마 느슨한 편입니다. 고요(에인션트 팬텀)를 물리쳤다는 사실이 없었으면, 시스터 예레이와 함께……!"

"함께, 뭐?"

"도저히 말로 표현하지 못할 취조를 받았을 테니까요."

"이봐 성십자 교도. 그 망측한 손놀림은 대체 뭐야?"

"성십자 교도의 역사를 비추어봤을 때, 상당히 라이트한 편입니다. 옛날에는 훨씬 징그러웠어요."

"너희들은 진짜 고약하구만!"

토라키 유라의 태클은 암십자 기사단 일본 주둔지의 기사장 나카우라 세츠코에게는 전혀 효과가 없어 보였다.

도쿄 도 토시마 구에 있는 블루로즈 샤토 조우시가야 104호실은 암십자 기사단의 가택 수색을 받고 있었다.

어느 날 밤, 수도복 차림의『종기사』소녀 네 명을 이끌고 나타난 나카우라 세츠코는 자기소개도 대충 넘기고 104호실로 들어오더니, 일방적으로 실내를 조사한다고 선언했다.

실내의 조사는 종기사들에게 맡기고, 나카우라 자신은 토라키를 테이블에 앉히더니 감시하듯 정면에 앉았다.

104호실을 자택으로 임대 계약을 맺고 있는 토라키 유라의 프라이버시가 지금, 냉장고 안부터 목욕탕 청소에 쓰는 세제의 브랜드까지 한치의 빈틈없이 침해당하고 있었다.

"말해두는데, 나는 제대로 된 호적도 있고 세금도 내. 경찰인 친척도 있어. 이 일을 공적인 기관에 고소할 수도 있거든?"

"하세요. 고소를 하고, 그래서 이쪽이 패소한다면 배상금도 지불하죠. 설령 그렇게 된다고 해도, 이 조사는 하지 않을 수 없어요."

"이봐, 내가 흡혈귀라서 낮의 재판에 출두 못할 거라고 생각한다면 아주 큰 착각이야. 변호사에게 대리인 부탁하는 정도의 지혜와 저금도 있거든?"

"토라키 유라."

나카우라는 이 가택 수색이 시작되었을 때부터 오른손에 계속 들고 있던 것을 새삼 토라키에게 겨누며 말했다.

“당신이 그냥 흡혈귀였다면 이런 수고는 들이지 않아요. 당신이 『오랜 흡혈귀 스트리고이』의 『자식』이며, 『부모』에게 대항할 수 있는 힘을 가졌기 때문에 이런 조치를 취하는 겁니다.”

“당신네 기사님은 나를 인품만 보고서도 신용해줬었는데.”

“일을 마무리한 다음에 상세하게 파악하여, 사태의 수습과 정리를 하는 것이 윗사람인 겁니다.”

“사태의 수습과 정리, 라.”

토라키는 눈앞에 있는 어두운 구멍을 질색하고 노려보면서 말했다.

“데우스크리스, 라고 했지? 사람 얼굴에 은 탄환 철포를 들이대고서 하는 말치고는 참 훌륭하시구만.”

“저는 기사장이니까요.”

나카우라가 토라키에게 들이대고 있는 것은 어둠의 생물인 팬텀의 약점, 은 탄환을 쏘아내는 성총 데우스크리스였다.

“분명히 현대의 암십자 기사단은 팬텀 협력자를 얻고 있습니다. 그렇지만 그것은 사람 사는 세상의 법과 경제와 질서를 존중한다고 조직이 확인한 팬텀입니다.”

중년 여성의 팔이지만, 나카우라가 토라키의 미간을 노리는 총구는 조금도 흔들리지 않았다.

“겉모습보다도 오래 살아온 당신이라면 알 수 있겠죠? 선량함을 가장하여 타인을 이용하고자 하는 자 따위 얼마든지 있어요.”

"99.9퍼센트는 인간이지."

"이 조사는 시스터 예레이의 결백을 증명하기 위한 것이기도 합니다. 이해해 주시겠죠?"

토라키는 미간에 주름을 만들면서 나카우라가 등지고 있는 주방의 벽을 노려보았다.

토라키의 옆집. 블루로즈 샤토 조우시가야 103호실의 벽.

지금쯤 103호실에서는 거주자이자 나카우라가 몇 번이나 이름을 언급한 『시스터 예레이』가 조마조마한 심정으로 벽 너머의 기척을 살피고 있을 것이다.

"……무슨 생각을 하고 있죠?"

토라키의 시선이 자신에게서 벗어난 것을 깨달은 나카우라가 물어보자, 토라키는 진심으로 귀찮음을 담아 말했다.

"내가 지금 힘으로 조사를 거부하면, 당신들이 아이리스를 데려가지 않을까 생각했을 뿐이야."

"이미 그런 단계가 아니란 건 알고 있을 텐데요?"

"말이나 해본 거지."

"시스터 나카우라. 냉장고 안에 『자라의 피』라고 적힌 것이 있어요! 몰수할까요?"

"피라고요?"

나카우라의 눈이 한 단계 날카로워졌지만, 토라키는 표정을 찌푸린 채 옆집에 턱짓을 하며 말했다.

"아이리스의 성무에 협력하기 위해, 내 피 같은 돈을 써가며 산 거다. 내 휴대전화에 통신 판매 영수증 메일도 있는데 확인해 볼래?!"

"……뭐, 이렇게 알기 쉬운 방법으로 인간의 피를 보관해 둘 정도로 어리석지는 않겠죠. 미개봉인 것 같으니, 그건 기록만 해두세요."

"알겠습니다. 그러면 이것은?"

"으엑! 그건!"

토라키는 이어서 나온 것을 보고, 이번에는 기어이 소리를 내 버렸다. 나카우라가 그 반응을 경계하며 찌릿 노려보았다.

종기사의 손에 들린 것은 습기에 삭은 낡은 라벨이 붙어 있는 병이었다.

안에는 검붉고 뭉개진 덩어리가 절반 정도 들어 있고, 뚜껑은 단단히 닫혀 있었다.

"피는 그렇게 당당했으면서, 이것을 우리가 보면 무슨 문제가 있나요?"

"그야 문제지."

라벨에는 딸기 그림이 그려져 있었다.

종기사 소녀는 지저분한 것을 보는 것처럼 손가락 끝으로 잡은 그 병을 얼굴에서 떨어뜨렸다.

"소비기한이 4년 전입니다. 안에는 조금 곰팡이 같은 것이……."

"습격한 인간의 일부를 보관하고 있을지도 몰라요. 가지고 돌아가서 조사하세요. 검은 것도, 흡혈귀의 마술적인 약제일지도 모르니 주의하세요. 상당히 엄중하게 봉해뒀군요."

"오래된 딸기잼이고, 검은 건 곰팡이고, 뚜껑이 안 열리는 건 설탕이 굳어서 그런 거다."

"어째서 냉장고 안에 숨긴 거죠? 남에게 보여주기 싫은 이유가 있는 것 아닌가요?"

"넌 상한 식재료를 남한테 자랑하는 게 좋냐!"

흡혈귀보다도 수녀가 훨씬 두려운 발상을 한다.

"글쎄 모르죠. 딸기잼이라면 먹을 수 있지 않나요?"

"저걸 먹겠냐."

트집에 트집이 거듭되자 토라키는 지긋지긋한 심정이었다.

대체 이 쓸데없는 조사는 언제까지 이어지는 걸까? 토라키는 질색하고 있었다.

※

팬텀, 이라고 불리는 존재가 있다.

유사이래 인간이 쌓아 올린 사회의 뒤에서 몰래 어둠과 동화하여 살아가고, 때로는 사람의 형태를 하고 있지만 사람이 아닌 자들.

사실(史實)에 기록된 많은 케이스에서 『사람이 아닌 자들』의 정체는, 세계가 아직 근대 물리학 지식의 은혜를 받지 못했던, 밤이 인간이 아니라 이 별에서 살아가는 모든 자연의 것이었던 시대에 있었던 착오였다.

그리고.

그 착오의 그림자에 숨은『진짜』의 존재는 은닉되지 않고, 그러나 공개되지도 않고, 사람이 자아낸 역사의 그늘에서 숨을 죽이고 있었다.

그리고 토라키 유라 또한, 인간이『밤』마저도 손에 넣은 근대 이후에 사람에서 팬텀으로 변한『진짜 흡혈귀』였다.

토호쿠의 가난한 마을에서 태어나 12세에 흡혈귀로 변해버린 토라키는 전승에서 말하는 것처럼 태양의 빛을 쬐면 재가 되어 무너져 내린다.

흐르는 물을 건너지 못하고, 무엇보다도 인간의 피를 갈구하며, 심장에 나무 말뚝을 박거나 은 탄환으로 쏘지 않으면 죽지 않는다.

60년 이상을 그 사실과 함께 살아온 남자는, 현대 일본에서 사람들의 공포와 증오를 받지 않도록 밤의 세계에서 몰래 살아가고 있었다.

구체적으로는 편의점에서 야간 한정 근무로 아르바이트를 하면서 생활을 유지하고 있었다.

흡혈귀는 피를 바라지만, 피를 마시지 않아도 살아갈 수 있다.

현대 일본에서는 인간의 피를 마시는 것보다도 안전하며 맛도 영양도 풍부한 좋은 식재료를 간단히 구할 수 있다.

토라키 유라는 어린 시절부터 한 가지 목표를 품고 있었다.

『인간으로 돌아가고 싶다』는 희망을 잃지 않고 살아왔다.

그런 그가 사는 철근 콘크리트 구조의 2DK 맨션, 블루로즈 샤토 조우시가야 104호실에 어느 날 갑자기 성십자교의 수녀가 굴러들어왔다.

아이리스 예레이란 이름의 수녀는 암십자 기사단의 수도기사라고 하면서, 토라키 같은 팬텀을 토벌하는 것이 사명이라고 힘차게 말했다.

그러나 아이리스는 상대가 팬텀일 때는 수도기사의 이름에 부끄럽지 않은 의연한 태도와 초인적인 신체능력을 발휘하지만, 인간 남성을 상대하게 되면 설령 무해해도 눈을 마주치지 못하고 대화도 제대로 못하는 성향을 가지고 있었다.

아이리스는 자신을 구해준 토라키가 무해한 팬텀이라는 것을 알고, 일본에서 팬텀 토벌 임무를 하는데 토라키를 끌어들였다.

그 과정에서 토라키는 과거에 자신을 흡혈귀로 만든 장본인이자 『고요』라고 불리며 두려움을 사는 팬텀 무로이 아이카와 마주쳤다.

무로이 아이카는 스트리고이라고 불리는 고대의 흡혈귀이며, 토라키가 인간으로 돌아가기 위해서는 그녀를 이길 필요가 있었다.

두 사람은 요코하마 항에 정박하고 있는 호화여객선 메리 1세호에서 무로이 아이카를 상대했다. 비록 토벌을 이루지는 못했지만, 토라키와 전부터 알고 지내던 일본의 고요 야오비쿠니의 피를 이은 히키 미하루나 토라키의 동생이자 토라키의 숙원을 알고 있는 전직 경찰청 장관 토라키 와라쿠의 힘을 빌려, 아이카를 쓰러뜨리지는 못해도 물리치는 것에 성공했다.

그 요코하마에서 벌어진 싸움의 열이 식지 않은 12월 하순.

토라키의 가택 수색이 강행됐다.

※

방에 쳐들어와서 자리를 잡고, 며칠 전에서야 드디어 나가더니 옆집에 입주한 아이리스는 지금 토라키의 집에 있는 다이닝 테이블에 마주 앉아 고개를 숙이고 있었다.

“저기…… 화났어?”

암십자 기사단의 강제적인 가택 수색 부대가 물러가고서 1시간 뒤. 아이리스가 조심조심 104호실의 인터폰을 눌렀다. 본인 말로는 사과를 하러 온 모양이다.

“그게, 말야. 나도 말은 해봤거든? 하지만 규칙은 규칙이라고 해서……!”

“너희들 같은 조직이 흡혈귀를 간단히 신용하지 못하는 건 이해해. 하지만.”

토라키는 슬림폰의 화면을 아이리스에게 내밀었다.

화면에는 메시지 앱이 표시되어 있고 『무라오카 씨』라는 계정에서 메시지가 와 있었다.

『가게에 여자들 여러 명이 교대로 번갈아 가면서 토라키에 대해 물어보는데, 무슨 이상한 짓 한 거 아니지?』

"직장에 가서 조사할 때는, 좀 더 잘 할 수 없냐?"

아이리스는 그대로 연기가 되어 사라질 것처럼 몸을 움츠렸다.

"이걸로 만약 내가 모가지라도 당해봐라. 생활이 궁핍해져서 궁지에 몰리게 되어 인간에게 해를 끼치는 팬텀이 될지도 모르지."

『아줌마부터 작은 여자애까지 다양하던데, 토라키 스트라이크 존 넓구나.』

"또 이상한 오해도 받았고."

"죄송합니다……."

메시지를 보내고 있는 무라오카 씨는 토라키가 아르바이트를 하는 편의점 프론트 마트 이케부쿠로 동5쵸메점의 오너이자 토라키의 고용주였다.

야간 근무를 성실하게 할 수 있는 토라키를 중용하고 있었다. 토라키가 흡혈귀라는 것은 모르지만, 토라키의 개인적인 사정을 캐묻지 않고 3년이나 고용해주고 있었다.

다만 프랜차이즈 편의점 오너의 숙명으로 일이 우선인 인간이 되어 가정에 소홀해지는 경향이 있었고, 그 탓에 아내가 도망쳐 버렸다.

토라키와 아이리스가 알게 된 사건의 전개 속에서 가족들끼리 이야기할 기회도 한 번 가졌을 텐데, 아직도 화해를 하지는 못한 모양이다. 그 반동 탓인지 이상하게 토라키의 이성 관계를 질시하는 버릇이 생겼다.

"오, 오해를 풀러 가는 편이 좋을까?"

그러나.

"그런 말을 할 거면, 하다못해 제대로 된 옷으로 갈아입고 말해."

그렇잖아도 아이리스가 토라키의 연인이라고 믿고 있는 무라오카에게 의문의 산타복을 입은 아이리스가 오해를 풀러 가면, 다음에는 어떤 황당무계한 오해가 생길지 알 수가 없다.

토라키는 한 차례 못을 박고서, 풀이 죽어 버린 아이리스에게 물었다.

"그 괴상망측한 차림은 또 뭔데? 그게 사과를 하러 온 녀석이 입을 옷이야?"

"크리스마스가 얼마 안 남았잖아. 이 정도는 당연하지."

아이리스는 뚱하니 자신의 몸을 내려다보았다.

코스튬 플레이라고 할 정도로 세속적인 건 아니지만, 그렇다고 해서 본업인 수녀가 입기에는 너무나 싸구려인 빨강과 흰색으로 채색된 산타클로스 컬러의 로브였다.

"당연하지 않은데? 수녀가 뭐 하는 짓이야?"

"수녀니까 그렇지. 당신에 대한 거나 요코하마 사건의 전말에 대한 보고 부족을, 이번 연말의 봉사활동에 종사하는 걸로 보충하게 됐어."

"가끔 역 앞에서 모금 활동 같은 거 하는 그거?"

성직자가 연말에 자선을 위해 봉사활동을 하는 것은 그나

마 이해 못할 것도 없지만, 그렇다고 해도 지나치게 화려하지 않을까?

그 의문을 민감하게 느꼈는지, 아이리스가 말을 이었다.

"킨더(유치원)나 리타이어먼트(양로원)의 위문이나 크리스마스 파티에 가서 성가를 부르기도 해. 그러니까 이런 차림을 하는 사람도 필요해!"

듣고 보니 고요와 싸우는 것보다 훨씬 수도사다운 일이라고 할 수도 있겠지만, 그래도 이 말은 꼭 해야 하리라.

"그렇다고 집에서부터 입고 가지 마라."

"오늘은 조금 있다가 현지 집합이야. 위에 코트를 걸칠 거니까 이상한 일은 안 일어나."

12월 하순에 이케부쿠로의 길거리에서 아이리스가 산타클로스를 연상시키는 복장으로 걸어 다니면 여러모로 귀찮은 일이 일어날 것 같지만, 본인도 그건 알고 있을 테니 더 이상 캐묻지는 않기로 했다.

"설마하니, 그 나카우라라는 수녀도 산타 코스프레를 하고 다니냐?"

"코스프레라고 하지 마. 모두 다 입는 건 아냐."

그렇군. 아이리스가 단독으로 움직이는 것이 아니라면 문제없을 거라 생각하고, 문득 토라키는 다른 의문에 대해 물었다.

"오늘 온 녀석들도 다들 여자였는데, 수도기사는 여자밖에 없나?"

"남성도 없는 건 아니지만, 전체의 10퍼센트 정도 아닐까?"

조직구성이 너무 치우쳐 있는 게 아닌가?

그 생각이 표정에 드러난 것일까? 아이리스는 이유를 보충했다.

"왜냐면 인간 남자는 금방 팬텀한테 유혹 당하잖아."

"……그렇군."

보기 드물게 순순히 납득이 되는 이야기였다.

전세계의 전승이나 민화를 살펴보면, 팬텀과 접촉한 남성의 주요 패인은 자만과 방심, 그리고 유혹이다.

싸우다가 방심하여 당한다면 그나마 나은 편이고, 접촉하기도 전에 노래나 향기 탓에 감각이 마비되어 패배하는 케이스도 적지 않았다.

그렇지만 그 사정에는 시대 배경이라는 것이 있지 않을까? 전투가 남성의 일이었던 시대였기에 그런 경험이 많이 축적된 것 같기도 했다.

"물론 그것도 있겠지만, 암십자 기사단의 문헌에는 기사단의 여명기에 남성이 여성 팬텀에게 패배하는 케이스와 여성이 남성 팬텀에게 패배하는 케이스를 분석해서, 후자 쪽이 단순히 전투 능력의 차이만으로 진 일이 많다는 걸 알아냈어. 그렇다면 어떤 인재로 메워야 할지 뻔하잖아?"

암십자 기사단의 역사가 어느 정도 되는지는 모르지만, 현재의 조직 구성이 그렇게 되기에 충분한 이유와 쌓인 경험이 있는 거겠지.

"하긴 노래로 배와 함께 침몰했다거나 하는 것도 유명하지."

"그래. 인어는 서양에서도 동양에서도 교활하고 악랄한 존재야."

지극히 개인적인 감상으로 특정한 누군가를 연상하면서 말하는 것이 빤히 보이는 아이리스에게, 토라키가 쓴웃음을 지으며 말했다.

"해마(海魔) 사이렌은, 중세쯤까지는 인어가 아니라 반인반조(半人半鳥) 아니었나?"

토라키의 그 말에, 아이리스는 놀라는 모습을 보였다.

"용케 알고 있네. 일본인은 사이렌을 인어라고 생각할 줄 알았는데."

"이래봬도 60년 이상 흡혈귀로 지냈거든. 흡혈귀에 대해서는 물론, 다른 종족에 관해서도 어느 정도는 조사했어. 실제로 만난 적이 있는 녀석도 있고."

"그랬구나."

"뭐, 이 시기에는 특히. 국수집이나 허름한 선술집에 가면, 흡혈귀는 물론이고 다른 팬텀도 가끔 있다니까."

"그게 뭐야? 일본의 치안 괜찮아?"

"이 시기는 밤에도 지내기 힘들다고. 나도 진심을 말하자면 이 시기에는 그다지 밖에 나가기 싫어."

토라키는 표정을 찌푸리더니 냉장고에 붙여 놓은 달력의 근무표를 보았다.

12월 중순부터 하순까지 근무표가 꽉 들어차 있었다.

"역시 크리스마스는 싫어해?"

"크리스마스가 좋다는 흡혈귀는 그다지 없을 거라고 생각하지 않냐?"

크리스마스가 좋다 싫다는 대화 자체가 이상하다는 생각도 드는 토라키는 쓴웃음을 지었다.

"그리고 12월의 편의점은 크리스마스 케이크나 오세치 같은 게 있다고. 할당량이 많은 시즌 상품이 줄을 서고 있어서 무라오카 씨가 혈안이 되거든. 여러모로 마음이 무거워."

그러자 아이리스의 표정이 갑자기 확 밝아졌다.

"크리스마스 케이크! 나, 일본의 크리스마스 케이크 좀 기대하고 있었어!"

"뭐?"

일본보다도 훨씬 본래 의미로 크리스마스 문화가 침투해 있는 나라에서 온 사람이 무슨 말을 하는 것일까?

그 의문이 표정에 드러났는지, 아이리스가 몸을 내밀었다.

"잉글랜드의 크리스마스 케이크는 딱딱하고 무거워. 그리고 종류에 따라서는 상당히 스파이시하기도 해. 케이크는 안 먹고 푸딩만 먹는 가정도 있어."

도저히 케이크를 표현하고 있다고 생각하기 어려웠지만 아이리스는 계속 말했다.

"물론 그건 그거대로 맛있지만, 일본의 케이크는 부드럽고 너무 달지 않은 거잖아? 메리 1세호의 저녁 식사 디저트는 젤라또였으니까, 난 아직 일본의 케이크를 먹어본 적이 없어서.”

“케이크야 근처에서 사오면 되잖아?”

정서가 메마른 말이라는 걸 다 알면서 토라키가 건성으로 대답하자, 예상대로 아이리스는 불만스러운 표정으로 신이 나서 말하기 시작했다.

“왜애? 좋잖아, 크리스마스 케이크. 알바 하는 데서도 팔고 있지?”

“이 지경에 와서 왜 내가 너한테 사주는 흐름으로 몰고 가려고 하는데! 장난하냐? 너도 얼른 일하러 가!”

조금 얌전한 태도를 보인다 싶더라니 이런다. 기본적으로 뻔뻔스런 아이리스의 성질을 재확인한 토라키는 그녀를 방에서 내쫓았다.

“자, 잠깐 기다려, 유라! 밖에 나갈 때는 조심해! 아이카 무로이는 아직 일본 국내에 있으니까!”

“일하지 않으면 정월의 떡도 못 산다. 그쪽이야말로…….”

메리 1세호의 갑판에서, 무로이 아이카는 아이리스와 그 가족을 아는 것처럼 말하고 있었다.

아이카는 일부러 히키 가문에 자신이 일본에 찾아온다는 것을 유출하고 토라키를 유인한 낌새가 있었다. 하지만 그건 토라키가 아니라 아이리스와 만나기 위해서가 아니었을까?

“유라? 왜 그래?”

“아니, 그 녀석이 정말로 우리를 노린다면, 진작에 뭔가 일어났을 거야.”

과거는 그렇다 치고, 암십자 기사단과 히키 가문의 앞마당인 이케부쿠로에서는 수많은 인간에게 목격될 위험이 있다. 아이카가 그런 위험을 범하면서까지 토라키나 아이리스를 어찌하려고 할 정도의 동기가 있을 것 같지는 않았다.

"어?"

"아무것도 아냐. 일단 서로 할 일을 하는 수밖에 없어. 그럼 잘 가라!"

"잠깐, 유라?!"

그 이상 아이리스를 상대하지 않고, 토라키는 조금 억지로 아이리스를 복도에 쫓아내고 문을 닫은 뒤 자신도 출근 준비를 시작했다.

※

토라키가 사는 조우시가야에서 도쿄 메트로 부도심선으로 바로 이웃 역에 있는 이케부쿠로는 도쿄에서 가장 번영하고 있는 번화가 중 하나였다.

그리고 12월 중순이면 거리는 크리스마스 컬러로 물들게 된다.

일본의 크리스마스는 본래의 취지를 벗어나 어디까지나 겨울 최대의 시즌 이벤트에 지나지 않지만, 그래도 1년 중에서 이 시기 정도로 성스러운 심볼이 길거리에 넘치는 시기도 없다.

흡혈귀는 십자가를 두려워한다.

너무나도 유명한 사실이다. 그렇지만 흡혈귀가 어째서 십자가에 약한지, 어느 정도 약한지는 문헌에 따라 큰 차이가 있었다.

십자가가 뿜어내는 성스러운 성질을 직시하지 못한다거나, 성스러운 성질에 그을린다거나, 그 형상을 본뜬 무구가 효과적이라거나, 강력한 흡혈귀는 십자가에 대항하지 못한다거나, 여러 가지로 말이 많다.

흡혈귀의 종에는 세세한 차이가 있기 때문에 십자가에 대해 보이는 반응을 한 마디로 정리할 수는 없지만…….

"일루미네이션 하는 집들이 최근에 늘어났구만."

통근하는 길 중간에 있는 근처의 단독주택 정원이나 맨션의 베란다가 색색의 일루미네이션으로 장식되고, 몇 개는 십자가 형태가 붙어 있었다.

토라키는 봐선 안 되는 것을 본 것처럼 무심코 눈길을 피했다.

토라키에게 십자가는 그것 자체로 죽거나 큰 상처를 입을 리가 없는데도 무서워서 보기 싫은 것, 다가가고 싶지 않은 것이었다.

여름이 끝나갈 무렵 현관 앞에 반쯤 죽어 떨어져 있는 매미.

갑자기 가까이 다가오는 말벌.

해변의 바위틈에서 튀어나온 갯강구 무리.

지금 당장 자신에게 직접 해가 있는 것은 아니지만, 우선

놀라서 피해 버리고, 가능하면 보고 싶지 않고, 물론 손으로 만지고 싶지도 않다.

그것이, 흡혈귀 토라키 유라에게 십자가라는 존재였다.

"……."

그럼에도 불구하고, 토라키는 조금 시야가 한정되는 십자로의 땅바닥에 하얀 십자선이 그려진 것을 봤지만 전혀 신경 쓰지 않고 접근했다. 시야에 넣고, 발로 밟고, 지나쳐간다.

이것은 흡혈귀가 되어서야 비로소 깨달은 것인데, 처음부터 성스러움을 담아서 그리거나 만들어낸 십자가 아니면 그것은 단순히 하얀 선이 교차한 무늬이며, 그것을 기피하는 일은 일어나지 않는 모양이다.

스스로도 이유는 알 수 없지만, 당연히 한자 숫자인「十」자나 소문자 알파벳「t」따위에도 위화감을 품지 않는다.

"마음의 문제, 라고 하면 아마 더 따질 수 없단 말이지."

그런 것을 생각하면서 걸어가자, 이윽고 전방에 토라키가 일하는 프론트 마트 이케부쿠로 동5쵸메점이 보였다.

이케부쿠로 동5쵸메점도 수많은 다른 편의점과 다를 바 없이, 본점에서 배포한 여러 가지 크리스마스 상품이나 크리스마스 광고물이 여기저기에 넘치고 있었다.

"안녕? 토라키."

"안녕하세요? 무라오카 씨."

자동문 옆에 있는 복사기의 점검을 하고 있던 오너이자 고용주인 무라오카가 말을 걸자, 토라키는 무심코 표정이 파르르 떨렸다.

아이리스가 입고 있던 것보다 몇 단계는 싸구려 소재지만, 무라오카는 겉으로 보기에는 완벽한『산타복』을 입고 있었다.

크리스마스 시즌에 상반신만 얄팍한 산타복을 입거나 모자만 쓰는 가게는 많지만, 무라오카처럼 바지나 신발, 모자까지 고집하는 가게는 그리 많지 않았다.

그리고 당연히 직원 모두가 산타 모자, 산타 상의, 산타 바지를 착용하는 것이 의무가 되어 있었다.

진위를 확인하긴 어렵지만, 무라오카 말로는 이걸 하느냐 마느냐로 크리스마스 케이크의 예약 수에 명확한 차이가 나온다는 모양이다.

"그래서, 토라키는 어째서 요즘에 갑자기 인기 폭발이야? 내가 모르는 틈에 얼굴 드러내고 인터넷 방송이라도 했어?"

그렇잖아도 산타복 때문에 현기증 날 것 같은데 이런다.

암십자 기사단의 엉터리 조사에 진심으로 항의를 하고 싶다. 실태에 안 맞는 규칙을 맹신하는 것은, 본래 그 규칙이 미연에 막고자 했던 중대한 사건을 유발하여 돌이킬 수 없게 된다는 것을 차근차근 설교해주고 싶다.

"토라키의 근무 태도를 꼬치꼬치 캐물었다고 하던데. 탐정이나 경찰 같았어."

그 나카우라라는 수녀의 끝 모를 악의와 얄팍함에 토라키는 무심코 살의를 품었다.

"물론 이쪽은 종업원에 대해 선불리 말할 수 없으니까 얌전하게 돌려보내긴 했지만 말야. 토라키 무슨 야한 사이트 같은 곳에 개인 정보 등록을 한 거 아니지? 요즘에 그런 거 무섭다고 하던데."

요전에는 POSA 카드의 이용 환경을 잘 모르겠다고 지껄인 주제에 그런 건 잘 아는 걸까?

"안 했다니까요. 다만 뭐…… 제가 모르는 곳에서 폐를 끼친 모양이라, 죄송합니다."

석연치 않지만 정체를 감추고 있다는 것이 조금 켕겨서 일단 고개를 숙이자, 무라오카는 당황하여 고개를 옆으로 저었다.

"아니, 미안해. 그 정도로 심각하게 생각하지 마. 반대로 좋은 일도 있었으니까."

"좋은 일이요?"

"그래. 일단은 옷부터 갈아입지? 얘기는 그 뒤에 하자구."

"네……."

어째선지 모르겠지만, 무라오카의 기분이 좋은 건 분명해 보였다.

평소처럼 직원실로 들어가서 지급된 산타복을 입었다.

산타클로스는 세계를 대표하는 성자 중 한 명이며, 산타클로스를 상징하는 모든 아이콘에는 성스러움이 있다.

그 탓에 아무리 싸구려 코스프레 상품이라고 해도 산타복의 성스러움은 흡혈귀에게는 유해하며, 입고 있으면 어쩐지 피부가 따끔거린다.

"오?"

옷깃에 닿는 불쾌감에 표정을 찌푸리면서 문득 벽에 붙어 있는 근무표를 보고, 모르는 이름이 적힌 것을 깨달았다.

무라오카가 손으로 적은 그것에는 『梁詩澪』이라고 되어 있었다.

"신입이 들어오나? 료……시레이? 아마 아니겠지."

문자열로 추측을 해보면, 혹시 중국인일까?

작금의 편의점 아르바이트 점원 중에 외국인이 있는 것은 전혀 드문 일도 아니며, 무라오카의 가게에도 이미 몇 명 유학생 알바가 있었다.

가만 보니, 이 신입의 첫 근무가 오늘 토라키와 완전히 겹치고 있었다. 토라키보다 30분 늦게 시작하여, 심야 시간대를 이 신입과 무라오카와 셋이서 일하게 되는 모양이다.

"갑자기 심야를 꽉 채워서 하다니 굉장한데. 많이 벌겠어."

자신의 성질이 성질이라 친구처럼 깊게 사귀는 직원은 그다지 없지만, 그래도 함께 일하는 사람과 사이좋게 지낸다면 좋을 거라고 생각하기 때문에 대체 어떤 신입이 오는 걸까 조금 기대가 되었다.

"무라오카 씨, 신입 들어와요?"

"들켜버렸네. 유감인걸."

밖으로 나와 말을 걸자, 무라오카는 그렇게 유감인 것도 아닌 것처럼 말했다.

"이 시기에 심야를 꽉 채워서 들어와준다고 하니까. 일본어도 상당히 깔끔했고, 장기로 하고 싶다고 했으니까 채용하지 않을 이유가 없지."

"적극적이네요. 뭐라고 읽어요?"

"리앙 쉬이링 씨. 중국에서 온 유학생이래. 토라키랑 비슷한 나이의 여자애야."

토라키는 조금 놀랐다.

"여성인데 심야에 하는 건가요?"

"본인의 희망이었어."

일반적으로 편의점의 심야 근무를 하는 여성은 많지 않았다.

접객이나 점포 상품 관리 따위의 업무 내용 자체에 여성이 딱히 불리한 요소가 있는 건 아니지만, 현실적인 문제로 여성이 편의점 심야 근무를 하는 것은 방범상의 위험이 크다고 경영자와 노동자 모두가 생각하는 경향이 있었다.

편의점의 심야 시간은 점원 한 명이 근무하면서 돌아가야 하는 시간대가 아무래도 생겨 버린다. 그리고 점포가 처해 있는 갖가지 환경 요인이 영향을 주긴 하지만, 실제로 편의점 강도의 태반이 심야 0시부터 오전 5시 사이에 발생한다.

경찰의 통계를 보면 심야 시간의 편의점 범죄 피해 건수에서는 남성 종업원이 혼자 일하고 있는 케이스가 압도적으로 많지만, 그것은 단순히 심야에 여성 직원이 혼자 일하는 편의점이 그만큼 적다는 증거이기도 했다.

"그리고 이 시기잖아. 경영자로서는 채용한다는 것 말고 다른 선택지가 없어."

그러나 한편으로, 편의점만 그런 것이 아니라 업무 시간이 심야에 걸치는 업종에서 연말연시의 일손 부족은 골칫거리다.

그때 심야 시간 근무를 희망하는 신입이 나타나는 건 기적에 가까운 확률이었다.

"어이쿠, 이제 곧 오겠네. 일단 토라키를 연수하면서 보살펴주는 상냥한 선배라고 말해뒀으니까, 너무 엄격하게는 하지 마."

여기까지는 평소처럼 유능한 경영자의 표정이었지만, 다음 순간에 갑자기 험악한 표정을 지었다.

"너무 엄격하게 하지 말라고는 했지만, 너무 무른 면도 보이지 마. 부탁이니까, 사이가 좋아져서 둘이서 갑자기 심야에 일을 못하게 된다거나 그런 건 관두자."

"네?"

"아이리스 양이랬지? 토라키가 여친 울리는 일이 생기면 나도 폭발할 거야."

"왜 아이리스 얘기가 나오는데요? 그리고 여친이 아니라고 대체 몇 번을……."

무라오카가 토라키에게 『여자친구』라고 말을 꺼내는 건 아이리스를 말하는 것인데, 왜 신입에 관한 코멘트에서 아이리스가 튀어나오는 걸까?

"만나보면 알아."

갑자기 뒤숭숭한 기운을 두르는 무라오카에게 불길한 예감을 느낀 토라키였지만, 그 이유는 금방 이해할 수 있었다.

그 뒤로 15분쯤 지나서, 조금 긴장한 기색으로 가게 안을 살피며 한 여성이 들어왔다.

롱패딩을 입고 있는 그 여성은, 토라키의 모습을 보더니 똑바로 계산대에 다가왔다.

“실례합니다. 오늘부터 이곳에서 아르바이트를 하게 된 리앙 쉬이링이라고 해요. 무라오카 오너 계신가요?”

쾌활하면서도 요염한, 밤의 주택가 편의점에는 안 어울리는 목소리였다.

가게 안의 LED조명 탓일까? 어깨보다 조금 아래까지 기른 검은 머리칼이, 불꽃이 연상되는 파란색으로 보였다.

“아아, 얘긴 들었어요. 이쪽으로 오세요.”

한순간 놀랐지만 금방 마음을 가다듬은 토라키가, 가게 안에 손님도 없으니 직원실로 안내하고자 했을 때였다.

“저기, 혹시 토라키 씨…… 맞죠?”

리앙 쉬이링의 시선이 자신의 명찰을 보고 있는 걸 깨달은 토라키는 사회인의 미소를 지으며 고개를 끄덕였다.

“응? 아아, 맞아요. 리앙 씨는 심야 근무 희망이었죠? 저하고 근무가 겹치는 일이 많을 거라고 생각하니까…….”

“저, 토라키 씨가 있어서 이 편의점에 응모했어요.”

“앞으로 잘 부탁…… 네?”

그리고 사회인 스마일이 한순간 굳어졌다.

“내가, 있어서?”

“네!”

리앙 쉬이링은 붙임성 있는 밝은 미소를 지으면서 말했다.

똑바로 바라보는 눈동자는 커다랗고, 얼굴 생김새도 아름답다. 그 얼굴을 붉히게 되면 대개의 남자들이 착각에 빠져버릴 미소였다.

출근 전에 아이리스가 말했던, 남자는 금방 여성 팬텀에게 유혹을 당한다는 이야기가 머릿속에서 번뜩였다.

"저기, 그건……."

"아! 갑자기 이런 말을 해서 죄송해요! 하지만 정말이에요. 심야 근무를 하려고 여러 가게를 찾아봤는데, 토라키 씨가 제일 의지가 될 것 같아서요."

그 순간, 토라키는 깨달았다.

무라오카의 그 험악한 분위기와 말의 이유를.

"그, 그건 고마워요……. 이, 일단 무라오카 씨한테 첫날 근무에 대해서 이것저것 물어봐요."

"네!"

"무라오카 씨, 리앙 씨가 왔어요."

"그래~. 들여보내줘~."

토라키는 계산대 옆에 있는 문을 열면서 안에 있는 무라오카에게 외치고, 쉬이링을 재촉하여 안으로 들여보냈다.

그 자신은 딱히 직원실에 용건이 없으니 안내를 하고 다시 매장으로 돌아왔다.

쉬이링이 직원실에 들어가는 그 순간.

"응?"

자연적인 것이 아닌, 희미하게 달콤한 향기가 코를 간질였다.

향수일까? 가게 안으로 돌아가려다 다시 한 번 쉬이링 쪽을 돌아보고 말았다. 그런데 어째선지 쉬이링 쪽도 토라키를 돌아보았고, 작게 미소를 지으며 인사를 한 다음 문 너머로 사라졌다.

토라키가 돌아보는 것을 알고 있었던 걸까? 아니면 단순히 쉬이링이 토라키를 눈으로 배웅한 것뿐일까?

"……향기, 라."

전승 속의 팬텀은 꽃이나 과일 따위의 달콤한 냄새로 인간을 현혹하는 자들도 많다.

아무리 그래도 편의점 안에서 노래를 할 수는 없겠지만, 흡혈귀이자 일흔이 넘는 노인이기도 한 토라키도 쉬이링이 일반적인 기준에서 미인이라는 것은 어렵잖게 인정할 수 있었다.

"그렇군, 암십자의 방침이 옳아."

그리고 이렇게 생각을 해버렸다.

※

"흐────────────────음. 그래서?"

리앙 쉬이링이 나타난 이튿날의 오후 5시.

토라키의 근무지에 나타난 신입 이야기를 들은 아이리스는 어째선지 기분이 틀어진 음색으로, 진심으로 관심 없다는 듯 자신의 그릇에 담겨 있는 쌀밥을 보고 있었다.

"남의 집에 쳐들어와서 밥 먹을 거면 말상대 정도는 성실하게 해라 좀."

"만든 건 나잖아."

"식재료는 우리 집 거잖아. ……왜 매번 우리 집에서 밥을 먹게 된 거냐고. 뭘 위해서 옆집을 빌렸는데?"

"내가 당신과 한 식탁에 앉는 건 필요하기 때문이야. 어제 활동 중에 시스터 나카우라한테 연락을 받았는데, 당신이 무사히 내 파트너 팬텀으로 인정됐어."

토라키의 물음에 무뚝뚝하게 대답한 아이리스는, 오늘은 봉사활동을 위한 산타 컬러가 아니라 평소처럼 암십자의 수도복을 입고 있었다.

"그 등골이 오싹해지는 파트너십 제도는 뭐야? 요전에 공인이 됐다고 뭐라고 했었는데, 그거랑 또 다른 거냐?"

"그건 단순히 암십자 기사단의 명부에 당신이 등록된 것뿐이야. 파트너 팬텀은 기사와 함께 성무에 나서는 것이 인정된 팬텀이야. 파트너 팬텀은 감시를 겸하여 정기적으로 교류를 하는 게 권장되고 있어. 서로 바깥의 거점도 없고, 옆집에 사니까 밥을 같이 먹는 거 말고는 교류를 못하잖아."

"철두철미하게 그쪽 사정에만 맞춰서 구성된 훌륭한 논리 고맙다. 그러면 하다못해 내 말상대 정도는 하라고. 나는 그쪽이랑 교류를 안 해도 전혀 곤란할 게 없거든."

아주 제멋대로인 논리에 질색하면서, 토라키는 조금 탄 부분이 많은 전갱이 구이에 젓가락을 댔다.

"말상대라고 해도 말이지. 직장에 귀여운 여자애가 늘어났다는 이야기를 헤벌레한 표정으로 말하는 거에 어떻게 반응하면 되는데?"

"대체 어떻게 살아오면 그 정도로 악의가 가득한 필터를 만들 수 있냐?"

토라키는 고개를 푹 숙이고 말했다.

"말했잖아. 이상한 애라고."

"그렇네~. 분명히. 유라가 의지가 될 것 같다는 이유로 근무지를 정하다니. 크레이지한 것도 정도가 있어야지."

"그러니까 말했잖아. 그런 녀석은 없어."

"하지만 있었잖아?"

묘하게 트집을 잡는 아이리스를 억누르듯 토라키의 목소리가 흐트러졌다.

"없다니까! 편의점 직원이 의지가 된다니 뭔 소린데? 대체 뭘 보고 그런 감상을 품을 수 있느냐 말이야."

"공공요금의 지로용지 10장을 건네도 1분만에 전부 처리한다거나, 도시락 데우기가 10명 이어져도 5분만에 전부 처리한다던가?"

"너 편의점 알바한 적 있냐?"

묘하게 구체적이며 분명히 편의점 직원으로서 듬직할 법한 행동을 말하는 아이리스에게 토라키는 웃어버렸다.

"파트너 팬텀의 신변조사는 기사의 기본 행동이야. 당신이랑 관계가 있을 법한 요소는 요 며칠 사이에 상당히 조사했거든."

"정체를 몰랐으면 너도 충분히 이상하구만. 뭐 어쨌거나 편의점만 그런 게 아니라, 보통 사람은 이야기한 적도 없는 직원에게 동경이란 감정이 일어나지 않아."

"딱히 당신은 누구나 돌아볼 정도의 훈남도 아니고 말이지."

"맞는 말이긴 한데 일일이 말할 필요 있냐? 조금은 연장자 좀 배려해라."

아이리스가 차갑게 말하자, 논리를 뛰어넘어서 마음이 쪼그라든다.

"그래서 결국 무슨 말을 하고 싶은 거야?"

"리앙 씨의 신변조사를 좀 해봐."

"뭐?"

아이리스는 눈썹을 찌푸렸다.

"만난 적도 없는 나를 이유 삼아 가게에서 일하기 시작하는 녀석이 있을 리 없어. 주변에서 이상한 일이 일어났으면 그에 따른 경계를 할 필요가 있지. 너도 말했잖아. 요코하마에서 분명히 우리는 아이카를 격퇴했지만, 그 녀석은 아직 일본 국내에 있어. 그 녀석을 지원하는 팬텀이 국내에도 있다고 했었지?"

젓가락을 쥔 아이리스의 손이 멈췄다.

"그래서 당신에게 감시자를 보냈다고?"

"가능성은 낮지만, 제로는 아니지. 그 녀석은 일부러 자기가 어디 있는지 유출해서 나를 불러들였어. 내가 그 녀석을 추적할 이유 정도는 아니겠지만, 그 녀석도 일단은 나를 만날 이유가 있을 거야. 요코하마에서 그걸 달성했다고 보긴 어려워."

아이리스는 젓가락을 놓고 진지한 표정으로 말했다.

"단정하는 건 위험하지 않을까?"

아이리스가 하고자 하는 말도 이해는 하지만, 추측에 추측을 거듭해 봐야 어쩔 수가 없으니 가볍게 흘렸다.

"어쨌거나. 너랑 관련된 뒤부터 다양한 녀석이 제각각의 이유로 내 주변에서 소란을 피우거든. 요전에 가택 수색을 보면, 너희들의 팬텀 관련 정보 관리도 너절할 것 같고. 암십자에게 협력하는 배신자를 제거하려는 녀석일지도 몰라."

가택 수색 얘기를 꺼내면 아이리스도 약해진다.

"그러니까 그건 미안하게 생각한다니까."

"그렇지? 그러니까 부탁해. 아무것도 없으면 그거면 되는 거야. 아무래도 좀 꿈자리가 사납다니까."

아이리스는 잠시 주저한 것 같지만, 이윽고 체념하여 고개를 끄덕였다.

"……할 수 있는 일은 그렇게 많지 않아. 고작해야 나날의 행동을 감시하기 위한 미행과, 살고 있는 장소를 특정하는 것 정도야."

"팬텀인지 아닌지는?"

"그 정도로 뭔가 느껴졌어?"

"당연히 경계해야 하는 거잖아. 아이카 말고도 이 세상에 팬텀은 잔뜩 있고, 모르는 사이에 다른 사람의 원한을 샀을지도 모르니까."

"알았어. 당분간 커다란 전투를 해야 하는 성무는 없고, 상대가 여성이라면 무섭지도 않으니까."

아이리스는 중증의 남성공포증이며, 상대가 팬텀이라면 얼마든지 맞설 수 있지만 인간 남자를 상대로는 대화마저도 제대로 못하게 된다.

미행 상대가 여성이라는 것이 불행 중 다행이었다.

"미안하네. 부탁해."

"그래서, 만약에 조사 결과 그 뭐라는 사람이 인간이고, 정말로 당신한테 첫눈에 반해서 쳐들어왔다는 결론이 나오면 어쩔 거야?"

"응?"

토라키는 허를 찔려서 굳었다.

그리고 잠시 조용히 생각한 다음, 가볍게 입을 열었다.

"뭐, 그때는 세상에 그런 호사가도 있구나 하고 생각하는 수밖에 없지. 이쪽으로서도 나쁜 기분은 안 드니까, 흘러가는 대로 되는 거 아닐까…… 아! 뭐 하는데!"

어째선지 테이블 아래서 아이리스가 발을 걷어찼다.

"어쩐지 울컥했어."

아이리스는 남은 식사를 버릇없이 입에 집어넣고, 식기를 재빨리 싱크대의 물에 담그더니 얼른 현관으로 가버렸다.

"뭔데? 벌써 돌아가게?"

"조사를 시작할 거면 빠른 편이 좋잖아. 준비할 게 있어. 설거지는 알아서 해."

"그, 그래……."

목소리가 낮고, 눈썹은 수평이다. 아이리스는 명백하게 기분이 틀어져서 집을 나섰다.

난폭하게 닫은 문이 바깥에서 철컥, 잠기는 소리가 났다. 토라키는 어째서 아이리스가 저렇게 기분이 틀어졌는지, 역시 아이리스가 우리 집에서 식사를 하는 이유가 의미불명이라고 생각하는 것보다 먼저 우려부터 느꼈다.

"왜 당연하게 스페어 키를 갖고 있는데?"

설마 팬텀 관리의 명목으로, 그 나카우라라는 뻔뻔한 수녀까지 스페어 키를 가지고 있는 건 아닐까?

그런 예감에 몸을 부르르 떤 토라키는 맨션 관리회사에 말해서 하루라도 빨리 자물쇠를 바꿔야겠다고 결심했다.

파트너 팬텀의 집에서 도보 3초 걸리는 옆집인 블루로즈 샤토 조우시가야 103호실. 그곳에 돌아온 아이리스는 아무도 안 보는 방 안에서 입을 삐죽하게 다물고 있었다.

뭐가 마음에 안 드는 건지는 스스로도 잘 모르지만, 어쨌거나 지금 토라키와 나눈 대화 내용 중 뭔가에 그녀의 기분이 틀어진 것은 분명했다.

그렇지만, 토라키의 염려도 전혀 엉뚱한 것은 아니다.

무로이 아이카는 그녀를 『예레이의 기사』라고 불렀다.

아이리스 개인에 대해서만이 아니라, 그녀의 가문에 연관된 여러 가지를 알고 있는 것이리라.

일본에 부임한 이후로 수도기사로서 있을 수 없는 행동이 거듭된 탓에 질책을 받기는 했지만, 고요 스트리고이를 물리쳤다는 것에 관해서는 순수하게 높은 평가를 받고 있었다.

그러나 토라키가 말한 것처럼 분명히 아이카를 쓰러뜨린 것은 아니며, 아이카의 『자식』인 토라키와 수도기사가 함께 행동하는 것을 그 흡혈귀가 좋게 생각하지 않을지도 모른다. 그건 이해할 수 있었다.

요코하마의 싸움에서 아이리스의 은 탄환이 아이카의 심장 하나를 꿰뚫었다.

스트리고이는 여러 개의 심장을 가지고 있다고 하는데, 부활에 어느 정도 시간이 걸리는 걸까?

"길거리에서 유라를 보고 첫눈에 반했다는 이야기랑, 아이카 무로이의 자객이라. 어느 쪽이 있을 수 없는 일인가를 따져보면…… 아."

거기까지 혼잣말을 하고서, 아이리스는 미간에 주름을 만들었다.

그러고 보니, 토라키에게 첫눈에 반했다고 평소부터 부끄럼도 없이 지껄이는 지인이 있었다.

그리고 결단코 친구도 동료도 아닌 그 지인의 얼굴이 떠올랐을 때, 아이리스는 토라키의 내키지 않는 부탁을 수고를 덜면서 수행할 방법을 떠올렸다.

아이리스는 슬림폰을 꺼내서 최근에 등록해둔 번호로 전화를 걸었다.

그대로 열 번 정도 콜 사운드를 기다리자 상대가 받더니, 기분 틀어진 목소리가 들렸다.

"받아줄 거라고 생각 못했어. 상담하고 싶은 일이 좀 있는데."

상대는 난색을 표했지만, 아이리스는 상관하지 않고 계속 말했다.

"조사할 게 좀 생겼는데, 혼자서는 힘들 것 같아. 당신이 도와주면 좋겠어."

상대의 반응은 지극히 냉담했다.

물론 아이리스도 전화한 상대가 이런 부탁을 승낙해줄 거라고 생각하지 않았다.

"유감이네. 나와 당신은 입장이 다르니까. 알았어. 유라가 일하는 편의점에 굉장히 귀여운 여자애 신입이 들어와서, 유라가 그 애의 신변조사를 부탁했……."

다음 순간, 아이리스는 슬림폰을 한껏 귀에서 떼고 손으로 슬림폰의 표면을 막았다.

『무우우어어어어라아아아고오오오요오오오오오오오오?!』

슬림폰 앞에 댄 손이 파르르 진동할 정도의 절규가 튀어나오자, 아이리스는 옆집의 토라키에게 들리지 않을까 불안해졌다.

『대체……! 대체 어느 말 뼈다귀가 사랑하는 토라키 님 옆에 서려고 하는 건가요?! 빨리 부세요! 아이리스 예레이!』

스피커폰을 썼다고 착각할 정도의 살기가 가득한 노호였지만, 일단 상대가 있는 힘껏 미끼를 물었다.

"그걸 알고 싶으면 직접 만나서 같이 차라도 마시지 않을래? 미하루."

토라키를 병적으로 사모해 마지않는, 일본 팬텀 사회의 정점에 군림하는 고요 야오비쿠니의 자손 히키 미하루.

아이리스는 미하루를 지극히 보잘것없는 조사에 끌어들여서 조금 속이 시원해진 기분이 들었다.

※

밤 9시가 되기 조금 전.

토라키가 평소의 출근 루트를 걷고 있는데, 밤길의 등 뒤에서 재빨리 다가오는 발소리가 들렸다.

문득 돌아보자, 따라온 상대가 그걸 보고 미소를 지었다.

"역시 토라키 씨군요. 안녕하세요? 아, 좋은 아침일까요?"

그 신입, 리앙 쉬이링이 발 빠르게 다가왔다.

"아아, 리앙 씨. 리앙 씨도 이쪽 길이구나."

"네! 하긴 가는 길에 할 말이 아니지만요. 토라키 씨도?"

"분명히 이런 이야기는 돌아가는 길에 하겠지…… 아."

쉬이링이 옆에서 나란히 걷기 시작하자마자, 또 그 희미하게 달콤한 향기가 났다.

"어제도 생각했는데 리앙 씨, 향수 쓰는구나."

"네. 아, 혹시 향수 금지인가요? 어제 무라오카 씨는 딱히 뭐라고 안 해서, 오늘도 쓰고 왔는데요……."

퍼뜩 깨달은 표정의 쉬이링에게 토라키는 고개를 옆으로 저었다.

"어지간히 강한 냄새가 아니면 문제없을 거야. 그냥 내 주변에 향수를 쓰는 사람이 없었으니까 조금 신경 쓰여서."

토라키는 입에서 하얀 입김을 토해내며 말을 이었다.

"이 향기는 좋아하지만, 저는 체온이 좀 낮아서 생각한 것처럼 향기가 나질 않아요. 남자들 중에서 이 향기 눈치채준 사람은 토라키 씨가 처음이에요."

처음, 이라는 부분을 강조한 것 같은데. 그건 굳이 무시하고서 로지컬한 의문을 꺼내봤다.

"체온이 상관있는 거야?"

"있어요. 강한 향기를 내고 싶은 사람은 굵은 동맥 근처에 뿌리고, 체온에 따라서 향기의 지속시간이 다르거나, 탑도 미들도 라스트도 향기가 나는 방식이 바뀌어요. 그리고 사실 손목에 뿌리고 비비면 안 돼요. 손목은 체온이 높지도 않고, 비비면 향기 성분이 부서지기도 하거든요. 아, 하지만 향수 크림 같은 건 골고루 펴 바르지 않으면 안 되는데……."

흐트러짐 없는, 조금 열기가 느껴지는 익숙한 낌새의 해설.

화장 지식이 전무한, 남자의 생활에 찌들어 있는 토라키는 어떤 건지 상상도 안 되는 향수 크림이라는 단어까지 튀어 나왔다.

“어, 어어. 그거는. 일단 향수는 금지 아니고, 리앙 씨가 좋다면 나는 딱히 신경 쓰지 않으니까 괜찮아.”

“신경 안 쓴다뇨. 그건 그거대로 쓰는 보람이 없는데요.”

체온은 낮다고 하는데, 기분과 어조는 경쾌하게 튀어 오르는 쉬이링.

“리앙 씨는 향수 좋아해?”

“처음에는 좋아한다기보다, 필요하니까 익혔어요.”

“필요하다니, 일 같은 거 때문에?”

“그런 셈이죠.”

향수가 필요해지는 일이라면, 그거야말로 백화점의 화장품 코너에서 향수를 취급하는 직원밖에 떠오르지 않았다.

“하지만 기왕 쓸 거면 자기 취향을 쓰고 싶잖아요. 그래서 여러모로 시험해보는 사이에 자연스럽게 잘 알게 됐어요.”

오감에 강하게 작용하는 거니까 자기 취향을 쓰고 싶다는 마음은 이해할 수 있었고, 계속하는 사이에 잘 알게 되는 것도 어쩐지 익숙했다.

“일본에는 그런 일을 하기 위한 공부를 하려고 온 거야?”

“네?”

토라키로서는 자연스런 대화의 흐름에 따라 가볍게 물어본 것이었는데, 어째선지 쉬이링이 허를 찔린 것처럼 눈을 홉뜨고 무심코 발을 멈추었다.

"리앙 씨?"

"……아."

이름을 부르자 자신이 멈춰선 것을 깨달았는지, 금방 제정신을 차리고 걷기 시작했다.

"그, 그렇게까진 아니고요~. 잘 안다고 해도 제가 좋아하는 향수만 그런 거고…… 하지만, 글쎄요. 일이라."

쉬이링은 작게 중얼거리고, 어조를 가볍게 바꾸어 말했다.

"지금은 그다지 생각하기 어렵지만, 장래의 꿈, 이라는 것도, 좋네요."

"응? 뭐, 그렇겠네."

토라키는 단순히 일 이야기를 했을 뿐인데, 쉬이링은 조금 커다란 이야기로 받아들인 모양이다.

"토라키 씨는 그런, 장래의 꿈 같은 거 있나요?"

"어어? 나? 그런 거 생각해본 적이 없네."

이야기가 엉뚱한 방향으로 비약되어, 토라키도 무심코 지금 들은 말에 대해 깊게 생각해 버린다.

"아니면, 사실은 이미 무라오카 씨 가게의 정사원이거나 그래요?"

"그런 건 아니긴 한데……."

말하면서 토라키는 생각해 버렸다.

이 자리에서 힘차게 『인간으로 돌아간다』라고 지껄일 정도로 얼이 빠지진 않았지만, 쉬이링의 물음에 대한 대답은 지금까지 생각해본 적이 없었다. 정확하게는 생각하지 않으려고 했던 종류의 물음이었다.

다시 말해서, 인간으로 돌아간 다음 어떻게 살아갈 것인가? 라는 것이었다.

"……양로원이라도 들어갈까?"

"복지나 간병 같은 일을 하는 건가요?"

"뭐, 그런 셈이지."

무심코 입에서 나온 말을 쉬이링이 자기 해석대로 받아들였으니, 적당히 맞장구를 쳐서 이야기를 얼버무렸다.

그러는 사이 순식간에 가게의 불빛이 나타나고, 어두운 밖에서는 잡지 코너를 정리하고 있는 무라오카의 모습이 보였다.

"그러면 오늘도 잘 부탁드릴게요, 선배."

"그래, 잘 부탁해."

이야기를 하다 보면 자연스럽게 거리가 가까워질 법한, 붙임성 있는 쉬이링에게 쓴웃음을 짓는 토라키.

"장래의 꿈, 이라."

생각지 못한 묵직한 화제였지만, 딱히 그걸로 뭔가 정해지는 것도 아니다.

토라키가 마음을 일 모드로 전환하고, 쉬이링과 나란히 자동문의 빛 안으로 빨려 들어가는 모습을…….

"……………………………………………………………뭐어어가."

빛을 잃은 거무죽죽한 시선과 함께, 겨울의 밑바닥에서 솟아오른 목소리가 배웅했다.

"무어어어가『잘 부탁드릴게요, 선배』인가요이도둑고양이

가아아아…….”

“미하루, 미하루, 미하루, 살기. 살기 넘치고 있어.”

밤의 주민인 흡혈귀보다도 깊은 어둠의 기운을 온몸에서 뿜어내는 히키 미하루는, 로쿠로쿠비[#1]처럼 머리만 쑤우욱 뻗어서 쉬이링을 씹어 먹을 것 같은 표정을 짓고 있었다.

그 뒤에서 굳어진 미소를 지으며 미하루를 말린 것은, 길거리에 녹아들기 위해 매트한 차콜 그레이의 롱코트를 입은 아이리스였다.

“아이리스 예레이. 제가 허가하겠어요. 저 도둑고양이를 즉시 처리하세요. 저건 악랄한 팬텀입니다.”

“미하루, 기다려. 진정해.”

“토라키 님의 장래는 이미 정해져 있어요! 저와 입적해서 히키 가문의 재산으로 유유자적한 생활을 보내실 거랍니다!”

“그건 그거대로 문제가 있지 않아?”

아이리스는 한때의 방황으로 미하루를 끌어들여버린 것을 후회하고 있었다.

그러나 지금 이 모습을 보자, 미하루가 나중에 이 사실을 알았을 경우 분명히 자신이 관여할 수 없는 장소에서 참극이 일어났을 거라고 생각하여 복잡한 기분이 들었다.

“내가 유라에게 부탁 받은 건 그녀의 신변조사야. 그렇게 혈기왕성한 소리 하지 마.”

“처리해 버리면 조사할 필요도 없어지겠죠.”

#1 로쿠로쿠비 대개 평범한 여성의 모습이지만, 자는 사이에 목만 뱀처럼 길게 늘어난다는 요괴.

"영화 속 마피아도 그런 말은 안 할걸."

평소부터 기모노를 입고 다니는 미하루의 오늘 차림새는 차분한 옅은 회색의 색조였지만, 겨울 기모노 특유의 길고 검은 장갑이 미하루의 악역 느낌을 훨씬 강하게 만들었다.

"그래서, 실제로는 어때 보여?"

"팬텀인지 아닌지를 따지는 건, 멀리서 보고 알 수 있을 리 없죠. 도시에 있는 대부분의 팬텀은 인간과 다를 바 없는 모습을 하고 있으니까요."

"뭐, 분명 그렇지."

동서양을 막론하고 다종다양한 팬텀이 존재하지만, 현대 사회에 녹아 든 팬텀의 대부분은 호모 사피엔스와 겉모습으로 구별이 안 된다.

아이리스가 토라키와 알게 된 과정에서 만난 늑대인간 사가라처럼 팬텀의 모습을 숨기고 있는 케이스도 있다. 그가 팬텀의 모습을 드러낼 때까지 토라키도 아이리스도 팬텀이라는 것을 전혀 깨닫지 못했다.

"애당초, 토라키 님과 연관된 게 아니면 이런 일을 하고 있을 때가 아니에요. 이 시기는 팬텀과 연관된 트러블이 많으니까요."

"역시 일본에서도 그래?"

아이리스는 하얀 입김을, 미하루는 검은 입김을 토해냈다.

"연말에는 궁지에 몰린 팬텀이 짧은 생각으로 행동하는 경우가 많아요. 역시, 크리스마스가 좋지 않은 거겠죠."

"흡혈귀도 아닌 한, 그렇게까지 십자가에 강한 영향은 없지 않아?"

아이리스가 말하자, 미하루는 지긋이 아이리스를 노려보았다.

"인간은 이렇다니까요."

"뭔데?"

"저희들 팬텀은, 그렇잖아도 사람들 세상의 어둠에 숨어서 살아가는 존재입니다."

"그래."

일본에서 가장 유명한 랜드마크 중 하나인 선샤인 60 안에 사무실을 가지고, 일반 서민은 상상도 못하는 금액의 돈을 자유롭게 쓰며, 언제나 기모노를 입고 호화여객선의 하이클래스 티켓을 당일에 입수할 수 있는 미하루가 『어둠에 숨어 살아간다』라는 것은, 뭔가 아닌 것 같았다.

"그렇잖아도 생활이 궁핍해지기 쉬운데, 세상은 크리스마스니 새해니 지껄이며 들떠서 소란을 피우는 겁니다. 울분이 쌓여서 세상을 원망하여 자포자기로 행동에 나서는 자가 있어도 이상하지 않아요."

"그게 팬텀이라는 거랑 상관있어?"

아이리스의 태클을 미하루는 무시했다.

"실제로 연말연시가 되면 히키 가문이 파악하고 있는 팬텀도 범죄에 말려들거나, 범죄를 저지르는 경우가 많아집니다. 이번 12월에도 도쿄 안에서만 열 건 이상 팬텀이 연관된 범죄가 발생했어요."

"그랬었구나……."

"그러니까, 당신의 호출이라고 해도 오지 않을 수 없었어요. 사랑하는 토라키 님이 부정한 팬텀 탓에 범죄 피해를 당하게 될 거라고 생각하니, 그야말로 가슴이 찢어지는 것만 같아서……."

거무죽죽한 질투에 물든 괴물로 변했는가 싶더니, 비극의 히로인처럼 그 자리에서 무너져 흑흑흑 흐느낄 것처럼 이를 갈기도 한다.

토라키나 나카우라는 여러모로 말을 덧붙이면서도 미하루를 높게 평가하고 있지만, 그녀가 평소에 일을 어떤 태도로 처리하고 있는지 대단히 신경 쓰인다.

"유라도 힘들겠네."

"뭐라고 했죠?"

"아아니. 아니야. 그래서, 이 다음엔 어쩔 거야?"

"저 도둑고양이 이름이, 뭐라고 했었죠?"

"리앙 쉬이링이야."

"저도 바쁜 몸이니, 이제부터 저 도둑고양이의 근무가 끝날 때까지 붙어 있을 수는 없어요."

"이름은 왜 물어봤어?"

"그러니까, 오늘의 정찰은 단기결전으로 나서겠어요. 갑니다."

"어? 간다니……? 잠깐, 미하루?!"

아이리스의 물음에 대답하지 않고, 미하루는 성큼성큼 프론트 마트 이케부쿠로 동5쵸메점으로 나아갔다.

"만약 도둑고양이가 팬텀이 아니라면, 토라키 님이 스쳐가는 인간 여자 따위 상대할 리가 없으니까요."

따라붙는 아이리스를 돌아보고 미하루는 차갑게 웃었다.

"차를 마시자고 했었죠? 편의점의 취식 코너도, 가끔은 풍류가 있지 않을까요?"

"……어?! 아, 잠깐!"

미하루는 아이리스의 대답도 듣지 않고 편의점에 들어가 버렸다.

아이리스는 미하루를 향해서 뻗었던 손을 내리지도 못한 채…….

"이런……."

포기하고 뒤따라서 가게에 들어가게 되었다.

※

토라키는 시선을 그저 똑바로 계산대 바로 앞에 있는 껌과 캔디 코너에 고정한 채 직립부동의 자세를 취하고 있었다.

이유는 물론 계산대 안쪽에서 볼 때 오른쪽에 있는 취식 코너를 보지 않기 위해서다.

그렇지 않으면 흡혈귀가 가진 핏빛 눈동자의 힘이 발동해 버릴 것 같았으니까.

"역시 화내고 있어."

"산타 복장은 토라키 님에게 유해하니까요. 분명히 피부가 따끔거려서 그러신 거겠죠. 뭔가를 견디는 것처럼 엄격하게 입을 다물고 있는 토라키 님도 멋지시답니다."

아이리스와 미하루는 일단은 작은 소리로, 취식 코너 구석에서 김이 피어오르는 『프론트 마트 카페 매끄러운 말차 라떼』를 홀짝거리고 있었다.

토라키는 다시 한 번 계산대 안쪽에서 택배 전표 다발에 접수점의 이름을 적고 있는, 역시 산타 차림의 쉬이링을 곁눈질로 힐끔 보았다.

그녀를 조사해달라고 말한 건 분명히 자신이고, 접촉할 기회가 이 가게나 출퇴근길밖에 없을 테니 언젠가는 아이리스가 직접 가게에 올 거라고 예상은 하고 있었다.

그렇지만 말이다. 설마 그날 바로, 게다가 미하루가 같이 올 거라고는 아무리 그래도 예상 못했다.

"저 녀석들은 사이가 좋은 건지 나쁜 건지 모르겠다니까……."

"토라키 씨? 왜 그러세요?"

계산대 안에서 쪼그려 앉아 글씨를 쓰고 있던 쉬이링이 문득 토라키를 올려다보았다.

"아무것도 아냐. 아아, 택배 전표는 그 정도만 적으면 돼. 선불이랑 착불이랑 30장씩 있으면 충분할 거야."

"네~에. 우~ 허리 아파."

몸을 일으킨 쉬이링이 크게 기지개를 켰다.

토라키는 자연스럽게 쉬이링이 적은 전표 한 장을 집었다.

신입 연수를 받을 때 잡무의 일환으로, 택배 전표의 취급점 항목에 프론트 마트 이케부쿠로 동5쵸메점이라고 적는 것뿐이다. 그리고 같은 한자 문화권 출신이라 딱히 불안하게 생각하지는 않았는데…….

"리앙 씨, 글씨 잘 쓰네."

택배 전표의 취급점 항목 칸의 공간은 대개 어중간하게 잡혀 있다.

특히 이 가게처럼 이름이 긴 경우는, 적당히 적다 보면 모든 문자가 칸에 들어가지 못한다.

그러나 쉬이링의 글자는 가나 문자와 한자의 밸런스가 잘 잡혀 있고, 칸에서 살짝 삐져나가 있긴 해도 의도적으로 전체적인 밸런스를 취했다는 걸 확실하게 알 수 있도록 적혀 있었다.

"그런가요? 고맙습니다. 아직 일본의 한자는 공부하고 있어요. 아무래도 어려워서요. 아, 어서 오세요!"

그때 가게의 자동문이 열리고 새로운 손님이 들어왔다.

대학생으로 보이는 그 손님은 바구니에 츄하이 캔과 안주를 잔뜩 넣더니, 의도적으로 쉬이링이 있는 계산대를 골랐다.

"어서 오세요~."

쉬이링은 계산대 조작이 다소 머뭇거리는 순간이 있기는 했지만, 봉지에 담는 손도 흔들림이 없었고 묵직한 술의 캔도 봉지가 찢어지지 않는 선을 정확하게 간파해서 담았다.

"고맙습니다~."

그리고 손님과의 거리를 의식한 적당한 발성, 자연스러운 웃음.

"전에도 편의점이나 슈퍼 같은 데서 일해봤어?"

봉지에 담는 것은 제대로 배우지 않으면 의외로 어렵다.

나무젓가락이나 플라스틱 스푼처럼 손님일 때는 당연하게 생각했던 부속물의 취급도, 막상 점원이 되면 처음에는 어느 것에 뭘 넣어야 할지 몰라 혼란에 빠지는 법이다.

그러나, 쉬이링의 솜씨는 그런 초보자 특유의 서투름이 보이지 않았다.

"사실 편의점은 처음이 아니에요."

"호오. 뭐 그러면 내가 가르칠 게 적으니까 편해서 좋지."

"계산기 조작이나 카운터 패스트푸드 같은 건 가게마다 전혀 달라서 알 수가 없으니까 잘 부탁드립니다."

쉬이링이 말하고 가볍게 토라키의 왼쪽 팔을 두드린다.

"알고 있어."

토라키도 쓴웃음을 지으며 고개를 끄덕인다.

"크으으으!!"

"……잠깐…… 진정…………!"

그 순간 어째선지 취식 코너에서 의자가 화려하게 넘어지는 소리와 억누른 말다툼 소리가 들렸지만, 토라키는 쉬이링의 시야를 가로막으며 전력으로 무시했다.

"뭐, 뭔가 지금 커다란 소리 나지 않았나요?"

"아~니? 괜찮을 것 같은데?"

토라키가 고개만 돌려서 보자, 분노의 화신으로 변화한 미하루와 그녀를 뒤에서 붙잡아 말리는 아이리스의 모습이 보였다.

『미하루를 안 말리면 나중에 두고 보자.』

토라키는 표정만으로 아이리스를 협박했고, 아이리스도 필사적인 모습으로 고개를 끄덕였다.

그렇지만 토라키는 아이리스가 미하루를 데리고 온 섣부른 행동에 표정을 찌푸리면서도, 다른 의미로 안심하기도 했다.

동일본 팬텀 세력을 다스리는 히키 가문의 일원으로서 미하루의 실력은 확실하다.

그 미하루가 평소와 같다면, 쉬이링은 특별히 경계할만한 상대가 아니라는 것이기도 하다.

"오~ 리앙 씨, 글씨 예쁘네~."

그때 눈가가 푹 꺼진 무라오카가 직원실에서 나타났다.

"감사합니다. 지금 토라키 씨한테도 칭찬 받았어요!"

"그래? 빈틈이 없으시네."

"무라오카 씨?"

신입 직원이 선배에게 지도받은 것에 대한 경영자의 평가로서는 지극히 부적절한 대답을 하고서, 무라오카는 직원실을 가리켰다.

"아~ 그리고 말야. 미안 리앙 씨. 어제 적어준 계약서, 내가 잘못해서 지난해 서류를 꺼냈어. 이름만 적으면 되는 건데, 지금 괜찮으면 뒤쪽으로 와서 다시 적어줄 수 있을까? 그리고 어제 설명 못했던 방재 및 방범 매뉴얼에 대해서, 관리자인 내가 구두랑 서류 양쪽으로 알려줘야 하거든. 토라키, 잠깐만 혼자서 부탁해."

"아, 네. 알겠습니다."

"저기, 괜찮으세요? 무라오카 씨."

눈 주위가 푹 꺼졌고 초점도 미묘하게 안 맞는다. 거기에 더해 묘하게 말이 빠른 무라오카의 상태에 쉬이링과 토라키가 걱정했지만, 무라오카는 힘없이 고개를 옆으로 저었다.

"괜찮아, 괜찮아. 이틀에 리앙 씨한테 가르쳐줄 걸 전부 가르쳐줄 거야. 그리고, 올해야말로 나는, 휴대전화 전원을 끈 채 새해를 집에서 맞이한다는 꿈을 달성할 거야."

"그래요……. 그러면 리앙 씨, 나는 괜찮으니까 다녀와."

"아, 알겠습니다. 저기, 오너, 발치, 괜찮으세요? 신발끈이 풀려 있어요."

"후후후, 괜찮아. 올해야말로 나는 가합전을 생방송으로 전부 볼 거야……."

안타까운 등을 따라서 쉬이링이 직원실로 사라지는 것과 동시에,

"토라키 니임!"

미하루가 힘차게 콧김을 뿜으며 계산대 앞으로 뛰어들었다.

토라키는 취식 코너에서 담배 상자보다 작게 움츠러든 아

이리스를 곁눈질로 노려보면서, 있는 힘껏 겉치레로 미소를 지었다.

"……미안해, 미하루. 아이리스가 끌어들였구나."

"그런 건 괜찮아요! 저 여자한테 무슨 짓 당하지 않았나요?! 몸에 이상은요?!"

"산타옷 때문에 좀 가려울 뿐이야. 그리고 감시 카메라가 찍고 있으니까 이상한 행동은 삼가도록 해."

"저 여자, 토라키 님과 친한 척하면서 무례한 태도를 보이다니……. 히키 가문의 관련기업에 있었다면, 즉시 어딘가로 날려 버렸을 겁니다!"

"안쪽까지 상당히 소리가 들리거든. 아니 정말로, 아이리스한테도 얘기했는데, 아이카 일이 있었잖아. 그래서 좀 주변의 변화에 민감해진 것뿐이지 뭔가 구체적인 문제가 일어난 게 아니야……. 아, 어서 오세요~."

그때 새로운 손님이 자동문으로 들어와서 토라키가 그것에 반응하자, 당장 계산대를 넘어올 법한 기세였던 미하루도 일단 진정하고 아쉬운 기색으로 취식 코너에 물러갔다.

새로운 손님은 챙이 있는 모자를 깊숙하게 쓰고, 마스크를 하고, 어두운 색의 다운 재킷 주머니에 손을 찔러 넣고, 등을 웅크린 채 똑바로 토라키가 있는 계산대로 다가왔다.

들어오자마자 공공요금이나 수도전기가스 요금의 지불, 통판 상품이나 택배 따위를 수령하러 곧바로 계산대로 오는 손님은 대단히 많다.

그래서 토라키는 무의식적으로 영수증에 찍는 스탬프를 가까이 가져오고, 계산대의 터치패널로 키의 위치를 확인했다.

"어서 오세요~."

손님은 주머니에 손을 집어넣고 있었지만, 공공요금의 지불용지를 조잡하게 다루는 손님은 뜻밖에 많다.

주머니 안에서 꾸깃꾸깃해진 지불용지가 나올 거라고 생각한 토라키 앞에…….

"도, 돈 내놔!"

가녀리게 떨리는 협박의 말과 함께 칼날을 꺼낸 큼직한 커터칼이 나타났다.

토라키는 예상 밖의 사태에 한순간 눈을 크게 뜨고, 사고가 정지해버렸다.

팬텀과 싸우는 거라면 여러 번 경험해본 토라키였지만, 무라오카의 가게에서 근무를 시작한 이래로는 일을 하면서도, 일상생활에서도 범죄 피해를 당한 일은 한 번도 없었다.

따라서 흡혈귀인 토라키로서도 가게에 강도가 나타났다는 이상사태에 당황해버렸다.

그리고 그 한순간이, 목숨을 쥐고 있었다.

강도의 목숨을.

"흡!"

취식 코너에서 들린 기합 소리와 함께 토라키와 강도 사이로 작은 뭔가가 지나가더니, 그것이 둔탁한 소리와 함께 강도의 손에서 커터칼을 튕겨냈다.

"아, 어?!"

취식 코너에 있던 아이리스가 팬텀용의 무기인 나무못……이 아니라 말차 라떼를 섞기 위한 나무 머들러를, 언제나 가지고 다니는 성망치 리베라시온으로 발사하여 강도의 커터칼을 맞춘 것이다.

자신의 손에서 커터칼이 사라진 이유를 모르는 강도가 당황하고 있는 그 틈은 아주 짧았다.

"아아아아아악!!"

"좀도둑 따위가…… 잘도 토라키 님을 향해서 이런 짓을 해주셨네요……."

하지만 고요 스트리고이를 상대로 맞서 싸울 수 있는 미하루에게는 어린애 팔을 비트는 것보다 쉽게 찌를 수 있는 틈이었다.

강도의 팔을 꺾어버리고 발을 후린다. 자세가 무너지자 등을 무릎으로 찍어서 땅에 눌러버린다.

거기까지 진행되고서야, 토라키는 제정신을 차렸다.

"아, 그, 그러니까, 그렇지. 이럴 때는 신고, 신고를 해야지, 응!"

토라키는 계산대 안쪽의, 종업원만 장소를 아는 경비회사와 경찰 직통의 긴급 신고 버튼을 눌렀다.

긴급 신고를 한 것은 직원실에 있는 무라오카에게도 알려졌을 테지만, 그래도 토라키는 직원실에 큰 소리로 외쳤다.

"무라오카 씨! 잠깐만요! 아, 리앙 씨는 그대로 안에 있어!

무라오카 씨! 무라오카 씨!"

"말씀만 해주시면, 지금 당장이라도 이 무례한 자를 재기불능으로 만들겠어요."

"인간 강도를 상대로 그런 짓을 하면 네가 잡혀가거든! 그 이상 해치지 마! 어깨 탈골시키지 마?! 알았지?!"

틈만 나면 토라키에게 칼날을 겨눈 강도를 인사불성으로 만들려는 미하루를 타이르고, 인생 첫 강도 대응에 주력하는 수밖에 없었다.

"토라키 씨? 대체 무슨 일…… 어?! 소, 손님인가요?!"

그때 소동을 깨달았는지 어쨌선지 쉬이링이 고개를 내밀었고, 계산대 앞에서 기모노 차림의 여성이 남자를 제압하고 있는 것을 보더니 흠칫하여 몸을 물렸다.

"리앙 씨는 위험하니까 잠깐 나오지 말고 있어! 무라오카 씨는?!"

"네? 아, 그게, 앉은 채로 잠들어 버려서……."

"뭐야?! 당장 깨워! 불쌍하긴 하지만!"

진심으로 그렇게 생각은 하고 있지만, 역시 경영자인 이상 전면에 나서줘야 한다.

"앗, 네. 무, 무라오카 씨!"

쉬이링이 다시 직원실 안으로 돌아간 다음, 토라키는 무심코 가게 안에 걸려 있는 시계를 보았다.

현재 오후 11시 조금 전.

경찰 관료인 가족이 있지만, 점포 안에서 직원으로서 범죄 피해를 당한 일은 아무래도 처음인 토라키는 불안하게 중얼거렸다.

"……이거, 아침까지는 돌아갈 수 있겠지?"

"여차하면 제가 모두 원만하게 처리하겠습니다. 이놈, 얌전히 있어요!"

"아으으으으으으으!!"

"사람 몸을 물리적으로 원만하게 만들지 마!"

작게 중얼거리고, 그 중얼거림을 빠짐없이 포착한 미하루에게 새롭게 못을 박고서, 멀리서 다가오는 순찰차의 사이렌 소리를 들었다.

※

종업원이 다치지도 않았고, 범행은 미수. 게다가 범인을 민간인이 체포해버려서, 가게의 피해는 전혀 없었다.

그렇지만 강도가 토라키에게 칼날을 겨누는 모습과, 그 남자를 체술로 제압한 미하루의 모습은 보안 카메라에 확실하게 찍혀 있었다. 그것에 대해서 토라키와 미하루, 그리고 점포 책임자인 무라오카가 경찰의 조사를 받게 되었다.

아이리스는 찾아온 경관이 모두 남성이었다는 것, 리베라시온을 휴대하고 있다는 것에 대해 무슨 말을 들을까봐 두려워서 계속 식은땀을 흘리고 있었다.

그러나 경찰관은 호의적이었고, 아이리스의 그 태도를 그저 강도 미수 사건에 마주친 피해자가 겁을 먹었다고 해석해준 모양이다.

아이리스가 머들러를 쏘아낸 순간이나 머들러가 커터칼에 맞은 모습이 상식을 넘어서는 속도였기 때문에, 카메라 영상에 제대로 포착되지 않았던 것도 컸다. 경찰과 무라오카는 긴장한 강도가 멋대로 커터를 떨어뜨린 것이라고 해석했다.

미수라고는 해도 강도 사건이 일어난 이상, 가게의 영업도 일시 정지를 하게 된다. 사건에 직접 연관되지 않았다고 판단된 아이리스와 쉬이링은 신분증을 확인한 다음에 귀가 허가가 나왔다.

"……저기."

"네, 저기…… 안녕하세요?"

그래서 결과적으로 잉글랜드인 아이리스는 순찰차의 적색등이 비추는 프론트 마트 이케부쿠로 동5쵸메점을 등지고, 참으로 일본인 같은 애매한 미소를 지으면서 중국인 리앙 쉬이링과 마주보고 있었다.

"크, 큰일이네요……."

"그, 그렇네요……."

토라키에게 쉬이링에 대해 조사해달라는 말을 듣기는 했지만, 이런 형태로 단 둘이 될 거라고는 생각도 못했다.

그리고 설령 뒷사정이 없었다고 해도, 이 상황은 단순히 어색하다.

"그, 그러면 저는 이만……."

아이리스는 애매한 미소를 지은 채, 일단 오늘은 이 자리에서 물러나고자 했다.

쉬이링의 정체가 뭐든지 이런 특수한 상황에서 일상적인 행동을 할 거라 생각하기 어려우니, 조사가 어렵다고 판단한 것인데…….

"저기, 잠깐만요."

그러나 쉬이링 쪽에서 불러 세우자 아이리스는 몸을 움츠려 버렸다.

"네?!"

"저기…… 잘못 들었다면 죄송해요. 아이리스 씨…… 맞으시죠."

"어, 으음. 당신은 쉬이링 씨……?."

경찰이 한 명씩 이름을 확인했기 때문에, 그렇게 물어보는 것 자체는 이상하지 않았다.

"네. 그리고, 저기, 아이리스 씨. 무라오카 오너가 『토라키의 여친』이라고 하지 않았어요?"

그러나 아무래도 이것은 어떻게 대답해야 좋을지 몰라서 아이리스는 입이 돌아가질 않았다.

"토라키 씨하고 가까우신 거죠?"

"응~ 우으…… 그……."

이 순간, 아이리스의 머릿속에서는 갖가지 생각이 휘몰아쳤다.

자신은 『토라키의 여친』 같은 게 결단코 아니다. 쉬이링이 프론트 마트 이케부쿠로 동5쵸메점의 관계자가 아니라면 즉시 부정했을 것이다.

그러나 쉬이링이 이 가게의 종업원인 이상, 오너의 딸인 무라오카 아카리와 언제 접촉할지 알 수 없다는 사실이 아이리스를 속박했다.

무라오카 아카리는 오너의 외동딸이며, 토라키는 물론이고 무라오카의 가게에서 일하는 종업원 대부분와 안면을 튼 사이라고 한다.

무라오카의 아내, 다시 말해서 아카리의 어머니는 아이리스가 토라키와 알게 됐을 때 워커홀릭인 남편에게 정이 떨어져서 가출을 해버렸다.

아카리는 아빠 편을 들어버렸기 때문에 가정이 붕괴된 책임의 일부가 자신에게 있다고 생각하여 생활이 흐트러지기 시작했고, 팬텀이 주최하는 음악 이벤트에 다니게 되어 버렸다.

아이리스하고는 거기서 만났다. 아이리스는 아카리의 굳어버린 마음을 풀어주기 위해 토라키와 범상치 않은 관계라는 아카리의 추측을 부정하지 않았다.

그 다음에 아카리는 부모님에게 조금이나마 다가설 기회를 얻기는 했지만, 아직 어머니는 집에 돌아오지 않았다. 지금 함부로 쉬이링을 상대로 토라키와의 친교를 부정해서 그것이 어떤 형태로든 아카리에게 전달되어 버릴 경우, 아카리의 마음에 『거짓말을 하는 어른』이라는 제멋대로의 검은 얼룩이 묻을지도 모른다.

"뭐, 그게…… 그렇게 되려나……."

결과적으로 아이리스는 쉬이링의 물음에, 참으로 소극적이지만 긍정하는 자세를 보였다.

"이 근처에 사시나요?"

"……그, 렇네. 바로 근처, 응."

아카리 일을 생각해 보면, 이것도 거짓말은 못한다.

"그게, 괜찮다면 함께 돌아가지 않으실래요? 밤도 늦었고, 저…… 조금 무서워서."

"좋아. 집이 어느 쪽이야?"

단순하게 자기소개만 하는 건가 생각했는데, 생각지 못한 요청에 아이리스는 즉시 대답을 하고 있었다.

조우시가야는 오래 전부터 주택가가 많고, 길은 좁고 복잡하며 야간의 통행도 적었다.

쉬이링의 집을 알아내려면 그녀를 미행하는 것 말고는 방법이 없었는데, 스타트 지점의 편의점이 대단히 미행하기 어려운 장소이기 때문에 아이리스는 골치를 썩고 있었다.

그러나 함께 돌아간다면 당당하게 집 앞까지 바래다줄 수 있지 않은가?

"고맙습니다. 바로 근처예요. 걸어서 10분쯤 걸려요."

쉬이링은 안도한 것처럼, 구김살 없는 표정으로 웃었다.

그 너무나도 천진한 표정과 동양적인 아름다움에, 그리고 옆에 나란히 서고 난 다음에야 깨달은 희미하게 달콤한 향기에 아이리스는 한순간 숨을 삼켰다.

"그, 그러면, 갈까?"

"네."

아이리스가 재촉하자 쉬이링이 앞장서서 이동을 시작하고, 아이리스는 반걸음 늦게 쉬이링을 따랐다.

옆으로 나란히 서서 걷자, 쉬이링이 조금 더 키가 컸다.

쭉 뻗은 등과 똑바로 앞을 보는 아름다운 자세는 평소부터 의식을 한 결실일까?

미하루도 늘 기모노를 입고 있는 탓인지 대단히 자세가 좋기 때문에, 아이리스는 어쩐지 자신도 등을 쭉 펴고 걸어야 한다는 마음이 들어 버렸다.

"아이리스 씨는, 어디서 오셨나요?"

"잉글랜드야. 당신은?"

"저는 상하이예요."

"상하이라. 나는 중국에는 간 적이 없어."

"저도 영국에는 간 적이 없어요. 한 번 가보고 싶다는 생각은 하지만요."

밤의 도쿄 주택가를 잉글랜드인과 상하이인이 일본어로 무난한 화제를 나누며 걸어간다.

"그건 그렇고, 이 정도로 평화로운 나라인데도 강도가 있네."

"TV에서도 매일 뭔가 범죄의 뉴스가 나오니까요. 사실은 저, 직장에서 강도를 만나는 거 처음이 아니에요."

"그랬어?!"

생각지 못한 고백에, 아이리스가 진지하게 놀랐다.

"어느 나라든지, 있는 곳에는 있는 법이에요. 반드시."

"그건, 그럴지도 모르지."

"하지만 무라오카 씨의 가게에는, 토라키 씨가 있으니까 안심이겠지 싶었어요. 아까도 토라키 씨가 전혀 동요하질 않아서 멋졌어요."

쉬이링의 음색이 약간 들뜬 기색이 되고, 옆모습도 행복해 보이는 미소를 지었다.

토라키는 있을 수 없다고 단언했지만, 설마 쉬이링은 정말로 토라키에게 첫눈에 반해서 이케부쿠로 동5쵸메점에 찾아온 것일까?

"어, 아, 그게……."

의문이 목소리에 드러나자, 그것을 어떻게 착각했는지 쉬이링이 퍼뜩 뭔가 깨닫고는 황급히 고개를 옆으로 저었다.

"앗, 죄송해요. 저, 여친 분 앞에서 이상한 말을 했네요."

분명히 진짜 여친 앞이라면 섣부른 발언이었을지도 모르지만, 그것은 사실이 아니다. 그래도 그게 사실인 것처럼 행동할 필요가 있는 아이리스는 이를 악물고 자신의 설정을 계속 연기했다.

"으~응. 그게. 정말로 전혀 신경 안 써도 되는데…… 그게, 좀 물어봐도 돼? 유라의 어떤 점이 듬직해 보여?"

"여친 분으로서는, 그다지 그런 느낌이 아닌가요?"

"여…… 여친 분으로서는, 그렇네. 그런 점도, 뭐, 없지는 않지만, 말이지."

만남의 계기나, 쳐들어가서 식객으로 지내는 동안 보여준 넓은 도량을 생각하면 분명히 듬직한 편이라고는 생각하지만, 그 성질은 편의점 접객을 할 때 발휘되는 것이 아니다.

"뭐라고 해야 할까요? 차분함, 일까요? 그리고 꽤 근육질이라서 운동도 잘할 것 같아요."

겉보기에는 20대 전반이지만 사실은 70대인 토라키는『또래』의 남자와 비교하면 훨씬 차분하긴 하고, 흡혈귀인 탓에 운동 능력도 있다. 본인이 평소에 절제하는 생활의 결실인지 분명히 몸이 가늘지만 근육질이기도 하다.

"아…… 뭐어, 그건, 응. 그럴지도, 모르지."

"결혼은, 생각하시는 건가요?"

아이리스의 뇌와 귀에는 쉬이링의 이야기가 갑자기 엉뚱한 방향으로 날아갔다는 생각밖에 안 들었다.

"누가?"

그래서 그만, 이렇게 물어보고 말았다.

"토라키 씨하고요."

"유라랑, 어? 아, 나?"

그리고 드디어 자신과 토라키가 연인 관계라는 이야기의 연장선에서 장래의 이야기를 하는 거라는 걸 깨달은 아이리스는, 예상을 뛰어넘은 문답에 사고가 과열되어 버렸다.

"어, 아, 어, 그게……."

있을 수 없다.

그런 일은 절대 있을 수 없다.

흡혈귀와 수도기사가 서로를 인생의 파트너로 고르는 일 따위.

결코.

있어선 안 된다.

만약 그런 일이 일어난다면…….

“아이리스 씨, 아이리스 씨?”

“……으에?”

“죄송합니다. 이제 막 만났는데 너무 조심성이 없었어요.”

“아, 어어, 응.”

“저는 이성이랑 사귀는 거에 엄청 신중해져서 무겁게 생각해 버려요. 연애 같은 거 별로 생각할 수 있는 환경이 아니었기 때문에, 그런 거 잘 몰라서…….”

“아, 아아, 그렇구나…….”

아이리스는 멈추고 있던 숨을 내쉬고 휙휙 자신의 볼을 부채질했다.

밤이 아니었다면, 과열된 사고와 기억의 바닥에 있는 희미한 빛 탓에 붉어진 얼굴을 들켜버렸을 것이다.

“쉬이링 씨의 집은 커다란 회사나 관료 같은 그런 거야?”

"네, 뭐. 그런 식으로 생각해 주세요."

들으면 들을수록, 어디선가 들어본 것 같은 이야기다.

미하루는 토라키에 대한 쉬이링의 태도가 친한 척이라며 화를 냈지만, 온실 속 화초 같은 아가씨였다면 사람과의 거리를 좁히는 방식이 빠를 수도 있을 것이다.

적어도 지금까지 대화를 하면서 토라키와 자신의 관계에 대해 거짓말을 하고, 태도가 일관되지 못하는 아이리스가 훨씬 수상했다.

"하지만, 용케 부모님이 허락해줬네."

"……네. 뭐. 일본은 치안이 좋으니까요."

희미하게 말을 머뭇거렸지만, 아이리스는 그것을 깨닫지 못했다.

"강도 사건을 겪은 다음에 할 말은 아닐지도 모르지만 말야."

"하지만 상하이에서는 이렇게 밤중에 여자끼리 골목을 걷는 건 생각도 못하니까요."

"그건 런던도 마찬가지인걸. 런던의 뒷골목 가로등은 대개 오렌지색이야. 나는 어렸을 때 그 색이 엄청 무서웠어."

"알 것 같아요. 상하이도 LED로 꽤 많이 바뀌었지만, 지금도 오렌지가 많아요. 왜 그 색을 쓰는 걸까요? 일본에 온 뒤로 하얀 라이트만 많아서 놀랐어요."

오렌지색의 나트륨 램프에는 공기중의 수분이나 먼지로 난반사되기 어렵거나, 벌레가 다가가기 어려운 파장이거나, 비용이 싸다는 등의 메리트가 많다.

더욱이 어두운 공간에 있는 것의 경계를 분명하게 드러내는 색이기 때문에 가로등으로는 대단히 우수하지만, 밤의 어둠을 두려워하는 어린아이에게는 오렌지색의 빛이 비추는 그림자가 된 부분이 더욱 두려운 것으로 보였을 것이다.

"나는 최근에 일본으로 왔는데, 쉬이링 씨는 오래됐어?"

모국을 떠난 이방인끼리 그 물음은 극히 자연스러운 것이었다.

그러나 그 순간 밤의 하얀 가로등 아래서 쉬이링의 표정이 머나먼 곳을 보는 눈초리가 되었다.

"……저는 ……그럭저럭 길어요."

"유라에게, 학생이라고 들었어."

"네. 지금은 겨울방학이에요. 아이리스 씨는……."

"나는 일 때문에. 복지 관련."

사회나 환경, 난처한 사람을 위하는 일. 이런 넓은 의미에서 수도기사의 성무는 복지라고 할 수 있고, 이 대답은 수많은 수도기사가 처음에 배우는 예상문답이기도 했다.

"복지! 그러면 토라키 씨가 장래에 생각하는 거랑 같은 일이네요!"

"………………그런 말을, 했어?"

분명히 뭔가 오해하고 있는 거라 생각하지만, 그래도 『토라키랑 같다』라는 말을 들은 것에 동요하여 또 대답할 말을 잃고 말았다.

"아, 도착했어요. 여기예요."

"……."

문득 쉬이링이 그렇게 말하며 올려다본 것은 산뜻한 모습의 건물이었다.

건물의 사이즈가 주변의 단독주택보다도 조금 큰 정도였다. 태생은 상하이지만 지금은 가족과 함께 일본에서 살고 있는 걸까?

"셰어 하우스예요."

한순간 떠올린 상상에 쉬이링이 먼저 대답해주었다.

"최근에 이사를 왔는데, 집세도 싸서 마음에 들어요. 한 명당 공간은 좁으니까 친구는 못 부르지만요."

셰어 하우스라고 하자, 확실히 베란다 부분에 칸막이가 있는 등 집합 주택 같은 분위기를 읽어낼 수 있었다.

언뜻 봐서 창문은 주택용의 양산품이고, 문풍지를 발라놓은 곳도 안 보인다. 불빛도 듬성듬성 보였다.

셰어 하우스라면 토라키처럼 낮에 장시간 욕실을 점유할 수도 없을 테니까, 쉬이링이 흡혈귀일 가능성은 생각하지 않아도 될 것 같았다.

물론 이 셰어 하우스에 살고 있는 사람 모두가 팬텀이라면 그렇지도 않겠지만, 아무리 그래도 그 상상은 지나치게 비약적이다.

"죄송합니다. 여기까지 바래다 주셔서 정말 고마워요. 아이리스 씨는…… 이 다음에 괜찮으세요?"

함께 돌아가자고 하긴 했지만, 여기서 쉬이링이 집에 들어가면 그 뒤에는 아이리스도 여성이 홀로 심야를 걷게 된다.

극히 평범한 배려를 하는 쉬이링에게 아이리스는 답했다.

"괜찮아. 내 집도 여기서…… 아마 가까울 거니까."

자신의 지리감각에 대한 자신감 부족이 한순간 고개를 들었지만, 입장상 아이리스는 그 불안을 억지로 꺾어 눌렀다.

"나도 유라의 가게에 가끔 들르니까, 만나게 되면 또 만나."

"네. 고맙습니다. 실례할게요."

예의 바르게 인사를 하고서, 쉬이링은 건물 안으로 사라졌다.

겨울의 에는 듯한 밤바람이 두 사람 사이를 지나자, 달콤한 향기가 아이리스의 코를 간질였다.

지금까지는 깨닫지 못했는데, 이것이 출근할 때 토라키에게 열심히 말했던 향수의 냄새인 걸까?

"향수 정도는 누구든지 쓴단 말이지. 미하루도 가까이 다가가면 조금 달콤한 냄새가 나고."

말을 하면서 아이리스는 어쩐지 모르게 건물 전체를 둘러보았다.

아파트 이름 따위는 적혀 있지 않았지만, 바로 옆의 전봇대에 주소 표기가 있어서 그것을 슬림폰으로 촬영했다.

그리고 한 블록 떨어진 곳에서 잠시 건물을 감시했지만, 눈에 띄는 범위에서 쉬이링이 귀가한 것을 알 수 있는 조명이 들어오는 방은 없었다.

"반대쪽에는, 돌아갈 수가 없네."

아마도 쉬이링의 방은 길과 접해있지 않은 쪽이리라.

"팬텀으로 보이는 낌새는 전혀 없어. 유라의 생각이 지나쳤던 걸까……? 후우."

그렇게 결론을 내린 아이리스는 좁은 골목을 빠져 나와, 날카로움이 늘어난 겨울바람에 몸을 떨었다.

런던은 삿포로보다도 고위도에 있지만, 겨울의 추위란 의미에서는 도쿄보다도 고향이 조금 더 온화한 인상이었다.

토라키의 생각이 지나쳤다는 결론이 확정될 경우에는, 쉬이링은 정말로 토라키에게 사실상 첫눈에 반한 것이 된다. 그건 그거대로 약간 석연찮다고 하면 석연찮기는 하지만, 사람의 마음은 다른 사람이 아무리 생각해도 어떻게 할 수 있는 것이 아니다.

"일단 집은 확인했고, 내 인상으로는 평범한 인간이고, 더 이상 감시는 안 해도 될까? 돌아가야지."

혼잣말을 하고서 한 발 내디딘 다음, 잠시 주위를 두리번거리며 둘러보았다.

"……."

블루로즈 샤토 조우시가야 근처에 있다는 것은 틀림없지만, 가는 골목이 여기저기로 랜덤하게 뻗어 있어서 똑바로 돌아갈 수 있을 것 같지 않았다.

"편의점까지 돌아가야지."

자신의 능력을 과신하지 않는 우수한 수도기사는 주머니에 손을 집어넣고 등을 움츠리면서 왔던 길을 터벅터벅 돌아갔다.

토라키의 평소 출근길까지 가면, 아무리 그래도 길을 잃지 않는다.

“그렇지. 결국 미하루를 이상한 일에 끌어들여버렸네. 사과 메일이라도 보내두는 편이 좋을까?”

말하면서 슬림폰을 꺼냈던 그때였다.

주택가를 날카롭게 지나는 겨울바람 속에 섞인 기이한 소리를, 수도기사는 놓치지 않았다.

아이리스는 한 번의 도약으로 눈앞의 집 옥상 위에 올랐다.

그리고 방금 전까지 아이리스가 서 있던 장소에…….

“저건 뭐야?!”

창처럼 길고 날카로운 얼음 기둥이 무수히 박혀 있었다.

겨울의 도쿄가 춥다고 해도, 저런 얼음기둥이 자연스럽게 출현할 리가 없다.

아이리스를 노린 얼음 기둥 위에 내려선 검은 그림자가 지붕 위의 아이리스를 어둠의 눈동자로 올려다보았다.

얼음의 기둥 위에, 어둠의 기둥이 서 있는 것 같았다.

머리와 어깨 부분이 없었다면 인간의 형태를 하고 있다는 것조차 알 수 없었을 것 같다.

팔짱을 낀 것하고도 다른 자세 같은데, 한 가지 말할 수 있는 것은 사람의 형태를 하고 있는 이 존재가 인간은 아니라는 것.

“일단 말해두는데, 이 근처에서 방금 전에 강도 사건이 있었어. 경찰에 들키는 게 싫으면 멍청한 짓은 관두는 편이 좋아.”

허리의 파우치에서 오른손으로 성망치 리베라시온을, 왼손으로 나무못을 뽑았다.

"물론, 내가 수도기사라는 걸 알면서 노렸다면, 경찰 같은 건 두려워하지 않을 거라고 생각하지만……."

어둠 기둥의 대답은, 예비 동작 없는 얼음 기둥 발사였다.

"말이 필요 없단 거구나!"

어둠 기둥의 이마 부근에 냉기가 응축되고, 무수한 얼음 탄환이 되어 아이리스를 덮쳤다.

"나를 꽤 얕봤는걸!"

아이리스는 그 자리에서 한 걸음도 움직이지 않고, 그것을 모두 리베라시온으로 격추했다.

바람이 강한 밤에 얼음이 부서지는 맑은 소리가 울려 퍼지자, 어둠 기둥은 그 소리와 탄환에 뒤섞여 아이리스에게 육박했다.

인간 사이즈의 질량과도, 얼음 탄환하고도 다른 것이 공간을 가로지르며 바람을 가르는 소리.

아이리스가 감에 의존하여 리베라시온을 내민 공간에서 받아낸 것은 어둠 기둥이 휘두른 오른손에서 뻗어 나온, 휘어 있는 길쭉한 칼날이었다.

"……칼, 아니, 낫?"

칼날처럼 보이는 서늘한 빛이 휘어진 구조 안쪽에 있다.

어둠 기둥이 처음으로 인간 형태의 팔을 내뻗은 끝에서 뻗어져 나온 그 칼날이었지만, 손까지 검은 무언가에 뒤덮여 있어서 무기의 정체가 분명치 않았다.

그리고 민가의 옥상 위에서 인간 둘이 싸워대고 있으면, 당연히 그 지붕 아래 있는 인간이 눈을 뜬다.

두 사람의 발아래 있는 집의 2층에 조명이 들어오고, 희미하게 어둠 기둥의 윤곽이 떠올랐다.

"손톱?!"

칼이나 낫이라고 생각했던 칼날은 놀랍게도 이 어둠 기둥의 손끝에서 뻗은 손톱인 모양이었다.

"사가라의 손톱이 훨씬 흉악했어!"

리베라시온은 모양은 소형 망치지만, 성별된 은으로 벼려 낸 타격면에 맞은 팬텀은 절대 무사하지 못하다.

본래는 닿기만 해도 팬텀의 생명을 침식하는 은이지만, 이 손톱을 상대로는 전혀 성스러운 성질을 발휘하지 못했다.

"하아아앗!"

어둠 기둥의 무기가 손의 손톱이라면, 아직 휘두르지 않은 왼손에도 그걸 숨기고 있을 가능성이 있다.

아이리스가 기합과 함께 어둠 기둥의 몸을 향해 정면으로 발을 내지르자, 어둠 기둥은 그 발차기를 회피하면서 순순히 아이리스와 거리를 벌렸다.

지금 지른 소리 때문에 발아래의 집뿐 아니라 주변의 집들도 속속 불을 켰기 때문에, 더 이상 이 자리에서 싸울 수는 없었다. 아이리스는 상대가 떨어진 것을 기회 삼아 크게 후방으로 도약하여 전장을 이동시켰다.

"조금 더 사람들에게 폐가 안 되는 곳에서 싸우자! 따라와!"

아이리스는 방심하지 않고 어둠 기둥의 기척을 살피면서 이동하고자 했다. 조금이라도 조우시가야에서 떨어져 어느 정도 화려하게 싸워도 주위에 폐가 되지 않으며, 동시에 암십자 기사단의 지원을 금방 받을 수 있는 장소를 찾아야 한다.

그러나.

"어?"

불과 2백미터 정도 이동한 참에, 아이리스는 등 뒤에서 어둠 기둥의 기척이 따라오지 않는 것을 깨달았다.

처음에는 몸을 숨기고 이쪽에 대한 기습을 노리는 건가 싶어서, 아이리스는 황급히 다시 근처의 집 지붕에 올라가 몸을 낮추고 있었다.

하지만 5분 지나고, 10분 지나도, 모습은커녕 처음에 얼음 기둥을 출현시킨 순간의 살기마저 사라져 버렸다.

"……사라졌어?"

시험 삼아서 자세를 풀고 무방비함을 가장하여 일어서봤지만, 얼음 탄환이 날아올 낌새도 없었다.

결국 그 다음에 더욱이 10분 그 자리에서 경계를 했지만 검은 기둥은 나타나지 않았고, 아이리스는 적이 철수했다고 판단했다.

그렇다고 해서, 순순히 집으로 돌아갈 만큼 아이리스도 정신이 없지는 않았다.

공격은 안 하지만 감시는 계속하고 있을지도 모른다.

팬텀이 공격해온 이상, 지금부터 아이리스가 가야 할 곳은 자택도 아니고, 토라키가 있는 편의점도 아니다.

선샤인 60의 지하에 있는 암십자 기사단 일본 주둔지다.

아이리스는 밤거리를 달려 선샤인 60으로 나아갔다.

중간에 이케부쿠로 동5쵸메점 근처를 지났지만, 아직 가게 앞에 순찰차가 보였다.

지금 메일이나 메시지를 보내도, 토라키와 미하루가 슬림폰을 보는 건 훨씬 나중일 것이다.

"쉬이링 씨하고 상관이 없다고 생각하고 싶은데."

성급하게 판단할 수 없다.

그러나 자신과 토라키의 환경을 생각하면, 전혀 관계가 없다고 단정할 수도 없었다.

"어쩐지 귀찮은 일이 이어질 것 같아."

진지한 표정이 되면서, 아이리스는 일본 주둔지의 번호로 전화를 걸었다.

심야 시간이라 안에서 마중을 해주지 않으면 선샤인 60에 들어갈 수가 없기 때문이다.

그러나 아이리스가 전화를 걸려고 한 다음 순간, 그쪽에서 착신이 들어왔다.

"아이리스 예레이입니다. 시스터 나카우라, 마침 지금 이쪽에서도 전화를 하려던 참……."

"무사한가요! 시스터 예레이!"

긴박한 나카우라의 목소리에 아이리스는 긴장했다.

"무슨 일이 있었나요? 시스터 나카우라."

"아아, 당신은 무사하군요. 다행입니다. 미안하지만 지금 당장 토라키 유라를 데리고 주둔지에 와줄 수 있나요?"

"저도 지금 보고하고 싶은 일이 있어서 그쪽으로 가고 있어요. 그렇지만 유라는 지금 일 때문에 트러블에 말려들어서, 당장 데리고 갈 수 없는 상황입니다."

"일 때문에 트러블이요?"

나카우라의 말에 험악함이 담겼기에, 아이리스는 황급히 내용을 보충했다.

"일하고 있는 편의점에 강도가 들어서, 거기에 대응하느라 가게에 경찰이 와 있습니다. 그도 피해자 중 한 명으로 조사를 받고 있어요! 그래서 억지로 데리고 가기에는 여러모로 문제가……."

"그건…… 난처하군요. 하지만 범인이 보통 인간이라면, 토라키 유라는 일단 상관없겠어요."

심야 특유의, 긴장과 피로가 뒤섞인 나카우라의 묵직한 목소리가 울렸다.

"수도기사가 정체를 알 수 없는 다수의 팬텀에게 습격을 받았습니다."

아이리스는 숨을 삼켰다.

"기사가 세 명, 중상을 입었어요. 봉사활동 중에 습격을 받은 자, 연말 안전 강화 주간이라 순찰 중이던 자, 그리고 한 명은 다른 온건 팬텀과 접촉하던 중에 습격을 받았어요.

유감이지만 히키 가문의 협력도 얻어야 하는 상황입니다. 당신도 충분히 주의하면서 주둔지에 오세요."

그런 안전 강화 주간은 처음 들었지만, 그보다도 아이리스는 미안한 기색으로 저 아래쪽의 편의점을 보았다.

"저기, 시스터 나카우라. 사실은 그게…… 미하루 히키도 지금, 유라와 함께 편의점에서 경찰의 조사를 받고 있어요. 그래서 금방 연락을 취할 수 있는 상황이 아니라서……."

"네?"

"저기, 제가 개인적으로 연락처를 알고 있으니 메시지만이라도 보내두겠습니다만…… 미하루도 한동안 움직일 수 없을 거라고 생각합니다."

"……일단, 조심해서 얼른 와주세요."

여러모로 하고픈 말이 있어 보이는 나카우라는 그 말만 하고 전화를 끊었다.

아이리스와 미하루에게 개인적인 교류가 있다는 것은 이미 나카우라도 알고 있겠지만, 이러한 긴급 사태가 일어난 밤에 대체 어떤 이유로 그녀의 동향을 파악하고 있는지도 분명 물어볼 것이다.

물론 자신이 마주친 팬텀에 대해서도 상세하게 보고를 해야 하겠지만, 쉬이링에 대해서는 아직 정식으로 보고를 올린 단계가 아니리라.

"유라나 내 주위의 안전을 여러모로 확인하기 위해서니까, 오늘은 포기하는 수밖에 없겠네."

아이리스는 슬림폰을 코트 주머니에 넣고, 작게 탄식하면서 저 멀리 우뚝 선 선샤인 60을 향해서 어둠 속을 달리기 시작했다.

※

달빛도, 가로등의 빛도, 실내조명의 빛조차 존재하지 않는 좁디좁은 공간에, 어슴푸레한 창백한 빛이 구 모양으로 밝혀져 있었다.

그 중앙에 마치 물을 뜨는 것처럼 벌어진 좌우의 손바닥이 들어가 있고, 손바닥 사이즈의 금속제 원반이 그 위에 부유하고 있었다.

구 모양의 빛 가운데. 원반 위에서 춤추고 있던 2개의 점 중 하나가 스윽 빛 바깥의 어둠으로 사라졌다.

후우. 어둠 속에서 숨결이 흐르고, 그와 동시에 금속판이 손 위에 떨어지더니 어둠을 비추던 파란 빛의 구가 사라졌다.

목소리의 주인은 나른한 기색으로 일어서더니 손으로 벽을 더듬어 전등 스위치를 켰다.

마치 관이 연상되는, 아무것도 없는 직사각형의 방.

창문도 없고, 구석에 모포와 약간의 의류만 쌓여 있는 그 방 안에서, 리앙 쉬이링은 작게 한숨을 쉬었다.

"그냥 인간으로 보였는데, 의외로 제법이네."

그렇게 중얼거리고 일어선 쉬이링은 이 공간의 유일한 출입구인 문을 열었다.

방 안에 지지 않을 정도로 어슴푸레한 바깥의 복도는 끝도 없이 공기가 가라앉아 있었다.

어른 두 명이 간신히 지나갈 정도로 좁은 복도를 몇 걸음 걸어가자 구색만 갖춘 싱크대와 전열 레인지가 배치된, 아슬아슬하게 부엌이라고 부를 수 있는 공간이 나왔다.

수도꼭지를 틀어서 흘러나온 물을 손으로 받아 가볍게 마시고, 입을 닦으면서 꼭지를 잠갔다.

그리고, 상처투성이 싱크 바닥에 드리우는 자신의 그림자를 바라보며, 말했다.

"앞으로 얼마나, 살 수 있을까?"

제 2 장 흡혈귀는 여심을 이해 못한다

DRACULA YAGEUN!

블루로즈 샤토 조우시가야의 공용 복도는 건축된 연대나 주위의 지형이 어우러져서 소리가 크게 울린다.

발소리나 문을 여닫는 소리, 캐링 케이스나 끌차의 바퀴 소리는 물론이고, 누군가가 커다란 소리로 이야기를 하면 현관 근처에 있으면 꽤 들리는 것이다.

“이제 전 더는 한 걸음도 못 걸어요. 토라키 님 부축해주세요.”

“야 미하루…….”

“저는 밤새 조사를 받아서 몸도 마음도 피폐해져 버렸습니다. 토라키 님, 부디 저를 위로해 주세요.”

“아무래도 좋은데 똑바로 걸어. 자 벌써 도착했다.”

“앗, 이렇게 억지로……. 하지만 그런 토라키 님도 멋지셔요……. 동이 틀 때까지는 아직 시간이 있으니까, 지친 마음과 몸을 치유하고 아침 식사를 함께 할까요?”

현관을 열쇠로 열고, 104호실의 문이 묵직하게 열렸다.

“잘, 돌, 아, 왔, 어.”

그 순간, 아이리스가 리베라시온으로 나무 테이블을 세차게 때렸다.

그 소리에 깜짝 놀란 것은 토라키에게 엉기고 있던 미하루였다.

토라키는 본래도 지긋지긋한 기색이었다. 그러나 자기 집에서 아이리스가 기다리고 있는 것, 아이리스의 태도나 살짝 눈이 꺼져서 기분이 틀어져 있는 아이리스의 표정, 그리고 리베라시온이 테이블을 때린 것을 보고 더욱이 지긋지긋하단 기색으로 한숨을 쉬었다.

"무, 무, 아이리스 예레이! 당신이 어째서 토라키 님의 집에 있는 건가요?! 나가지 않았었나요!"

"나 지금, 유라의 옆집에 살고 있어."

"옆?! 옆집……. 옆집?! 그런 부러운…… 아니야! 어째서 옆집에 사는 당신이 토라키 님의 집에 당당하게 들어와 있는 거죠!"

토라키도 그건 대단히 물어보고 싶었지만, 물어봐도 아마 아무것도 해결되지 않을 테니까 미하루를 거드는 쓸데없는 짓은 하지 않았다.

"팬텀이 당신 같은 여자애를 데리고 와서 괘씸한 짓을 하면 안 되니까 그런 걸까?"

"저열하네요! 토라키 님은 그런 짓 하지 않아요! 제가 억지로 들어온 것뿐입니다!"

"자기 입으로 말하네. 다시 말해서 미하루는 초대받지 못한 손님이란 거구나?"

"초대를 받지 않았는데도 멋대로 스페어 키를 만들어서 멋대로 들어와 있는 네가 할 말이냐?"

토라키도 이번만큼은 태클을 참을 수 없었다.

“유라. 난 말야. 이래봬도 미안하다고 생각하고 있어. 당신의 생활이 소란스러워지는 건 분명하고, 일본에서 생활하는 것도 여러모로 유라에게 의지하고 있다는 자각은 있어. 하지만.”

아이리스는 딱딱 리베라시온을 짜증스럽게 때리면서 일어서더니, 토라키를 손가락으로 척 가리켰다.

“철야로 여기저기 뛰어다니다가 지쳐서 돌아온 다음에, 파트너 팬텀의 이런 모습을 보고 화내지 않는 인간은 없어!”

“파파파파파파파파파파트너 팬터엄?! 아이리스 예레이! 당신, 토라키 님에게 무슨 무례한 말을 하고 있는 건가요?!”

“유라는 내 파트너 팬텀으로 정식 인정됐어. 미하루, 어젯밤에는 협력 고마워. 이제 돌아가도 돼. 암십자 기사단에서 히키 패밀리에게 일의 연락이 갔을 테니까 처리해줘.”

“무, 무어가 정식으로 인정이 됐다는 건가요. 암십자의 주둔지 따위가 토라키 님의 인권을 무시하고서 멋대로 명부에 적었을 뿐이잖아요! 공적으로는 아무 의미도 없는 직함이죠!”

“유라, 일단 목욕하지? 욕실 청소는 해뒀어. 미하루도 향수 냄새가 나잖아. 베어든 냄새, 씻어내는 편이 좋지 않아?”

“향수라고요? 이 고귀한 백단 향기가 향수 냄새라고 생각하는 건가요? 교토의 노포 향료점에서 주문한 향낭을 그 도둑고양이가 뿌리고 다니는 싸구려 화장품과 같이 취급하지 마세요!”

“너네들 정말 기운 좋다…….”

오전 4시였다.

말다툼을 하는 아이리스와 미하루를 흘겨보면서, 토라키는 주섬주섬 안쪽 방으로 들어가 긴 소매의 잠옷으로 갈아입었다.

그리고 다가오는 여명에 대비하여 흡혈귀로서의 침실인 욕실에 깔기 위해, 에어매트에 얌전히 공기를 넣으면서 두 사람의 말다툼이 끝나기를 기다렸다.

"이제 끝났냐?"

살짝 생긴 대화의 틈에 목소리를 끼워 넣자, 아이리스와 미하루도 그제야 토라키가 잠들기 직전의 모습이란 것을 깨달았다.

"아~ 아이리스. 기다리게 해서 미안해."

그리고 끼워 넣은 김에, 토라키 자신의 잘못은 전혀 없지만 명백하게 아이리스가 기분이 틀어져 있기에 일단은 그렇게 말했다.

"무슨 일 있었지? 날짜 바뀌기 전에 보낸 메시지랑 상관있는 거냐?"

"날짜 바뀌기 전에 보낸 메시지?"

"미하루한테도 보냈어. 쉬이링 씨를 바래다준 다음에, 정체 모를 팬텀의 습격을 받았어."

"그랬었나요? 저는 당신의 메일이나 메시지를 스팸 폴더에 분류했기 때문에 눈치 못 챘어요."

"그러면 앞으로는 모든 연락을 전화로 할게. 안 받으면 끝도 없이 전화를 울려줄 거야."

"이야기가 진행되질 않으니까 요점만 부탁해!"

어째서 이렇게 사이가 안 좋은 둘이서 편의점에 나타났는지, 토라키는 도무지 이해할 수 없었다.

"어제, 나랑 쉬이링 씨만 해방됐잖아. 난 그대로 그녀를 집까지 바래다줬어. 집에 들어가는 걸 확인했고, 그때까지 그녀에게 수상한 점은 아무것도 없었어."

"흥. 글쎄 모르죠."

미하루는 아이리스의 판단을 의심했지만, 아이리스는 무시하고 이야기를 진행시켰다.

"그리고 돌아가는데, 본 적이 없는 팬텀이 습격했어. 긴 손톱이 있고, 온몸을 검은 옷으로 감싸고 있었어."

"그게 뭐야? 닌자의 갈고리 같은 건가?"

"그런 레벨이 아냐. 낫이나 칼인가 생각했을 정도로 긴 손톱이 하나 있었어."

아이리스는 자신의 왼손을 들어서, 오른손으로 그 손톱이 어느 정도 길었는지를 표현했다.

"미하루. 당신, 이런 손톱을 가진 팬텀 몰라?"

"그것만 가지고서는 뭐라고 할 수 없어요. 낫 같은 손톱, 이라는 것만 들으면 과거에는 『노가마(野鎌)』라는 요괴가 있었지만요."

"노가마?"

"그래요. 그렇지만 노가마는 사람의 형상이 아니었고, 검은 옷을 입는 습관도 없어요. 일단 진작에 멸종한 요괴고."

"요괴가 멸종하는 일도 있어?"

"개체수가 적으면 당연히 있을 수 있죠."

미하루는 작게 탄식했다.

"노가마는 카마이타치의 일종입니다만, 들판에 방치된 낫에서 태어나는 일본 고유종입니다. 낫이 여기저기 들판에 버려지는 일이 애당초 현대에는 거의 일어나지 않으니까, 노가마의 목격정보는 최근 몇십 년 동안은 전혀 없다고 들었어요."

"내가 태어났을 무렵에는 아직 어딘가에 노가마가 있었을지도 모르겠구만."

토라키는 친숙한 동물이 멸종한 것 같은 뭐라 말하기 어려운 향수를 느끼고 말았다.

"카마이타치는 앞다리가 낫이 되어 있는 동물 패턴이지? 하지만 내가 만난 건 사람 모양이었어. 그리고, 아무것도 없는 곳에서 얼음 기둥이나 얼음 탄환을 만들었어."

미하루는 미간을 찌푸렸다.

"얼음의 기술을 쓰는 사람 모양이라고 하면 설녀나 설동자[#2]가 있습니다만, 커다란 손톱이라고 하면……."

"그 손톱도 얼음으로 만든 건 아니냐?"

"손톱과 얼음의 차이 정도는 알 수 있어."

#2 설동자 유킨코 혹은 유키와라시. 설녀(유키온나)와 비슷하게 눈과 관련된 일본의 요괴. 설녀와 상관없는 독립된 눈의 정령이나 요괴란 설화도 있고, 설녀의 아이라고 표현되는 경우도 있다.

"어쨌든지, 설녀도 설동자도 만만치 않을 정도로 멸종 위기종이고, 이유도 없이 사람을 공격하는 종족도 아니에요. ……그래서, 그 팬텀이 어쨌다는 거죠?"

정체불명의 팬텀 이야기가 나오자, 아무리 미하루라도 괜한 참견은 하지 않게 됐다.

"도쿄 주둔지의 기사가 비슷한 팬텀에게 습격을 받아서 세 명이 중상. 그 중 한 명은 협력 관계에 있는 팬텀이랑 접촉하던 중이었어. 히키 패밀리와 자본 관계가 있는 편의점에 근무하던 팬텀이야."

그것을 들은 순간, 미하루의 표정이 변했다.

"그래서 이쪽이 일방적으로 조사할 수가 없어서, 시스터 나카우라가 당신을 찾고 있어."

"……그런 거였나요. 정말이지……."

미하루는 잠시 눈을 감고 있다가, 포기하고서 고개를 끄덕였다.

"토라키 님. 기껏 초대해주셨는데, 오늘은 이만 돌아가겠습니다. 갑작스런 일이 생겼으니까요."

초대한 기억은 전혀 없지만, 긁어 부스럼일 것 같아서 말하지 않았다.

"그래. 뭔가 도와줄 일은 없고? 뭐, 밤에 한정되지만."

토라키의 요청에 어째선지 아이리스가 표정을 찌푸리고, 미하루는 작게 웃었다.

"기쁜 말씀입니다만, 히키 가문의 일은 히키 가문이 처리할 테니 걱정 없어요. 저희들은 어디서 온 외부인들과 달라서, 토라키 님의 손을 번거롭게 만드는 일은 하지 않습니다."

"무슨 이야기일까?"

아이리스는 미하루의 비아냥을 가볍게 흘려 넘겼다.

"그렇지만 만에 하나 토라키 님의 생활에 영향이 생길 일이 있으면, 반드시 연락드리겠습니다. 그러면, 실례하겠습니다."

미하루는 토라키에게 작게 인사를 하더니, 이제 못 걷는다느니 몸도 마음도 너덜너덜하다느니 말했던 것이 무색하게도, 늠름하게 등을 쭉 펴고 가벼운 발걸음으로 방을 나섰다.

"어째서 미하루의 귀찮은 일에는 협력한다고 말하는데?"

"요코하마 건으로 신세를 졌으니까. 저 녀석한테 빚을 진 상태는 여러모로 무서워."

"아아, 그건 그렇네."

"그러니까 네가 무슨 생각으로 미하루를 불러냈는지 무척이나 신경 쓰이는걸."

"아아, 그건…………………… 그게……."

아이리스는 그때까지 대화의 연장으로 대답하려다가, 퍼뜩 정신을 차리고 토라키의 얼굴을 올려다보았다.

그러자 잠옷 차림의 흡혈귀의 입가는 웃고 있었지만, 눈은 웃고 있지 않았다.

"그게, 저기! 그거! 왜냐면 혼자서는 쉬이링 씨를 감시하는 거에도 한계가 있고, 그러니까 요전처럼 조사가 들어오면 당신도 싫어할 테니까, 암십자의 지원을 부를 수도 없잖아?!"

아이리스는 머리를 최대한으로 굴려서, 어떻게든 말을 이었다.

"……그것도 그렇군, 후아암……."

토라키는 약간 의문이 남았지만, 일단은 납득하여 수긍하고 하품을 했다.

아이리스는 마음속으로만 세이프의 포즈를 취하고, 토라키의 추궁을 회피한 것에 가슴을 쓸어 내렸다.

"미하루한테는 갚을 빚이 있지만 너한테는 아이카 건을 제외하고서도 받아야 할 게 더 많다는 걸 잊지 마라."

"아, 알고 있어."

"그래서, 정작 그 리앙 씨 쪽은 어땠어?"

"집은 알아냈어. 경찰한테 신분증으로 보여준 여권은 진짜 같았고, 지금은 그녀가 보통 인간이란 생각밖에 안 들어. 다만……."

"응?"

"손톱 팬텀이 공격해온 게 그녀와 헤어진 직후였으니까, 아직 완전히 안전한 사람이라고 단언할 수가 없어. 아이카하고 다른 트러블에 연관되었을 가능성도 아직은 있어."

"그렇구나……. 아……."

비일상에 지친 머리로 평범하게 대답을 해버릴 뻔했지만, 편의점 강도라는 예상 밖의 트러블이 있기는 했어도 자연스럽게 쉬이링의 품에 파고들어 정보를 끌어낸 것은 아이리스의 공적이다.

팬텀과 싸우는 것이 자신의 직책이다. 그렇게 생각하기에 자기 개인의 책임 유무와 불만을 억누르고자 이를 악물고 아주 약간 눈물짓는 아이리스의 등을 토라키는 한숨을 쉬면서 두드렸다.

"……너도 밤길에서 습격을 받은 피해자니까."

"응."

목 안쪽에서 억누른 대답.

"기껏 협력해줬는데 미안하다. 새로운 동료를 괜히 의심해서 너를 끌어들인 건 나니까. 오늘은 이제 해가 뜨니 무리지만, 근무가 없는 날이라도 괜찮다면 협력할게."

"……당연하지. 파트너 팬텀이니까."

자기 개인과 기사단 조직의 한심함을 자각하고, 그래도 정말로 나쁜 건 공격해온 녀석이라는 심정에 휩싸인 아이리스는 간신히 그 말만 짜냈다.

"그 제도의 개요를 제대로 설명하고서 말해."

"암십자가 당신의 존재를 인정하는 대신, 당신이 요청에 따라 협력하는 제도야."

"그 제도를 번역하면 착취라고 하는 거야. 기억해둬."

어떤 의미로 예상대로라 토라키는 웃어 버렸고, 아이리스도 거기에 이끌려 드디어 표정이 풀어졌다.

"그러나 너희들이 아무리 나를 착취하고 싶어도, 이번 연말은 근무가 꽉 차 있어. 리앙 씨의 연수를 봐줘야 하니까

쉴 수도 없고, 협력할 수 있는 시간대는 오후 5시부터 오후 9시 사이에 한정돼."

"상관없어. 문제의 팬텀도 대처할 수 없을 정도로 강한 건 아니었으니까 밤중에 나 혼자서도 어떻게든 돼. 인간이랑 접촉할 필요가 있을 때만 같이 있어주면 말이야."

"보통은 반대 아냐?"

알고는 있어도, 태클을 참을 수가 없었다.

"그렇지만, 인간이랑 만나서 뭘 하는데?"

"아까 미하루가 말한 것처럼 이번에 직접 피해를 당한 건 수도기사지만, 봉사하고 있던 곳이나 접촉하고 있던 팬텀, 그리고 그 주변에 뭔가 습격의 힌트가 있을지도 몰라. 수도기사들이 피해를 당하기 전의 모습을 관계자에게 듣고 싶어."

"그렇군. 그냥 광폭한 팬텀이 무차별로 공격한 건지, 노릴 만한 이유가 있었는지를 조사하는 거구나."

토라키는 한순간 불안해졌다.

"너네들 기사단의 조사는 초등학생의 사회과 견학보다도 몸으로 때우는 거잖아. 피해자가 어떤 녀석들인지는 모르지만, 그렇게 간단히 주변에서 이야기를 들을 수 있냐?"

"범죄 피해가 일어난 주변 사람들은, 역시 여러모로 겁을 먹고 불안해지는 법이야. 내가 수녀로서 신의 말을 설파하면 안심해주지 않을까?"

"돌겠네."

토라키는 머리를 감싸 쥐고 말았다.

"에엑?! 어째서?!"

"어째서긴 너는 진짜……."

이것은 문화 배경의 차이니까 납득시키기가 어렵다.

그러나 평소부터 어지간히 성십자 교도의 가르침이 생활에 뿌리를 내리고 있는 사람이 아닌 한, 가까운 사람들이 범죄 피해를 당한 직후에 낯선 외국인이 찾아와서 신의 가르침을 설파하기 시작하면, 틀림없이 그 사람은 조개처럼 입을 다물고 문전박대를 할 것이다.

"이럴 수가…… 그, 그러면 어떡하지……."

"다른 방법은 없고?"

비장의 아이디어가 분쇄되어 절망의 표정을 짓는 아이리스에게 오히려 절망하고 싶어졌다.

"……아이리스. 너 말야. 일단 기사단의 성무에는 성심성의껏, 노력할 의사가 있는 거지?"

"당연하지!"

"그러면, 그걸 위한 준비로서, 어떤 고생도 참을 수 있겠지?"

"물론이야!"

"약속했으니까 나도 협력은 하마. 그렇지만 전면에는 네가 나서라. 그러면 조금 더 매끄럽게 유력한 정보를 들을 수 있을지도 몰라."

"그런 방법이 있어?!"

"그래. 조금 이르지만, 이 시간이라면 아마 일어났겠지."

"응?"

아이리스는 무심코 슬림폰의 시계를 보았다.

오전 5시 직전. 이렇게 이른 시간에 대체 어디에 전화를 한다는 걸까?

"아."

깨달았을 때는, 토라키가 이미 전화를 걸고 있었다.

"어어, 이른 아침에 미안하다. 사실 좀 부탁이 있거든. 오늘 오후, 내가 일어나는 시간에 집에 와줄 수 있냐? 그래. ……그럭저럭 무거운 얘기라 미안한데."

"저, 저기, 잠깐, 유라?"

"도쿄 안에서 암십자 기사단과 팬텀이 얽힌 범죄가 일어난 모양이야. 그것에 대한 정보를 모으고 싶은데, 우리 힘으로는 어려울 것 같거든. 그래? 미안하네. 고맙다."

"유라, 기다려, 설마……."

"그래. 그러면 오후 5시에 내 방에서 보자. 그래. 요전의 사과도 하고 싶다고 본인이 말하더라. 잘 부탁한다."

토라키가 전화를 끊고 아이리스의 얼굴을 보자, 아이리스는 이 다음에 일어날 일을 정확하게 예측했는지 혼이 빠져나간 표정이었다.

"저기, 저기, 저기 유라, 유라? 잠깐……."

"나를 파트너라고 했으면, 그 녀석이랑 연관되지 않는 건 불가능해."

"그, 그, 그치만, 아직, 마, 마, 마음의 준비가……."

"12시간 있잖아. 명상이든 뭐든 마음대로 해봐. 오늘 오후

5시에 와라쿠가 우리 집에 올 거야. 그 녀석의 힘을 빌리자. 나는 전모를 파악하질 못했으니까. 네가 잘 설명을 하라고."

사형선고나 마찬가지인 선언에 당장이라도 울음을 터뜨릴 것 같은 아이리스.

격려해주고 싶긴 하지만, 이제 곧 제한 시간이 다가온다.

"와라쿠가 오기 전에는 일어나줄 테니까 힘내봐. 그럼 잘 자라."

말대꾸를 듣지도 않고 말하더니, 토라키는 재빨리 에어매트를 끌어안고 목욕탕으로 사라져버렸다.

문이 잠기는 소리와 함께 의식을 되찾은 아이리스는 어느 샌가 옆에서 사라진 토라키를 찾아 잠시 얼쩡얼쩡하다가, 절망에 짓눌려서 욕실의 문을 힘없이 두드리며 무너져 내렸다.

※

"이건 무슨 일이지? 누구 생일인가?"

104호실에 한 걸음 들어선 토라키 와라쿠는, 젊은 형이 혼자 사는 다이닝 테이블에 비좁게 올라가 있는 요리들을 보고 웃으면서도 놀란 기색이었다.

테이블 반대편에는 등을 웅크리고 시선을 바로 아래에 내리고 있는 아이리스가 있었다. 토라키가 동생의 코트와 모자를 받아주면서 쓴웃음을 짓고 말했다.

"긴장한 결과라더라. 뭐 앉아."

토라키는 와라쿠를 아이리스의 정면에 앉히고, 자신은 아이리스 옆에 앉았다.

"아, 아아아, 아, 안녕하세…… 요, 요, 요전에는…… 시시시, 신세를 졌습니다……."

토라키가 옆에 앉은 충격으로 스위치가 켜진 것처럼, 아이리스가 필사적으로 목소리를 짜냈다.

"그래, 이쪽이야말로. 나와 유라의 진짜 관계는, 이미 알고 있다고 했던가?"

"네, 네네, 네, 네네에. 저기, 그게, 유라, 유, 유, 유라의, 동생도동생분이시라고……."

"천천히 말해도 돼. 나이를 먹으면 젊은 사람들이 빠르게 하는 말을 알아듣기가 어렵거든. 천천히 생각하고 말해주는 편이, 이쪽으로서도 고맙지."

"네, 네, 네에……. 후……."

말은 더듬거리지만, 숨을 쉬지도 않고 말하니까 금방 얼굴이 빨개진다.

그러나 역시 와라쿠는 나이를 먹어서 그런지, 아이리스를 재촉하지도 않고 과하게 다가가가지도 않으면서 아이리스에게 적절하게 숨 고르기를 시켰다.

"저, 저, 전에, 여기서, 만났을 때는, 제, 제, 제, 제대로, 이름도, 마, 마, 말을 못해서, 죄죄죄, 죄송, 죄송합니다."

아이리스는 여기서 또 한 번, 크게 숨을 들이쉬고, 내쉬고 다시 들이쉬고, 잘라 말했다.

"아, 아, 아이리스 예레이, 입니다. 잘, 부탁드립니다."

"그래. 잘 부탁하지. 이쪽도 새삼스럽지만, 토라키 와라쿠야 거기 있는 불초 흡혈귀의 동생이지. 요코하마에서 형의 싸움을 도와줬다고 들었어. 고맙군 그래."

"그것도, 마, 마, 마지막에는, 경찰에에…… 에…… 폐를, 끼끼, 끼쳤으니까요."

"히키 아가씨는 경찰이 아무리 편의를 봐줘도 당연하다는 표정을 짓는단 말이지. 인사를 받으니 어쩐지 신선하군."

와라쿠는 기쁜 기색으로 말하고, 주름투성이 손을 가볍게 두드렸다.

아이리스는 그 작은 소리에 깜짝 놀라 등을 쭉 폈지만, 노인의 눈은 아이리스가 아니라 테이블 위의 요리에 흥미를 보이고 있었다.

"그래서. 이 연말에 형이 전화를 걸어서는 참 재미도 없는 이야기를 한다 싶더라니, 예상도 못했던 성찬을 보고 놀랐어. 이건 아이리스 씨가 만들어준 건가? 형은 이렇게 못하지."

"그, 그, 그, 그래요. 대, 대단한, 건, 아, 아니지만요."

"이 형은 자취를 한답시고 자랑마냥 말을 하는데, 말만큼 대단한 요리는 못 만든단 말이지. 나는 형이랑 아보카도 같은 걸 먹어본 적이 없어. 맛있어 보이는군."

"아, 아, 아보카도, 조, 좋아하, 하, 시는 건가요?"

지금까지 긴장과 호흡을 지나치게 하느라 벅찼던 아이리스의 얼굴에 드디어 자연스러운 미소의 기색이 돌아왔다.

토마토와 올리브와 아보카도, 그리고 쉬림프를 믹스한 샐러드가 중앙에 자리를 잡고, 각자의 자리에는 비프스튜.

그 밖에도 오븐에서 구운 매쉬 포테토의 그라탕 같은 것에, 그린 리프와 생햄의 샐러드. 치즈 크래커 옆에는 포치드 에그가 있어서, 소소한 홈 파티 같은 모습이었다.

"아보카도는 좋아하지만, 모두 평소에 먹지 않는 요리니까 어떻게 먹으면 좋을지 알 수가 없군. 가르쳐줄 수 있겠나?"

"아, 네, 네에……. 저기, 그래도, 파, 파, 파, 파티용의 으으으, 음식이라서, 적당히 쉐어 하시면…… 제, 제가, 제가, 담을게요!"

아이리스는 의자를 쓰러뜨릴 기세로 일어서더니, 준비해 둔 큼직한 그릇에 모든 메뉴를 골고루 올렸다.

이른바 뷔페 그릇 같아서 결코 보기에는 좋지 않았지만, 토라키는 물론 와라쿠도 아이리스의 전력을 이해하고 그것을 받았다.

"그러면, 잘 먹겠습니다."

와라쿠는 손을 마주 대고 작게 인사를 한 다음, 마련된 스푼을 손으로 집어 토라키가 예상한 것 이상으로 다진 고기와 야채가 들어간 그라탕을 입에 넣었다.

"음, 맛있군. 먹고서 생각이 났는데, 쉐퍼즈 파이인가?"

"아, 아시는 건가요?"

"그거 그라탕이 아니었구나."

"아니야. 담아줄 테니까 먹어봐."

"영국의 가정 요리라고 들었지. 현역일 때 몇 번 연수나 시찰로 영국에 갔었으니까, 코티지 파이라고 한다고도 들었는데, 쓰는 고기에 따라 구분하는 거였던가?"

"다, 다, 다들, 저, 적당히 말을, 해요……."

"호오. 어느 쪽이든 나는 처음 먹어봐. 이거 맛있네."

"아직 유라한테 만들어준 적이 없으니까. 특별한 때를 위한 요리고, 재료도 잔뜩 필요해."

와라쿠를 상대로는 시선이 흔들리고 말도 머뭇거리는데, 토라키를 상대로는 자연스럽게 대화를 할 수 있는 것은 대체 뭘까? 남이 보면 일부러 그러는 게 아닌가 싶을 정도였다.

토라키는 무심코 와라쿠를 보았지만, 주름이 깊어진 동생은 온화한 미소를 지으면서 신경 쓰는 기색이 없었다.

"확실히 혼자 살면서 이 정도 야채를 쓰는 요리는 힘들겠네."

"하지만 만약 유라가 마음에 들었으면, 그리고 파트너십 제도에 힘을 쏟아준다면, 또 만들어줄 수도 있어."

"왜 그렇게 베풀어준다는 식이야?"

자기 페이스를 되찾고 있는 아이리스와, 그에 질색하면서도 웃는 토라키를 보고 와라쿠도 웃었다.

"뭐라고 할까. 옛날 생각나는군. 꽤 오래전이지만 아들과 딸하고도 이런 자리가 있었어."

"요시아키하고 에츠코랑?"

토라키의 입에서 새로운 이름이 나오자 당황하는 아이리스.

"요시아키는 아이리스도 만난 적 있지? 요코하마에서 현지 경관을 지휘하고 있었잖아. 와라쿠의 아들이고 내 조카야. 지금은 그 녀석이 겉보기에는 훨씬 아저씨지만.”

“아아!”

“에츠코는 그 녀석 여동생이고. 둘 다 내 정체는 알고 있어.”

“그렇구나……. 저, 저, 저희들이, 자녀분들 저, 저, 젊었을 무렵 같다고, 하시는, 건가요?”

“응. 뭐, 그런 셈이지.”

애매하게 고개를 끄덕인 와라쿠는 그대로 젓가락을 움직였다. 아이리스도 미약하지만 평소보다 훨씬 긴장을 풀고, 어색하게나마 온화한 시간이 지났다.

“맛있다고 나이 생각도 안하고 너무 먹었군. 이야 잘 먹었어. 더는 안 들어가겠군.”

싸구려 의자 위에서 조금 꼴사납게 배를 쓰다듬는 와라쿠 앞에, 김이 피어오르는 홍차가 놓여 있었다.

“형. 아이리스 씨가 매번 이렇게 좋은 걸 만들어 주는 거야?”

“이 녀석이 우리 집에서 밥을 먹을 때 재료비는 내가 내거든? 매번 이런 걸 먹으면 파산한다.”

“잠깐 유라!”

“아~ 이거야 원. 이렇게 먹고 나서 일 얘기를 하는 것도 귀찮지만, 그럴 수도 없겠지. 이 홍차를 마실 때까지는 기다려줘.”

와라쿠는 많이 먹는 편이지만, 나이가 들면서 먹는 양이 꽤 적어졌을 것이다.

그래도 와라쿠는 자기 그릇을 세 번이나 더 담아서, 아이리스의 긴장을 대단히 풀어주었다.

예상치 못한 홈 파티는 참으로 화기애애했지만, 이것은 와라쿠를 기다리는 사이에 가만있을 수가 없었던 아이리스가 정신을 안정시키려고 요리에 전념한 결과였다. 본래 와라쿠가 온 목적은 암십자 기사단을 공격한 의문의 팬텀에 연관된 여러 가지 정보를 맞춰보는 것이었다.

다 마신 홍차 잔에 다시 홍차를 따른 참에, 아이리스가 또 한껏 용기를 쥐어짜 입을 열었다.

"그, 그, 그래서, 저, 저, 저기, 사, 사실은 팬텀이, 그게……."

그러자 와라쿠가 손바닥을 들어 그걸 말렸다.

"형이 전화를 한 게 오늘 아침이니까 아무리 요시아키가 경찰의 높은 위치에 있다고 해도 모을 수 있는 정보에 한계가 있어. 특히 일본 경찰은 팬텀 따위의 존재를 공적으로 인정하지 않으니까. 그런 것에 대항하는 특수한 조직이나 부대가 있는 것도 아니야. 경찰청의 간부 녀석들이 히키 가문과 연계를 취하는 것이 고작이고, 나도 현역 시절에는 아이리스 씨네 암십자 기사단 같은 건 몰랐어. 요코하마에서 요시아키 녀석이 암십자 기사단을 알고 있는 것에 놀랐을 정도야."

그러고 보니 처음에 와라쿠가 아이리스와 만났을 때, 와라쿠는 암십자 기사단을 전혀 모르는 기색이었다.

그러나 요코하마에서 요시아키는 암십자 기사단에 손을

쓴다는 식으로 말을 했었다.

“두 사람에게는 새삼스러울 지도 모르지만, 팬텀이 범죄 피해자가 되는 일 자체가 드물고, 된다고 해도 흔적이 남지 않는 일도 많으니 놓치는 케이스도 있을 거야. 예를 들어 흡혈귀라면 아침에는 재가 되어 어딘가로 날아가 버리는 녀석도 있을 정도니까. 참으로 난처한 일이야. 그런 데다가 대개의 현장에는 히키 가문이 먼저 도착하지. 성가신 집안이야.”

““…….””

조직이 아니라 개인으로서 히키 가문과 접촉하고 있는 토라키와 아이리스에게는 성가심의 벡터가 다르긴 하지만, 와라쿠도 그것은 알고 있을 테니 딱히 참견하지는 않았다.

“다만, 어젯밤의 팬텀과 아이리스 씨의 동료가 피해를 입은 건에 대해서는 경찰이 암십자나 히키 가문보다 먼저 도착했어. 토시마 구의 편의점 강도 사건이지. 형의 연락을 받은 다음인데도 이걸 보고 식은땀이 나더군.”

“경찰은 사건을 어떻게 기록했지?”

“직원실을 뒤지고 있는 강도를 제압하려고 한 직원이 팬텀이었어. 보안 카메라에는 확실하게 찔린 모습이 찍혀 있는데 실려간 병원에서는 거의 상처가 나아 있었고, 나중에 히키 가문이 찾아와서 피해자가 팬텀이라는 걸 알게 됐지.”

“흔한 일이네.”

“그렇게 피비린내 나는 흔한 일은 관둬.”

파트너 팬텀이 흘려버린, 경험을 기반으로 한 감상에 아이리스가 표정을 찌푸렸다.

"수녀님은 도망치려는 범인을 제압하려다가 큰 부상을 입었다고 하더군. 요시아키에게 말해서 그 보안 카메라 영상을 프린트했어. 이건 경찰의 증거품이니까 기록은 하지 마."

그렇게 말하고 내민 화질이 나쁜 사진 속에 피해자로 보이는 점원 팬텀과 다투는 불한당의 뒷모습이 보였다.

그리고, 직원실로 보이는 장소의 카메라가 있었다.

"유라! 이거!"

아이리스가 직원실의 사진을 보고 어느 한 점을 가리켰다.

"이 금고를 만지고 있는 녀석의 손톱! 내가 만난 녀석이랑 똑같아!"

"그렇군……. 이건 밤중에 보면 칼로도 보이겠는데. 돈은 훔쳐갔고?"

"그래. 매상금이 100만엔쯤 들어 있었는데 빼앗겼다는군. 그 밖에도 종업원 사물함을 화려하게 뒤져서 금품을 물색했어."

와라쿠가 가리키는 곳에는 분명히 무라오카의 가게에도 있을 법한 사물함이 비치고 있었다.

"어젯밤에 일어났다는 세 건 중에서 경찰이 파악하고 있는 건 이 한 건뿐이야. 그런데, 역시 내 아들이라고 해야 할지, 히키 가문에 현장을 빼앗기고 있는 경찰 관료의 원한이라고 해야 할지. 요시아키 녀석이 팬텀이 피해자일 거라고 추측되는 과거의 사건 중에서, 이번 사건과 대단히 비슷한 전개를 보인 케이스를 찾아냈더군. 녀석도 제법이야."

"너보다 우수한 거 아냐?"

"시끄러."

형의 농담을, 동생이 별로 싫지도 않은 기색으로 받아 흘렸다.

"과거 3년 분량의 데이터를 찾아본 결과, 비슷한 수법, 경위, 지역, 시간대의 강도사건이 꽤 많았어. 이것도 기록은 하지 마. 내가 요시아키한테 혼나거든."

와라쿠는 양해를 구하고, 이번 사건의 현장하고는 전혀 다른 사진을 몇 장 꺼냈다.

모두 심야 영업을 하는, 여러 가지 가게 앞의 사진이었다.

"심야 시간대에 침입, 매상금의 절도, 종업원 사물함을 집요하게 뒤진 케이스들이야. 이 두 건은 편의점. 이쪽은 심야 영업도 하는 슈퍼. 이쪽은 인터넷 카페지. 모두 팬텀이 고용되어 있던 가게야."

와라쿠는 거기서 한 박자 쉬고 아이리스를 보았다.

"모든 사건에서 인적 피해자가 나왔다는 분명한 제3자의 증언과 감시 카메라 영상이 있는데, 피해자가 피해를 호소하지 않았어. 아마도 피해자는 자신의 정체를 밝히고 싶지 않은 일반 팬텀이었겠지. 그런 팬텀이 있는 장소를, 같은 수법으로 노리고 있어."

"그런 사건 기록이, 암십자에 있는 거 아냐?"

토라키는 아이리스에게 제안했지만, 아이리스는 떫은 표정이었다.

"……글쎄 몰라. 주둔지에 돌아가면 조사는 해보겠지만, 모습을 감춘 손님이 모두 팬텀은 아닐 거야. 그런 일이 거듭됐으면 시스터 나카우라도 뭔가 말을 했을 테니까."

"그 기사장은 그렇게까지 유능하지 않은 것 같던데……. 뭐 어쩌다가 귀찮은 일을 싫어하는 인간 손님이었다는 경우도 있을 수 있겠지……."

"그리고, 하나하나의 사건은 꽤 예전에 일어난 일이죠? 어젯밤 일 중에 두 건은 팬텀이 얽혀 있는 게 아니고, 강도 사건의 비슷한 형태가 그렇게까지 많다고 할 수 없으니 공통점이 조금 부족한 것 같아요."

이번에 와라쿠가 온 것은 어젯밤에 일어난 암십자 기사단 소속의 기사를 습격한 팬텀의 정체를 알아내기 위해 힌트가 필요했기 때문이다.

확실히 지금 와라쿠가 보여준 정보는 토라키나 아이리스가 하루아침에 모을 수 없는 정보였지만, 어젯밤의 사건이나 아이리스를 공격한 팬텀과 직접 이어지는 정보는 아니었다.

그러나, 와라쿠도 그것은 알고 있을 것이다.

그는 마지막으로 작게 문자가 적힌 종이를 사건의 건수만큼 꺼냈다.

"그러면, 이게 마지막 힌트가 되겠군. 깨닫는 게 있나?"

"이건…… 종업원 명부인가요?"

"그래. 모두 어젯밤을 포함한 강도 사건을 당한 가게야. 깨닫는 점이 있겠지?"

그러나 아이리스는 조금 미안한 기색으로 말했다.

"죄송합니다. 저 아직, 한자는 공부가 부족해서 그렇게 잘 읽지 못해요."

"아니, 야, 잠깐만, 이거……."

그러나, 토라키는 명부의 이변을 금방 깨달았다.

깨닫고서, 토라키치고는 보기 드물게 동요하는 표정을 지었다.

"우연……이라고 하면 우연인가?"

"우연이라고 하면 우연이겠지. 그쪽에서는 딱히 드물지도 않으니까. 다만 이 공통점을 가진 자가 모두, 문제의 사건이 일어난 직후에 가게에서 자취를 감췄어."

"신원은?"

"확인한 범위에서는 모두 위조 여권이었지."

"왜 그래? 유라."

물어보는 아이리스에게, 토라키는 명부 안에 있는 이름을 가리켰다.

"사건 뒤에 사라진 직원의 성이 모두 『리앙(梁)』이야."

"어?"

예전 직장에서 강도 사건을 당한 적이 있다.

그 얘기를, 아이리스는 바로 어젯밤에 들었다.

"리앙이란 성은 중국권에서는 흔해빠진 성이야. 그러나 팬텀이 피해자이고, 비슷한 경위를 가진 강도사건이 일어난 가게에서, 리앙 성의 직원들만 자취를 감추고 있어. 범인은 모두,

아이리스 씨를 공격한 녀석과 비슷한 모습이었다고 하더군. 게다가 확인할 수 있는 범위에서는 모두 위조 여권을 쓰고 있었어. 여기까지 오면, 상당히 냄새가 나지?"

와라쿠가 말하고서, 심각한 표정을 짓고 있는 두 사람에게 물었다.

"두 사람 모두, 짚이는 게 있는 거군."

짚이는 것 정도가 아니다.

"우리 편의점의 신입이 리앙 성이야. 아이리스랑 미하루도, 한 번 만났지."

"호오."

"하지만 공격을 받은 건 저고, 가게가 아니에요. 유라의 가게에 들어온 강도는 팬텀 같지 않았고, 그리고, 어제 강도사건에서 경찰이 그녀의 신분증명서를 확인했어."

"그 기록, 요시아키의 힘으로 열람할 수 없냐?"

"조회한 기록을 확인할 수는 있어도, 용의자도 아니니 그 내용까지는 조사 못하지. 뭔가 그 신입에게 수상한 점이 있었어?"

그렇게 물어보면, 결코 그렇지는 않았다.

토라키와 아이리스가 얼굴을 마주본 다음, 토라키가 마지못해 입을 열었다.

"……나를 만나고 싶어서, 알바에 응모했다고 말했을 뿐인데 말이지……."

"뭐야? 그것뿐이야?"

와라쿠는 맥 빠진다는 표정으로 형의 얼굴을 빤히 바라보더니, 곤혹스럽게 턱을 괴었다.

"뭐, 확실히 말이 안 되긴 하는군."

"그렇긴 한데, 말투 좀 생각해라. 말투 좀."

가족이기에 일절 가차 없는 모습에, 아이리스는 옆에서 웃음이 터져버렸다.

"뭐 어쨌거나, 방심은 하지 마. 드러난 조건은 갖추어져 있고, 아이리스 씨도 실제로 습격을 받았으니까. 형이 잘 지켜줘야지."

"너까지 그런 말을 하냐? 굳이 따지자면 아이리스가 내 생활을 위협하는 쪽이다. 누가 날 좀 지켜달라고!"

"잠깐, 유라!"

"진실이잖아!"

"이렇게 맛있는 밥을 만들어주는데 그런 말을 하나?"

"너도 장난하지 마!"

와라쿠의 지원 사격을 받은 탓인지, 잠시 아이리스가 우쭐거렸다. 덕분에 그렇잖아도 해결 못한 일이 쌓여 있는 상태인 토라키는 출근하기 전에 한껏 피로를 축적해 버렸다.

"아아, 오랜만에 이렇게 배불리 먹었어. 소화를 할 겸 걷고 싶은 참인데."

오후 8시.

토라키의 출근 시간이 다가왔기 때문에 파장이 됐지만, 뒤숭숭한 화제를 이야기한 다음이니 와라쿠를 걸어가라고 할 수는 없어서 택시를 부르게 됐다.

그렇지만 블루로즈 샤토 조우시가야 앞의 길에는 차가 들어오지 못하기 때문에, 토라키와 아이리스가 차가 많이 다니는 길까지 바래다주게 되었다.

“입에 맞으셨다면, 다행이에요.”

“파이는 특히나 맛있었어. 그건 뭔가, 어머니나 조모님한테서 이어 받은, 가족의 전통 같은 것이었나?”

“……그건, ……저기, 그래요. 그런 셈이죠…….”

“아~ 분명히 맛있었지. 이번의 귀찮은 일이 끝나면 또 만들어줘.”

“그, 그래…….”

아이리스가 가족 이야기를 하기 싫어한다는 것은 지금까지 보면서 어렴풋이 깨닫고 있었다. 무라오카의 딸 아카리도 아이리스가 가족 문제를 품고 있지 않을까 추측했었다.

물론 토라키는 아이리스에 대해서 그렇게까지 와라쿠에게 얘기하지는 않았지만, 와라쿠도 형이 끼어드는 방식에서 뭔가 느꼈는지 더 이상 뭐라고 하지는 않았다.

토라키는 화제를 바꾸기 위해, 대답을 머뭇거리는 모습을 보면서 깨달은 것을 무심코 말해버렸다.

“그건 그렇고 아이리스, 너 아까부터 꽤 자연스럽게 와라쿠랑 얘기하고 있잖아. 이제 와라쿠하고는 만나도 괜찮은 거 아냐?"

"그래. 그러고 보니 중간부터, 아이리스 씨도 전혀 긴장하지 않고 대화를 해주고 있군."

와라쿠도 그 말을 듣고서 깨닫고 아이리스를 보았다.

토라키 형제는 전혀 다른 뜻은 없었지만…….

"어? …………앗……."

그러나 아이리스는 완전히 자각이 없었나 보다.

"어…… 어, 앗, 그게, 저, 저, 저, 저, 저저저저저저……."

지적 받은 지금까지는 정말로 깨닫지 못한 모양이다.

밤의 길거리에서도 확실하게 알 수 있을 만큼 얼굴이 홍조되고, 급격하게 시선이 흔들리기 시작한다. 퍼뜩 와라쿠를 봤다 싶더라니, 새삼스레 토라키의 뒤에 숨어 버렸다.

"죄, 죄, 죄, 죄, 죄송합니다. 그, 그, 그게, 저저저저저저도 전혀 깨닫지 못해서."

"……아~ 이거, 괜한 말을 했구만."

"하하핫. 그런 모양이야."

뭐가 스위치였는지는 확실히 알 수 없지만, 지난 약 1시간, 와라쿠와 매끄럽게 대화를 한 것은 어쩌다가였나 보다.

"죄…… 죄송…… 합니다……."

지금까지의 경위에서 와라쿠를 두려워할 필요가 전혀 없다는 것은 아이리스도 알고 있을 테지만, 그렇게 간단한 원리로 해결된다면 아무도 공포증으로 고생하지 않는다.

"뭐, 앞날을 기대한다고 생각해야겠군. 서로서로."

그렇게 말한 와라쿠는 형의 어깨를 두드렸다.
"뭔데?"
"아니 뭘. 요리도 새로운 것들이었잖아. 그런 분위기는 영감이 되어서도 마음이 좀 들뜨는 법이거든. 설마 세 번째가 있을 줄은 몰랐어."
"그건 또 뭐야?"
"이제 그만 영감을 안심시키기 위해서, 장래를 진지하게 생각해보라는 거지."
"또 장래냐."
"또?"
"아무것도 아냐."
토라키는 애매한 말을 하는 동생의 진의를 캐묻고자 했었지만, 그런 짓을 하는 사이에 어느샌가 메이지도리까지 나와 버렸다.
오후 8시의 메이지도리는 오가는 차도 사람들도 많기 때문에, 여기까지 오면 이제 안심이다.
토라키는 손을 들어 택시를 잡고, 와라쿠를 후방 좌석에 들여보냈다.
"뭐, 일단 오늘은 고맙다. 조심해서 돌아가."
"할 수 있는 일도 이 정도밖에 없으니까. 그쪽도 부디 조심하라고. 그리고 아이리스 씨."
"…………네…………네에…………."
"오늘은 잘 먹었어. 괜찮으면 또, 근사한 식탁에 불러줘.

그럼.”

“…………..”

아이리스는 토라키의 등 뒤에 숨은 채 작게 고개를 끄덕였다.

“OK랜다.”

토라키가 그 기척을 느끼고 와라쿠에게 전달했다.

“그러면, 잘 쉬라고.”

와라쿠가 말하더니, 택시의 문이 닫히고 차가 출발했다.

토라키는 가볍게 손을 들어 배웅했다.

“……야, 이제 갔어.”

그리고 등 뒤에서 코트 자락을 붙잡은 채 고개를 숙이고 있던 아이리스에게 말을 걸었다.

“…………하아.”

의기소침한 한숨이 하얗게 하늘로 사라졌다.

“미안해……. 마지막의 마지막에, 또…….”

“신경 쓰지 마. 와라쿠가 저렇게 즐거워 보이는 건 오랜만에 봤어. 아이리스의 요리 덕분이야. 맛있었던 것도 정말이고.”

“……그래. 그러면, 다행이네.”

“어디, 보자. 그러면 이제부터 어떡할까!”

토라키는 손뼉을 치고서 분위기를 전환하더니 아이리스에게도 재촉했다.

팬텀이 연관된 형사 사건과 유사한 몇 년 사이의 사건들에서, 리앙 성이 나왔다.

그걸로 즉시 쉬이링이 팬텀이라고 말할 생각은 없었다. 하지만 아이리스나 미하루 덕분에 한 번은 리앙 쉬이링이 어디든지 있는 평범한 인간이라고 판단할 것 같았던 참이라 와라쿠의 정보는 두 사람의 마음에 어두운 그림자를 드리웠다.

"어쩌다가 성이 같은 것뿐이라고, 생각하고 싶은데."

"……와라쿠 씨 앞에서는 말 안 했지만, 쉬이링 씨, 과거에도 일하던 곳에 강도 사건이 났던 적이 있다고 해."

"그랬어?!"

"일본 국내였다고 말하진 않았지만 말야. 다만 무라오카 씨 탓에 나랑 당신의 관계를 오해한 상태로 얘기한 거니까, 그건 당신에게 전해지는 걸 전제로 말했을 거야. 그러니까 다만 조금 특수한 신상 이야기였을 가능성도 있어."

"……보통은, 그렇단 말이지."

처음에는, 토라키가 쉬이링의 태도를 수상하게 생각한 것이 시작이었다.

조금 신경 쓰여서 조사를 시작했는데, 쉬이링하고는 직접 관계가 없는 곳에서 아이리스와 암십자 기사단, 그리고 히키 가문과 연관된 죄 없는 팬텀이 일하는 가게가 정체불명의 팬텀에게 습격을 받았다.

그 사건 가운데 하나가 과거에 있던 강도 사건의 경위와 유사했다. 그 모든 사건에서 『리앙』의 성을 가진 직원이 확인되어 있으며, 그들 모두가 사건 뒤에 자취를 감추었다.

그리고, 쉬이링의 성은 『리앙』이다.

"하지만 덕분에 살았어. 암십자나 히키 패밀리에 축적된 데이터에서, 어떤 것을 찾아보면 되는지 형태를 잡았으니까. 내일 당장 해결! 은 아니겠지만, 나랑 동료를 습격한 팬텀을 찾아낼 정보는 모을 수 있겠어. 다만 이 경우도 문제는…….”

리앙 쉬이링의 존재를, 어찌 판단할 것인가였다.

토라키는 조금 생각하고서, 신중하게 입을 열었다.

“일단, 의심만으로 처벌해선 안 되지. 지금의 그녀 자신에게는 실수도 잘못도 없어. 어쩌다가 그녀 주위의 상황이, 과거의 사건과 유사한 조건을 갖추고 있을 뿐이야.”

“그래. 쉬이링 씨가 팬텀하고 전혀 상관없는 사람이라면, 어쩌다가 나랑 함께 귀가했을 뿐인 그녀가 조금이라도 피해를 입는 건 피하고 싶어.”

메이지도리를 벗어나서 블루로즈 샤토 조우시가야로 돌아가는 길에, 잠시 두 사람은 침묵했다.

그리고.

“아이리스. 너 리앙 씨의 집 장소 알아냈었지?”

“그래. 그게 왜?”

“리앙 씨를 더 파헤치든 피해를 입지 않도록 지키든, 현재 내가 할 수 있는 일이라고는 하나밖에 없어. 그녀와 가능하면 함께 있는다. 이것뿐이지.”

어째선지 아이리스는 자신의 왼쪽 눈썹이 부자연스럽게 일그러지는 걸 느꼈다.

“……구체적으로, 뭘 어떡할 건데?”

“출근할 때는 집까지 마중 나가고, 경우에 따라서는 다소

사적인 부분에서도 함께 지낸다."

"그……!"

"그?"

"그…………렇게까지 할 필요가, 있을까?"

"아니 있잖아."

"그, 그치만, 그렇게 따지면 무라오카 씨나, 다른 직원들이나, 그리고 아카리도 지켜야 하지 않아?"

아이리스는 스스로도 이유는 알 수 없지만, 그 제안이 대단히 위험하다고 생각해서 무심코 반론해버렸다.

그러나 토라키는 난처한 기색으로 고개를 옆으로 저었다.

"아니, 이번에는 애당초 네 동료를 습격한 사건에 리앙 씨가 연관되어 있을지도 모른다는 거잖아. 리앙 씨 말고는 달라붙어 있어도 의미가 없지."

"그건, 그, 그렇긴 하지만……."

이성은 토라키의 생각이 옳다고 이해하고 있지만, 스스로도 어째서 이렇게 지금 그 생각에 반발하는 건지 알 수 없었다.

"그래! 무라오카 씨! 무라오카 씨는, 내, 내가 당신 연인이라고 생각하잖아? 쉬이링 씨도 그럴 거야! 그러니까 뭐랄까, 쉬이링 씨가 신경 쓰지 않을까!"

"그건 무라오카 씨가 멋대로 착각한 거라고 하면 되는 거잖아."

"뭐!"

아이리스의 머리에 피가 확 치솟을 것 같았지만, 어떻게든 그것을 필사적으로 억눌렀다.

"그건, 그렇긴…… 하, 하지만 요전에 나, 내가 리앙 씨한테 당신 여친이냐고 물어보기에, 흐름 때문에 긍정해 버렸어. 그래서 이렇게 이것저것 이야기가 들어맞지 않으면 위험할지도 몰라서."

"그 날은 강도사건도 있어서 마음에 여유가 없었을 거고, 리앙 씨가 강하게 착각하고 있어서 말을 못 꺼냈다고 하면 되잖아. 흔한 일이야."

"…………."

토라키가 냉정한 정론의 기관총 사격을 하자, 드디어 아이리스는 침묵해 버렸다.

"아이리스?"

토라키는 연륜 덕분에 이 침묵이 납득의 침묵이 아니란 것을 어렴풋이 깨달았다.

그리고 그 예상은 금방 증명됐다.

블루로즈 샤토 조우시가야가 보이기 시작했을 무렵에, 아이리스는 후련하다는 기세지만 표정은 명백하게 기분이 틀어진 모습으로 말했다.

"알았어, 알겠습니다. 그러면 그러지 그래?"

"이봐, 어째서 갑자기 내던지는데? 너랑 암십자한테도 연관된 일이거든?"

"내던진 거 아냐. 파트너 팬텀의 냉정한 분석에 감탄했어. 그러면 쉬이링 씨한테 안부 전해줘! 장소는 가르쳐줄 테니까 마중을 가시라고! 문은 내가 잠글 테니까!"
그리고 혼자서 성큼성큼 앞의 맨션에 들어가더니, 코트의 주머니에서 열쇠를 꺼내 104호실에 들어가 버렸다.
난폭하게 닫힌 자택의 현관을 보면서, 토라키는 곤혹스럽게 중얼거렸다.
"그러니까, 왜 네가 우리 집 현관문 열쇠를 관리하는데……."

※

"가까운 것 같으면서 가깝지 않군."
토라키는 아이리스가 건네준 난잡한 지도 메모를 참고하여 길을 걸어, 쉬이링이 살고 있다는 셰어 하우스 앞에 도착했다. 블루로즈 샤토 조우시가야에서 이리저리 길을 우회해야 갈 수 있는 장소였다.
"셰어 하우스라는 걸 모르면 보통 집처럼 보이네."
메모에 구멍이 뚫릴 만큼 강한 필압으로 「Here!!」라고 적힌 장소에는 하얀 외벽의 단독주택과 집합주택의 중간 같은 건물이 있었다.
"그리고, 저게 습격 현장이군."
문득 땅바닥으로 눈을 내리자, 아주 조금 떨어진 아스팔트 지면에 부자연스러운 구멍이 뚫려 있었다.
"여기서 아이리스랑 손톱 팬텀이 싸웠단 말이지. 아이리스 얘기를 들어보면 상당히 화려한 소동이 일어났을 거야."

편의점 강도 사건 직후라서 지역 주민들이 상당히 불안에 떨었을 것이다.

그리고 가장 부자연스러운 것이 뭔지 꼽아보자면 가게도 없고 지나가는 것도 아닌데, 그저 주택가를 어슬렁거리면서 사람을 기다리고 있는 자신이 제일 부자연스럽고 수상하다.

쉬이링하고는 딱히 약속을 한 것도 아니고, 만난 지도 이삼일밖에 안 됐으니 전화번호도 모른다.

"……이렇게 생각하면, 미행이나 잠복이나 신변조사는 어려운 거구나."

이유가 있기는 했지만, 아이리스에게 가볍게 쉬이링의 조사를 부탁한 것을 토라키는 조금 후회했다.

어쩌면 아이리스가 묘하게 기분이 틀어진 것도 그런 것이 원인일지도 모른다.

암십자에게 짜증을 내고 있기는 했지만, 아이리스 개인에게 지나치게 화풀이를 했던 걸까?

고개를 숙이고 곰곰이 그런 생각을 하고 있을 때였다.

"어라? 토라키 씨?"

그 셰어 하우스의 현관에 어느샌가 쉬이링이 있고, 놀란 표정으로 이쪽을 보고 있었다.

"아, 아아, 리앙 씨, 아, 안녕?"

"네…… 안녕하세요."

곤혹스러워한다. 그야 그럴 것이다.

만난 지 사흘째 되는 이성 동료가 출근 시간에 예고도 없이 집 앞에서 대기하고 있는 것이다.

토라키는 토라키대로 쉬이링의 일상을 감시하면서 지키면 된다는 명목만 앞서다 보니, 실제로 쉬이링을 만나서 뭐라고 해야 할지 생각하지 않은 것을 이제 와서 깨달았다.

쉬이링이 뭔가 악의를 품고 있다면 이쪽의 수법을 밝히게 되는 셈이고, 반대로 아무것도 모른다면 팬텀이니 암십자니 말을 해봐야 믿어줄 리가 없었다.

게다가, 토라키 자신은 쉬이링의 집 장소를 본인에게 직접 들은 게 아니었다.

객관적으로 보면 이미 수상함을 넘어서 뭐 하자는 건지 알 수 없는 상태였다.

"아, 저기, 사실은 아이리스한테, 리앙 씨 집 장소를 들었거든."

"그랬었나요……."

조용한 대답이 묘하게 정색하는 것 같아서 토라키는 식은 땀을 필사적으로 억눌렀다.

"그리고 저거, 어제 그런 일이 있었잖아? 그게…… 아이리스가, 리앙 씨가 불안해 보였다고 하기에, 그래서……."

스스로도 상당히 억지스런 변명이라는 건 알고 있으며, 섣불리 아이리스를 변명거리로 쓰고 말았다.

이건 상당히 악수다. 토라키는 그것을 자각하고 점점 마음이 쪼그라들었다.

"그래서…… 일부러 마중을 나와주신 건가요?"

그런데 뜻밖에도, 이때 쉬이링이 미소를 꽃피웠다.

"그, 그래. 아이리스한테 들었는데, 전에도 강도가 든 적이 있었다며?"

"네, 사실은 그래요."

"그게, 저기, 무, 무라오카 씨도 말이지. 심야에 일을 해주는 사람은 귀중하니까, 선배로서 여러모로 신경 써주라고 했거든, 그래서, 저기……."

미소에 안도하여 말하면서 기껏 긴장이 풀리고 있었는데, 그때 마음속의 냉정한 자신이 무라오카까지 변명거리로 써가면서 이러는 건 사람으로서 좀 아니지 않을까 하는 의견을 말한다.

마음속의 냉정한 나여. 어째서 그 의견을 내가 입을 열기 전에 내주지 않았지?

토라키는 거기서 말문이 막혀버렸다.

"그랬었나요? 다행이다."

이 정도로 악수를 뒀는데도, 어째선지 쉬이링은 가슴을 쓸어내리는 것처럼 살짝 안도의 표정을 보였다.

물론 안도의 방향성에 따라서 더욱이 바늘방석이 기다리고 있지만, 쉬이링은 별다른 위화감 없이 말을 이었다.

"설마 막 일하기 시작한 곳에서 강도를 만날 줄은 몰랐어요……. 가게는 쉬질 않으니까 출근을 안 할 수도 없잖아요. 아직 사흘째니까요."

"어, 뭐, 그렇지."

"제가 출근 안 하면 무라오카 씨가 죽어버릴 것 같고."

"분명히 그렇지."

"그리고 어제 아이리스 씨랑 헤어진 다음에 밖에서 이상하게 커다란 소리도 났어요. 그래서 좀 나오는 게 무서웠어요."

"……그, 그렇구나."

그 소리는 아이리스와 그 검은 팬텀의 전투가 낸 소리일 것이다.

소리를 수상쩍게 생각하여 창문으로 밖을 봤다면, 아이리스의 정체를 들켰을지도 모른다. 그렇게 생각하자 토라키는 식은땀이 흘렀다.

"토라키 씨?"

지금까지 얼마든지 수상한 부분이 넘친다. 놀라움과 불안에 침을 삼킨 토라키에게, 어째선지 이때 쉬이링이 처음으로 의문스런 표정을 지었다. 그러나 그 표정도 금방 사라졌다.

"으엥?"

그리고 쉬이링이 수줍게 웃으면서, 토라키의 코트 소매를 손가락 끝으로 살짝 잡았다.

"기왕 이렇게 됐으니, 어리광 부릴게요?"

"그, 그래……."

"하지만, 아이리스 씨한테 혼나지 않나요?"

"으응? 어째서?"

그만 목소리 톤이 이상해졌다.

코트의 소매를 잡은 것에 동요하기도 했고, 고개를 숙이면서도 눈을 올려 뜨고 물어보는 쉬이링에게서 또 달콤한 냄새가 났기 때문이다.

"그야, 여자친구잖아요……."

"아…… 아, 아~! 아~! 그거!"

아까 전에 자기가 아이리스에게 그렇게 정론을 말했던 주제에, 막상 이렇게 정면으로 물어보자 그것을 부정해 버렸을 경우 쉬이링에게 매끄럽게 말을 이끌어낼 수 없을 것 같아 말을 삼키고 말았다.

"아, 아니, 그게, 아이리스도, 신경 쓰더라고. 그게, 지나친 걱정이 아닌가 했었는데, 무서워하고 있을지도 모른다고 하더라……."

"그랬었나요?"

어쩔 수 없다.

어쩔 수 없는 일이지만, 상황을 정리하면 할수록 아이리스를 변명거리로 쓰지 않으면 이야기를 제대로 이어나갈 수가 없다. 이야기가 이어지면 이어질수록 아이리스를 변명거리로 써먹고 있다는 것에 대한 죄책감에 짓눌릴 것 같았다.

"그러면, 그렇다고 해둘게요. 후후."

그리고 쉬이링은 쉬이링대로, 일흔 넘은 흡혈귀의 내심 따위 알 바 아니라는 것처럼 계속 잡고 있는 토라키의 소매를 이끌고 걸어가지 않는가?

토라키도 이끌리는 대로 걸어간다. 누가 보면 마치 손을 잡고 걸어가는 것처럼 보일 것 같기도 한 상태가 되고 말았다.

토라키는 살짝 손을 당겨봤지만, 쉬이링은 소매를 붙잡은 손가락을 놓아주지 않았다.

마중 나왔다는 명목상 떨쳐내는 것도 좀 그렇고, 토라키는 미묘한 거리감을 유지하며 출근을 하는 수밖에 없었다.

반걸음에 더욱이 절반 정도. 잡고 있는 손가락으로 토라키를 끌어당기며 걸어가는 쉬이링의 향수 냄새가 또 냉정한 판단력을 빼앗았다.

"리, 리앙 씨 말야."

토라키는 침묵과 분위기를 견디지 못하고 입을 열었다.

"네?"

"오늘은 조, 조금 향수 냄새가, 강한 것 같네."

"그런가요? 평소랑 다름없는 양이었는데……. 방금 전까지 방 청소를 하느라 움직였으니까, 조금 체온이 높아졌나 봐요."

쉬이링은 자신의 몸을 내려다보는 시늉을 하며, 갑자기 토라키의 손을 잡아서 쥐었다.

"만져보니까, 어떤 것 같아요?"

"응?! 어?!"

조금 서늘하고 부드러운 감촉이 손바닥을 감싸자, 토라키는 눈을 깜빡거렸다.

"저, 체온 높은가요?"

"아, 아니?! 별로?!"

대체 무엇에 동요를 하고 있는 것일까? 자신은 일흔도 넘은 노인인데, 쉬이링의 액션이 일일이 예상을 뛰어넘어서 무심코 과잉 반응을 해버린다.

게다가 하필이면 주택가를 바람이 지나면서 쉬이링의 향수 냄새가 강해지고, 동시에…….

"히익, 추워."

쉬이링이 온몸을 쪼그리듯 움츠린다. 결과적으로 토라키의 손을 더욱 강하게 쥐고 더욱 토라키의 몸이 강하게 끌려가서 어깨와 어깨, 팔과 팔이 닿아 버렸다.

"읏~~!"

바람은 금방 지나가서 몸은 떨어졌지만, 토라키는 이미 온몸이 식은땀으로 젖어 있었다.

"얼른 가게로 가요. 밤에는 오뎅을 사서 먹어야겠어요."

조금 발이 빨라진 쉬이링에게 손을 잡힌 채, 그저 순순히 끌려가는 수밖에 없다.

태평하게 걷는 쉬이링의 옆모습을 살피며, 토라키는 진지하게 혼란에 빠졌다.

딱히 그가 누구와 손을 잡고 다니든, 켕기는 요소는 전혀 없었다.

전혀 없는데, 어째서 그는 이 정도로 동요하고 혼란에 빠지는 것일까?

그렇지. 역시 아직 쉬이링의 정체가 의심스럽기 때문이다. 설령 그 의심이 풀린다고 해도 쉬이링과 손을 잡고서 출근하는 모습을 무라오카가 보기라도 하면, 그 오너가 끝도 없이 시비를 걸기 시작할 게 틀림없기 때문이다.

그러나 지금은 무라오카보다도, 아이리스가 이 현장을 보면 어떻게 될까 하는 공포가 가득했다.

그야말로 지금 이 현장을 보게 되면, 소문으로 들은 팬텀의 빙술처럼 절대영도의 멸시하는 눈으로 노려볼 것이 틀림없다.

이유는 알 수 없지만, 확신할 수 있었다.

그러나 두 사람은 딱히 이대로 몇 시간 더 걷는 것이 아니다. 금방 저 앞에 구원의 빛이 보이기 시작했다.

이케부쿠로 동5쵸메점이 보인 것이다.

설마 가게에 들어갈 때까지 손을 잡고 있지는 않으리라.

그런 생각을 하고 있을 때였다.

어둠을 훤히 내다보는 흡혈귀의 눈이 분명하게 포착했다.

가게 안에서 나오는 빛. 자동문이 열리고 안에서 나오는 손님. 아니, 인물의 모습을.

"응? 어라?"

그리고 어두운 밤길에 뒤에서 빛이 비추고 있는 그 인물은 인간의 눈으로도 쉽사리 이쪽의 모습을 포착했다.

"아, 토라키 씨! 안~녕."

"으힉."

토라키는 목 안쪽에서 비명을 흘렸다. 쉬이링은 그런 토라키와, 편의점에서 나와 이쪽에 손을 흔드는 소녀를 번갈아 보았다.

토라키는 결코 신심이 깊지 않았다.

흡혈귀가 신을 믿네 마네 하는 이야기가 아니라, 흡혈귀가 되기 전인 수십 년 전부터 토라키 가문은 장례만 불교식이지 딱히 종교가 없었다.

그래서 무언가를 열심히 신앙하는 것은 아니지만, 이때만큼은 신을 원망했다.

어째서, 어째서 이런 타이밍에 가게 안에서 무라오카 아카리가 나타나는 것인가?

쉬이링과 손잡고 있는 상태를 아카리가 보게 되면, 나중에 무슨 일이 일어날지 전혀 예상도 못한다.

토라키가 뭐가 뭔지 알 수 없는 여러 가지의 끝장을 각오한 그 순간이었다.

"안녕? 토라키 씨."

아카리가 가까이 달려왔을 때는 이미, 쉬이링이 부자연스럽지 않을 정도로 토라키와 반 걸음 떨어져 있었다.

긴장을 하고 있었다지만, 쥐고 있던 손을 놓은 것 자체를 깨닫지 못할 정도로 대단히 자연스러운 몸놀림이었다.

토라키는 쉬이링의 행동에 위화감을 품고, 시야 한구석에 담아두면서 아카리에게 인사했다.

"어, 안녕? 아카리. 학교 갔다 오는 길이야?"

"그럴 리 없잖아. 피아노 레슨 받고 집에 가는 길이야."

그렇군. 가만 보니 아카리는 사복 차림이었다. 그런 것도 눈에 안 들어올 정도로 토라키의 심리가 궁지에 몰려 있었던 모양이다.
"아~ 혹시, 언니가 새로 가게에 들어온 사람이에요?"
토라키의 동요는 무시하면서, 아카리가 쉬이링 쪽을 돌아보며 살짝 인사를 했다.
"처음 뵙겠습니다. 오너인 무라오카의 딸이고, 아카리라고 해요."
얼마 전 밤중에 찾아왔을 때 같은 그늘이나 부정적인 모습은 이미 아카리에게서 찾아볼 수 없었다.
아직 어머니가 돌아온 건 아니라고 들었지만, 아버지의 직장 사람에게 예의 바르게 고개를 숙이는 모습은 구김살이 없고 나이에 걸맞은 모습이었다.
"처음 뵙겠습니다, 리앙 쉬이링입니다. 아버님께 신세를 지고 있어요. 잘 부탁드립니다."
궁지에 몰려 있던 토라키와 달리, 쉬이링은 아무렇지도 않은 표정으로 고용주의 딸에게 고개를 숙였다.
"중국 사람이라고 들었는데, 일본어 굉장히 잘 하시네요."
"그런가요? 고맙습니다. 아직 공부하고 있어요."
"요즘 제 주변에 있는 외국 사람들이 다들 일본어를 술술 잘 하니까 기가 죽어요. 저는 영어 성적 꽝이거든요."
"익숙해진 거죠. 아카리 씨도 혼자 외국에서 생활하면 싫어도 말할 수 있게 돼요."
"그런 하드모드는 싫은데에……."
어떤 측면에서는 올바른 쉬이링의 의견에 아카리는 애교

섞인 쓴웃음을 지었다.

"가끔 가게에 뭐 사러 오니까, 그때는 잘 부탁드립니다."

"네. 이쪽이야말로."

오너의 딸과 신입 아르바이트의 평화로운 첫대면이 끝났을 때, 아카리가 토라키를 보더니 묘한 말을 했다.

"아, 그렇지. 토라키 씨한테 조금 개인적으로 할 말이 있는데, 괜찮아요?"

"네. 그럼 토라키 씨. 저는 먼저……. 아카리 씨, 실례할게요."

쉬이링은 순순히 고개를 끄덕이고 먼저 가게에 들어갔다.

그것을 둘이서 배웅하고, 밖에서 쉬이링이 직원실에 들어간 것을 확인한 다음 아카리가 갑자기 토라키를 돌아보았다.

"방금 손잡고 있었지?"

"히익?!"

그리고 입을 열자마자 이거다.

전혀 예상도 못했던 일격에, 토라키는 동요를 도무지 억누를 수 없었다.

"오히려 꽝이야. 그 반응."

그 탓에 아카리가 기가 막힌 모양이다.

"아니, 나는 알고 있거든? 아빠는 멋대로 말하고 있지만, 토라키 씨랑 아이리스 씨가 사실은 진짜로 연인 사이가 아니라는 거 말야."

"그, 그래……."

"하지만 지금 그거 완전히, 바람피우는 현장을 둘 다 아는 친구한테 들켰을 때 반응이잖아."

"뭐, 뭐, 뭐, 뭐가 바람이야?!"

"지금 그런 거 말야. 뭔가 켕기는 게 있습니다란 느낌이 훤히 보이잖아. 토라키 씨는 그런 게 아닐 거라고 생각하지만, 역시 남자들은 어딘가 그런 부분이 있구나."

"그런 부분이라는 건 또 뭔데!"

"토라키 씨 말야아, 이미 어른이잖아? 조금은 자중해."

흡혈귀의 체면을 걸고 반격했지만, 여고생에게 전혀 안 통했다.

아카리는 떫은 표정을 지으면서 가게 쪽을 살피며 목소리 톤을 낮췄다.

"오너의 딸 입장에서 새로운 직원에 대해 뭐라고 하긴 좀 그렇지만, 만난 지 얼마 안 된 남자랑 손을 잡는 여자는 아무리 미인이라도 관두는 편이 좋아. 분명히 그 이전의 인간관계를 부수는 타입이야."

"아니, 그건 그런 게 아니라, 얘기를 하다 보니까……."

"얘기를 하다 보니까 손을 잡게 되었다고 해도, 그럴 생각이 없으면 떨쳐내세요. 뭘 그냥 내버려두고 있어?"

대꾸할 말이 없었다.

토라키가 고개를 숙이자, 아카리는 갑자기 장난스런 표정을 짓고 하늘을 우러러 보았다.

"아~아, 어떡할까? 아이리스 씨한테 말해버릴까?"

"어?!"

"요전에 연락처 알려줬거든. 토라키 씨가 새로운 알바랑 사이좋게 손잡고 출근했어요~ 라고 하면, 어떤 반응을 보일까아?"

"기, 기다려봐. 여러모로 기다려봐!"

완전히 협박이었다.

어째서 그렇게 되는지는 토라키 자신도 알 수 없지만, 이것은 명백한 협박이었다.

"에~ 어째서~? 딱히 아이리스 씨는 여친인 것도 아니잖아?"

"그렇긴 한데, 아니지만, 지금 그건 왠지 좋지 않아. 나 자신도 잘은 모르겠지만 좋지 않으니까, 그것만큼은 봐줘라!"

아예 이 자리에서 엎드려 빌 기세인 토라키를 보고, 아카리는 참지 못하고 웃음을 터뜨렸다.

"엄청 필사적이네."

"어제 사건 이야기 들었지? 그때 아이리스도 리앙 씨랑 만났었어. 그 뒤로 어쩐지, 리앙 씨 화제가 나오면 이상하게 기분이 틀어진다고 그 녀석!"

"헤~! 그랬구나~! 흐~응!"

"뭐, 뭔데!"

"아~니, 아무것도 아냐. 하지만 토라키 씨는 전혀 안 그래 보이는데, 의외로 여자 버릇이 안 좋네."

"정말로 좀 봐줘라. 오해라니까. 아카리의 나이로 여자 버릇이라고 하지 마."

연령을 따져보면 토라키는 일흔이 넘은 흡혈귀였다. 그런데도 20세도 안 된 여자애 상대로 안절부절못하고 있으니 참으로 한심했다.

스스로도 설마 이렇게 여성을 대하는 게 서투를 거라고 생각도 못했다.

"그치만 뭔가 요전에, 가게에 여자들이 잔뜩 와서 토라키 씨를 노렸다던데?"

"뉘앙스가 이상해! 그런 거 아니야!"

여기서 암십자 녀석들의 조사가 튀어나오자, 토라키는 울고 싶어졌다.

"그리고 아빠가 말했는데, 리앙 씨도 토라키 씨가 있어서 지원을 했다며?"

무라오카 부녀는 불과 보름 전까지는 상당히 단절되어 있던 주제에, 어째선지 그런 쓸데없는 정보는 사이좋게 공유하고 있었다.

토라키는 흘러넘치는 감정을 억누르면서, 냉정함을 가장하며 말했다.

"아니아니 아카리, 조금 냉정하게 생각을 해봐."

"뭘?"

"아카리가 보기에, 제대로 얘기해본 적도 없는 가게의 알바생 남자는 어때?"

토라키로서는 아이리스에게 한 것과 같은 문답을 해서 아카리의 착각을 정정해 주려고 시도한 것이었다.

그러니까 그 발언은 쉬이링이 아무렇게나 지어낸 말이며, 진실일 리가 없다는 의미다.

"뭐?!"

그러나 아카리는 어째선지, 미간을 찌푸리면서 지저분한 걸 보는 것 같은 눈빛으로 슬쩍 물러났다.

"어…… 기다려, 토라키 씨. 아무리 그래도 그건 좀. 이런 이야기의 흐름에서 나한테 그런 걸 물어봐?"

토라키는 그 순간 또 무슨 믿기 어려운 악수를 뒀다는 걸 깨닫고, 기분상으로는 그 자리에서 재가 되고 싶어졌다.

"아니 잠깐 기다려봐. 뭔가 오해하고 있어. 나는 딱히 아카리한테 작업 걸거나 그런 생각이 아냐. 일반론을 말하는 거지."

"작업, 어어? 2중으로 그건 아니지이."

아카리는 반신반의하는 기색이었지만, 미간을 찌푸린 채 조금 진지하게 생각했다.

"그러니까 손님으로서 갔던 가게 사람이랑 사귈 수 있느냐는 거지? 그런 사람 얼마든지 있을걸."

"아니아니. 그건 사귀는 사람이 어쩌다가 점원이 됐거나 일하고 있거나 그런 거겠지. 그리고 계산대의 계산 정도밖에 대화를 안 하는 점원을 보고, 의지가 될 것 같다거나, 멋있다거나 생각을 해?"

"하지. 은근히."

"뭐?!"

부정의 말이 나올 거라고 생각한 토라키는 뜻밖의 대답에 놀라움을 감추지 못했다.

"자주 가는 지역에 있는 가게의 점원이 훈남이거나, 깔끔하거나, 목소리가 좋거나 그러면, 보통 그 가게 자주 쓰잖아."

"그, 그런 거야?"

"그런 거야. 생각해봐. 한심하고 무뚝뚝한 사람이 있는 가게는 싫잖아. 물건 사려고 계산대에 가면 그 사람의 손을 한 번은 거쳐야 하니까. 그러면 괜찮은 사람이 있는 가게에 가고 싶다는 게 보통 아냐?"

아카리가 뜻밖의 대답을 하자 토라키는 말이 궁해졌다. 아카리가 더욱 말을 이었다.

"『괜찮은 사람』이라는 게 젊은 훈남만 말하는 것도 아니고. 손님 입장에서 제대로 일을 해주는 사람과 안 하는 사람은 꽤 구분이 되잖아."

"뭐…… 그거야 분명 그렇지."

아이리스는 이 이야기에 대해서 토라키와 대체적으로 같은 의견이었기 때문에, 사물을 보는 방침이 한쪽으로 고정되어 버렸다.

그러나 지금까지의 일과 상관이 없는 아카리에게서, 일반론으로서 정반대의 의견이 나와 버렸다.

대체 어느 쪽을 생각할 재료로 채택해야 할 것인가 따져보면, 틀림없이 아카리 쪽이었다.

왜냐하면 아이리스는 인간 남성 직원이 있는 가게에 안 가니까.

“그리고 그 가게 사람이랑 개인적으로 사귀고 싶다고 생각하는가는 케이스 바이 케이스겠지. 하지만 그 사람이 있는 가게에서 알바를 하겠다는 건 이해할 수 있어. 왜냐면 손님이랑 점원의 관계 그대로는 찬스가 없잖아.”

“지…… 진짜냐.”

그렇게 되면, 쉬이링의 아르바이트 지망 동기도 있을 수 있다고 받아들여야 하는 것이 아닐까?

당황하는 토라키를 보고 아카리가 뭔가 짐작한 것처럼 가게를 돌아보았다.

“어, 설마 저 사람, 토라키 씨한테 정면으로 그렇게 말했어?”

“뭐, 그게…….”

“……뭘까아. 나라마다 사람들 기질도 다를 테니까 너무 참견할 수는 없지만, 역시 손은 말이지. 갑자기 잡는 게 아니야. 확실해.”

아카리는 약간 곤혹스러워하면서도, 마지막에 어느 정도 진지한 태도로 말했다.

“적어도, 아이리스 씨한테 들키는 게 곤란하다면 조금 더 의연하게 대처해. 아빠의 텐션을 생각하면, 어디를 어떻게 거쳐서 누구 귀에 들어갈지 모르니까.”

“명심하겠습니다…….”

불초 흡혈귀 토라키 유라. 여고생에게 세상의 진리의 일부를 논파 당해 완전 항복했다.

“아, 미안. 어쩐지 얘기가 길어졌네. 시간, 괜찮아?”
“그래. 여유를 가지고 나왔으니까 앞으로 5분은 있어.”
“그래. 뭐 이 뒤에 단 둘이 되기도 하겠지만, 너무 아이리스 씨의 기분이 틀어지지 않도록 노력해. 지금은 여친이 아니라도, 장래에는 알 수 없으니까!”
마지막에는 완전히 위로를 해주고 있었다.
“……장래 이야기는 이제 좀 봐줘라.”
쉬이링이 나타난 이후 종종 귀를 찌르는 말이지만, 젊은 모습 그대로 100년 이상 살아가는 흡혈귀이면서도 가장 인연이 먼 말이었다.
쑥스러워하는 것도 부정하고 싶은 것도 아니지만, 현재의 토라키는 도무지 장래의 비전을 가질 수 없었다.
그러나 그것을 아카리에게 말해도 소용없는 일이다.
아카리는 물론이고 아이리스에게도 쉬이링에게도 당연한 것이 지금의 토라키에게는 없었다.
“그러면, 수고해. 바이바이.”
“그래, 조심해서 가라.”
아카리는 봉지를 흔들면서 가볍게 손을 흔들고 돌아갔다.
“아이카를 쓰러뜨린 다음, 나한테 장래라는 게 있는 건가?”
가게 안을 보자, 쉬이링은 이미 옷을 갈아입고 계산대에 있었다.
지금까지 접해본 적이 없는 쉬이링의 인품을 보며 혼란에 빠지고, 이것저것 주변에서 일어나는 일에 대해서 신경질적인 추측을 해봤다. 하지만 토라키의 신상에 직접 있었던 일이라고는 암십자 기사단의 가택 수색과 일하는 곳의 직원이 한 명 늘어난 것, 세간의 시점에서는 그렇게까지 쇼킹하지도 않은 강도 미수 사건이라는 일이 일어났을 뿐이다.

그것 말고는 거의 토라키가 혼자서 낑낑대고 있을 뿐이다.

분명히 쉬이링이 거리를 좁히는 태도에 당황하는 일이 많지만, 아카리 말처럼 그때마다 의연하게 대응하면 자연스럽게 쉬이링과 관련된 문제는 자취를 감출 것 같았다.

암십자 기사단이나 히키 가문과 관련된 팬텀이 습격을 받은 사건은, 토라키하고는 직접적인 관련이 없다.

이번 연말은 일을 야무지게 해내고, 언젠가 찾아올 아이리스의 억지나 아이카와 다시 대결할 때를 대비하여 돈과 힘을 쌓아두는 것이 중요하다.

그 흐름 속에서, 『인간으로 돌아간다』라는 인생의 커다란 목표에 닿을 기회가 크게 늘어날 것이다.

장래의 꿈이라는 것은 본래의 목적을 달성한 뒤에 생각하면 된다.

어쩌다 보니 자신의 인생과 크게 연관된 것을 생각하면서 가게에 들어서자, 계산대 안에 있는 쉬이링이 고개를 들고 직원실을 가리켰다.

"무라오카 씨가 불러요. 중요한 일이라고 했어요."

"알았어. 뭘까?"

누군가와 대화를 할 때마다 부담이 늘어나기만 해서 갑작스런 지명에 불길한 예감이 느껴지지만, 직원실로 들어가자 좀처럼 보기 어려운 말똥한 무라오카가 기다리고 있었다.

“어제는 영업적으로는 대타격이었지만, 그 대신 빨리 돌아갔으니까 의외로 많이 잤거든!”

말똥해진 사정이 꽤 무거웠다.

“미안하지만, 지금부터 어제 일로 경찰에 가봐야 돼. 그렇게 오래는 안 걸린다고 했는데 잠깐 리앙 씨랑 둘이서 가게 좀 부탁할게.”

“알았어요. 뭔가 주의할 거 있어요?”

“토라키의 친구 덕분에 실질적인 피해는 제로잖아. 밤중에는 어렵겠지만, 힘내서 크리스마스 케이크의 예약 좀 받아주면 좋겠네. 앞으로 10개면 올해 목표 달성이야. 아아, 힘내는 김에 리앙 씨한테 예약 상품 취급 같은 것도 가르쳐줘.”

두 사람은 직원실 벽의 달력을 무심코 보았다.

12월 중하순에 접어들면 편의점 업계는 어디든지 크리스마스 케이크의 판촉에 필사적이다.

이케부쿠로 동5쵸메점은 무라오카가 오너로서 프랜차이즈 경영을 하고 있지만, 그건 그렇다 쳐도 케이크 판매 목표를 반드시 달성해야 한다는 건 변함이 없었다.

다행히 무라오카는 아르바이트 직원에게 강매하는 타입이 아니다. 단순하게 무라오카의 수완 덕분인지, 토라키가 일하게 된 뒤부터 목표 달성을 못한 해는 한 번도 없었다.

“토라키 올해는 아이리스 양도 있으니까 제일 작은 4호 하나 어때?”

“아무리 말해도 그 녀석이 제 여친이 아니라고 무라오카 씨가 이해를 해주지 않으니까, 절대 예약 안 하기로 했습니다.”

“알았어. 촛불은 불을 붙이면 폭발하는 걸로 바꿔둘게. 그러면 다녀온다.”

“아 그래요. 조심해서 다녀오세요.”

“그런데 어제 그 기모노 미인은 대체 어떤 관계야?”

“얼른 가시죠.”

이 이상 슬금슬금 목을 조이는 것 같은 스트레스가 늘어나면 못 참는다. 토라키는 무라오카를 직원실에서 내쫓았다.

“리앙 씨, 나갔다 올 테니까 잠깐 토라키랑 둘이서 잘 부탁해. 계산대에서 하는 거 아직 못 배운 거 배우고. 그리고 어제 그런 일이 있었으니까, 긴급 신고 장치 위치, 제대로 확인해 두고.”

토라키를 상대로는 농담만 지껄여대지만, 저래 보여도 제대로 해야 할 말을 하고 해야 할 일을 하고 있으니 미워할 수가 없다.

“알겠습니다. 조심하세요.”

“이 근처 순찰도 늘린다고 했으니까 오늘이 아마 제일 안전할 거야. 그럼 가볼게.”

전쟁 영화나 호러 영화라면 절대 해선 안 되는 말을 하더니 무라오카는 웃으면서 나갔다.

배웅한 쉬이링은 직원실에서 나온 토라키를 보고 고혹적

으로 웃었다.

"둘이서 잘 부탁한대요."

"……아아, 응."

쉬이링이 의미심장하게 무라오카의 말을 인용했지만, 아카리와 그런 대화를 한 다음이라 토라키는 무심하게 그 미소를 시야에서 차단했다.

"그렇지만, 오늘은 11시에 반입이 올 때까지 기본적으로 통상 계산 업무밖에 할 일이 없어. 그러니까 담배랑, 나중에 PET병 보충이라도…… 어라?"

한가한 시간이 생기면 또 쉬이링의 행동에 멋대로 놀아날 것 같아서, 쉬이링을 바쁘게 하기 위해 어떤 일을 시킬까 생각한 순간이었다.

"……다녀왔어~."

방금 나간 무라오카가 어두운 표정으로 돌아왔다.

"어라? 무슨 일이에요?"

"……아아, 토라키, 그게 말이지."

안색이 묘하게 나쁜데, 설마 정말로 무슨 트러블이 일어나는 플래그였던 걸까?

토라키는 숨을 삼켰지만, 무라오카는 한심한 표정으로 바지의 좌우 주머니를 툭툭 두드리며 말했다.

"내 휴대폰 어디서 못 봤어? 깜빡 했나봐."

"아 뭐야! 심각한 표정이기에 무슨 일인가 했잖아요!"

"안에 있지 않을까요? 제가 보고 올게요. 어떤 형태인가요?"

"미안. 검은색 폴더폰이야."

쉬이링이 얼른 움직여서 직원실로 달려갔다.

그 뒷모습을 보면서, 무라오카는 토라키 쪽을 보지 않고 말했다.

"단 둘이 보내는 시간이 길게 이어질 거라고 생각하지 마라아. 가능한 빨리 돌아올 거니까."

"알았어요. 진짜 어떻게든 저를 이성 관계가 흐트러진 놈으로 만들고 싶으신 모양이니까, 저는 지금부터 스트레스로 몸이 안 좋아져서 이후 근무를 죄다 쉬겠습니다."

"죄송합니다 그것만큼은 정말로 봐주세요 제가 잘못했습니다."

연말연시의 근무를 인질로 잡으면 의외로 효과가 있다는 것이 판명됐으니, 토라키는 다음부터 이 수로 무라오카의 입을 다물게 만들어야겠다고 결심했다.

"있었어요, 이거죠?"

그러자 쉬이링이, 꽤 오래 사용한 검은 휴대전화를 들고 왔다.

"다행이다. 역시 가게에 있었네. 고마워."

쉬이링의 손에서 휴대전화를 건네받고, 무라오카는 안도하며 그것을 주머니에 넣었다.

"슬림폰으로 안 바꿔요? 아무래도 폴더폰이면 일하는 것도 불편하지 않아요?"

토라키가 말하자, 무라오카가 조금 난처한 기색으로 고개를 갸웃거렸다.

"그렇게까지 불편한 건 없어. 그리고 대단한 건 아니지만, 일단 바꾸기 싫은 이유도 있고."

무라오카가 말하고, 다시 주머니에서 휴대전화를 꺼내 익숙한 손놀림으로 전지팩을 분리했다.

"스티커 사진이네요?"

"오, 리앙 씨 알아? 중국에도 있구나. 이거 말이지. 내가 딸이랑 찍은 처음이자 마지막 스티커 사진이야."

전지팩의 뒤에 프린트 씰.

꽤 시간이 지난 기믹이지만 『딸과 찍은 처음이자 마지막 스티커 사진』이라는 말이 괜히 묵직하다.

스티커 사진의 크기가 작아서 알아보기 어렵지만, 인쇄가 흐려진 초등학생쯤으로 보이는 아카리를 생각했을 때 전화랑 마찬가지로 붙인 지 상당히 시간이 지났다는 걸 알 수 있었다.

"지금은 폐원됐지만, 후시마엔이라는 유원지가 있었거든. 가족이 함께 갔을 때 찍은 거야."

무라오카가 웃더니 전지팩을 다시 결합하고, 휴대전화를 주머니에 넣었다.

"지금은 뭐냐. 스티커 사진 기계에서 인터넷으로 낙서한 사진을 데이터로 보낸다며? 하지만 이걸 찍은 건 상당히 오래된 기계였던 모양이라 그런 편리한 기능이 없었거든. 붙이고 꽤 오래 지났으니까 떼어낼 수도 없게 됐어. 그래서 말

NOVEL

드라큘라 야근! 2권
발매 기념 초판 한정 특전

이지."

추억이 붙은 휴대전화를 처분할 생각이 안 든다, 라는 것일까?

"따님이, 그때의 시트 남은 걸 가지고 있지는 않고요?"

쉬이링의 물음에, 무라오카가 가볍게 어깨를 으쓱거렸다.

"글쎄? 물어본 적은 없지만, 아빠랑 찍은 사진 같은 걸 그 나이 여자애가 기특하게 가지고 있을까아? 뭐, 있다고 해도 말이지. 그런 게 아니란 말이지."

"네?"

"이 한 장은, 이 한 장밖에 없어. 가족끼리 놀러 가서, 중학교 올라가기 전에 조금 건방짐 성분이 생긴 딸이 말야. 부모랑 같이 마지못해 찍은 거잖아. 그래도 아무것도 모르는 아빠 앞에서 자신만만하게 낙서는 이렇게 하는 거라고 설명을 하면서, 친구들이랑 하는 것처럼 그 자리에서 가위로 잘라서 건네준 거지. 친구가 보면 부끄러우니까 안 보이는 곳에 붙이라고 하면서. 같은 사진이 달리 존재한다고 해도, 이 한 장이랑 바꿀 수 있는 건 아무데도 없어."

추억에 잠긴 표정으로 말하는 무라오카.

"……저기, 아까 그 아카리 씨가, 무라오카 씨의 따님, 맞죠? 살아 있죠?"

쉬이링이 불안해 보이는 표정으로 토라키에게 귓속말을 할 정도로, 듣기에 따라서 『딸』의 현재에 대한 커다란 오해가 생기지 않을까 싶을 정도로, 사용된 단어가 무겁기 짝이 없는 추억 이야기였다.

그러나 부모가 아이에게 품는 마음의 무게는 가까운 사람 덕분에 토라키도 잘 알고 있었다.

중요한 것은 프린트된 사진 자체가 아니라, 그 씰이 거기 붙었을 때의 추억과 체험이다.

"그렇죠. 초점이 안 맞았어도 가족이나 아이들 사진을 못 버린단 말이죠."

"그렇다니까~. 나도 말이지. 슬림폰으로 바꿔볼까 하고 몇 번이나 생각은 했어. 이것도 이제 관절이 나가버려서~. 하지만서도……."

무라오카는 그 다음에도 한 차례 결국은 슬림폰으로 기종 변경을 할 생각이 없다고 말하고서, 너무 얘기가 길어진 걸 깨닫고 황급히 가게를 나섰다.

가게를 나선 무라오카를 멍하니 배웅하고 있던 쉬이링이 조용히 말했다.

"가족의 사진이라는 게…… 그렇게 버리기 어려운 건가요?"

"사람에 따라 다르겠지만, 나는 이 건에 관해서는 무라오카 씨 편이야. 지금이랑 달리 옛날 사진은 다시 찍을 수도 없었고, 현상할 때까지 제대로 찍혔는지 아닌지도 몰랐지. 지금보다 훨씬 특별한 거였으니까 훨씬 더 그래."

"지금이랑 다르다뇨. 토라키 씨, 어쩐지 할아버지 같은 말을 하네요."

"어? 그, 그래?"

무라오카의 영향으로 본래의 세대 감각으로 말을 해버리고, 토라키는 한순간 조바심을 냈다.

그러나 쉬이링은 딱히 신경 쓰지 않았는지, 복잡해 보이는 표정으로 몸을 돌리고 보기 드물게도 말수 적게 카운터 안으로 들어갔다.

"아카리 씨는 좋겠어요. 아빠한테 사랑 받아서."

"응? 아아."

토라키는 당황했다.

지금까지 밝은 감정과 빠르게 거리감을 좁히는 적극성만 눈에 띄던 쉬이링의 입에서, 살며시 어두운 감정이 나왔으니까.

주의하지 않으면 놓칠 것 같은 그 희미한 낌새를 스스로도 깨달았는지, 쉬이링은 활짝 표정을 밝히면서 토라키에게 물었다.

"토라키 씨는, 역시 아버지랑 치고받거나 그랬나요?"

"갑자기 무슨 말이야?"

대화의 흐름에 따라서 가족을 테마로 한 다른 화제를 꺼내는 건 이해하지만, 아무리 그래도 조금 더 적절한 질문은 없었던 걸까?

한순간 쉬이링이 일본어 선택을 잘못한 건가 생각했던 토라키였지만…….

"남자애라면 누구든지 아버지랑 대립해서 주먹으로 대화하는 시기가 있는 거 아닌가요?"

주먹으로 대화한다 같은 표현을 대체 어디서 배운 걸까?
아무래도 쉬이링은 남자애라면 아버지와 치고받는 경험이 있는 게 당연하단 인식이 있는 모양이다.
“남자라면 누구든처럼 일반화해도 되는 건 아니야. 적어도 나는 경험이 없네.”
“다들 그러는 거라고 생각했어요. 가까운 사람들이 대개 그런 말을 했거든요.”
“그건 다니던 학교 얘기야? 아니면 상하이에 있을 무렵? 어느 쪽이든, 어지간히 흐트러진 과거라도 있는 게 아닌 한 부모랑 치고 박는다고 말하는 녀석은 대개 뻥일 거라고 생각하는데.”
“뻥?”
“그래. 허영을 부리거나, 분위기를 띄우려고 거짓말을 하는 녀석. 내가…….”
태어났을 무렵, 이라고 말하려다가 문득 와라쿠의 지금 얼굴을 떠올렸다.
“내 할아버지 시절에도, 실제로 그런 녀석들이 일부지만 있었다고 하거든.”
“……물어봐도 돼요? 토라키 씨의 부모님은, 어떤 분들이었나요?”
“치고받지는 않았어. 뭐어.”
토라키는 작게 쓴웃음을 지었다.
“두 분 다 어렸을 때 죽어 버렸거든. 부모님의 진짜 엄격함을, 잘 몰라."

"앗."

아무리 쉬이링이라도, 안 좋은 걸 물어봤다고 생각했는지 숨을 삼켰다.

"죄송해요, 제가……."

"괜찮아. 부모님이 죽었다는 걸 슬퍼할 수 있는 나이였기는 했지만, 그 다음에도 친척이 애정을 쏟아줬으니까. 뭐, 괴로운 추억도 그렇게 많지는……."

뭐, 라고 한 부분에 흡혈귀로서 살아가야 한다는 고생의 태반이 응축되어 있지만, 그것을 쉬이링에게 말해 봐야 소용이 없다.

그때, 입점 멜로디가 울리자 토라키와 쉬이링은 퍼뜩 정신을 차리고 입구를 보았다.

""어서오세요~.""

안경을 쓴 양복 차림의 남성. 수다를 떨면서 들어온 학생으로 보이는 여성 2인조, 지로용지 같은 것을 가지고 온 노인이 한 명.

그리고 그 뒤에서, 반입 끌차를 끌고 납입업자 남성이 연속으로 들어왔다.

"반입 받아올 테니까 리앙 씨는 계산대 부탁해. 손님이 빠지면 진열하는 법 가르쳐줄게."

손님이 와서 일이 발생하고, 화제가 끊어졌다.

빵이나 과자류, 키가 작은 팩 음료가 담겨 있는 흔히들 빵상자라고 부르는 컨테이너를 가게 안쪽에 내리고, 바코드로 읽어서 검품을 하며 상품을 정성스럽게 늘어놓는다.

가게 안의 손님이 빠진 타이밍을 재서 토라키가 쉬이링을 손짓해 불렀다.

"이제부터 반입이랑 검품 가르쳐줄 건데, 기억해둘 게 많으니까 메모를 해줄 수 있을까?"

"알겠어요!"

쉬이링이 유니폼의 주머니에서 펜과 메모지를 꺼냈다.

그 모습을 본 토라키는 지난 며칠 사이에 드디어 제대로 신입과 일을 하고 있다는 실감을 곱씹었다.

"진열하기 전에, 일단 남아 있는 유통기한 남은 상품을 전부 계산대 쪽으로 밀어내. 이쪽에 있는 주먹밥 같은 건 정면에서 왼쪽. 이쪽 빵 선반은 오른쪽으로."

"왜 계산대쪽으로 몰아놓는 건가요?"

"가게로서는 유통기한이 짧은 상품을 사 가주길 바라잖아. 그리고 반입하고 있을 때는 아무래도 점원이나 빵상자가 손님의 동선을 방해하게 되니까. 반입된 상품을 가드하고, 본래 있는 것부터 사도록 유도해서 재고를 줄이는 전략이지."

쉬이링은 계산대와 빵상자와 검품 단말을 조작하고 있는 토라키를 번갈아 보면서 수긍했다.

"물론 손님이 새로운 걸 달라고 하면 건네줘. 그리고 이 시간에 흔한 일인데, 아직 진열 안 한 상품을 빵상자에서 직접 집어가는 손님이 있어."

"아, 역시 그거 안 되는 거네요."

"한 마디 해주면 좋은데, 이 진열작업은 동시에 상품의 검품 작업을 겸하고 있으니까 검품하기 전에 가져가면 납입 수랑 등록 수가 안 맞아서 입하 숫자가 이상해지거든. 특히 주력 상품은 바코드가 바뀌지도 않고 수가 많으니까, 막상 등록수가 틀리게 되면 아주……."

토라키는 딱딱한 표정으로 머나먼 곳을 보았다.

"원인 규명을 위해서 무라오카 씨가 입하 장부랑 매상 저널을 상대로, 몇 시간씩 눈싸움을 하게 되지. 무라오카 씨의 마음이 죽어."

"그, 그런가요……."

"이 검품도 간단한 것 같지만 기억해둘 거나 신경 쓸 게 잔뜩 있어. 빵상자의 색이 다른 것도 의미가 있고, 지금은 둘이서 하니까 괜찮지만, 분명히 얼마 안 있어서 혼자 하게 되는 시간이 오게 될 테니까 그때까지 차분하게 시간을 들여서 배워줘."

"……저 혼자서, 하는 날이, 올까요……?"

토라키가 보기 드물게 빠른 말투로 여러 가지 말을 하니까 혼란에 빠졌는지, 쉬이링이 조금 의기소침하고 당황한 기색을 보였다.

"전의 가게에서는 여기까지는 안 했구나."

"전의 가게……? 아, 아아, 그래요. 계속 계산대만 담당해서……."

"보기 드물게 자신이 없네. 괜찮아. 나도 처음에 배울 때는 꽤 고생했지만 익숙해지면 대단할 거 없어. 진지하게 일을 하는 사람이 뭘 잘못해도, 무라오카 씨는 화내는 사람이 아니니까."

"알았어요. 검품은, 그 단말을 쓰는 거죠?"

쉬이링이 몸을 내밀고, 토라키가 빵상자 구석에 둔 검품 단말 화면을 들여다보았다.

"그래, 그게……."

그때, 또 쉬이링의 향수 냄새를 확실하게 느꼈다.

"아아, 그, 그거 사용법은 다음에 가르쳐줄 테니까, 오늘은 진열 방법만……."

한순간 현기증 비슷한 감각이 스치며 시야가 어두워진 느낌이 들었지만, 금방 그 감각은 사라졌다.

"하나하나 진열하면 혼자일 때는 가게가 안 돌아가지만, 그렇다고 한 번에 두세 개씩 집는 건 의외로 요령이 필요하거든. 상품이 지저분해지거나 망가지지 않도록, 이렇게……."

그 다음에는 그 이상의 위화감이 없었다. 둘이서 검품을 마칠 무렵에는 이미 날짜가 바뀌어, 시계가 오전 1시를 가리키고 있었다.

"무라오카 씨, 늦네. 일찍 돌아올 거라고 했는데. 시간이 걸리나?"

강도 미수 사건의 사후처리 조사가 얼마나 걸리는지는 경찰 관계자인 친척이 있어도 알 수 없지만, 9시쯤 나가서 날짜가 바뀔 때까지 돌아오지 못하는 것일까?

설마 무라오카가 그 참에 집으로 돌아가거나 하지는 않겠지만, 이 시간에는 자택의 전화로 확인을 할 수도 없다.

"휴대폰도 안 받네."

가게 전화로 휴대전화에 걸어봐도 응답이 없고, 부재중 전화 서비스로 전환되기만 한다.

일이 경찰에 관련된 거라 너무 끈질기게 확인할 수도 없으니, 일단은 상황 확인의 메일만 보내두고 창가의 서적 코너를 정리하고 있었다.

"토라키 씨, 바깥 청소 끝났어요."

그때 가게 앞 청소를 하고 있던 쉬이링이 돌아왔다.

프론트 마트 이케부쿠로 동5쵸메점은 쓰레기통이 가게 안에 있는 타입의 점포라서 바깥에 있는 타입의 가게랑 비교하면 그렇게까지 가게 주위가 지저분해지지 않는다.

그래도 6시간마다 가게 주위를 청소하지 않으면, 커피의 빈 캔이나 담배꽁초, 다른 가게의 비닐 봉지에 담긴 도시락 쓰레기 등이 반드시 출현한다.

지역 특성상 불량아들이 모이는 입지는 아니다.

그렇기에 반대로 동네에 평범한 얼굴을 하고서 당연하단 듯 쓰레기를 방치하고 가는 사람도 있다. 그래서 이 청소 타이밍이 토라키는 언제나 우울했다.

"아~ 꽤 있었네. 수고했어."

쉬이링이 손에 든 봉지가 부푼 것을 보고 토라키는 표정을 찌푸렸지만, 쉬이링은 아무것도 아니라면서 고개를 옆으로 저었다.

"이렇게 말하면 좀 그렇지만, 상하이에서는 장소에 따라 이런 수준으로는 안 끝나니까, 전혀 대단치 않아요."

"그런 거야?"

"타워 맨션의 고층 베란다에서 음식 쓰레기를 던졌다가 지나가는 사람이 맞아서 사건이 됐을 정도니까요!"

그런 걸로 대항해도 곤란하기만 하지만, 정말로 무시무시한 얘기다.

"그런데 이제, 무라오카 씨 돌아오질 않는 걸까요?"

"그럴 리 없는데 말이지. 몇 번 전화도 걸고 메일도 보냈는데 반응이 없어. 뭐 아마 아직 경찰에 있을 거라고 생각하는데……."

"엄청나게 지쳤던 것 같으니까, 깜빡 하고 돌아가 버린 거 아닐까요?"

토라키도 그걸 생각은 해봤다.

분명히 지난 며칠간 무라오카는 평소보다 과로를 하고 있었다.

쉬이링이 들어와준 덕분에 연말연시의 심야 근무가 어중간하게 채워졌다. 그 탓에 반대로 그녀가 최소한 일을 할 수 있는 상태로 만들기 위해 무리를 하는 경향이 있었다.

그러나 무라오카는 언동이 가벼운 것치고 일에 대한 열의와 성의는 진짜다. 처음에 정한 것을 종업원에게 아무 연락도 없이 변경한 적은 토라키가 아는 한 한 번도 없었다.

다만 빨리 돌아온다고 한 것은 무라오카의 입에서 나온 말에 지나지 않는다. 미수라고 해도 강도 사건이니까, 직접적인 피해자는 뒤처리라고 해도 길게 조사를 받아야 하는 걸지도 모른다.

"이 다음에 아침까지, 무라오카 씨가 없으면 안 되는 일 뭔가 있나요?"

청소에 쓴 비닐봉지를 묶어서 가게 안의 쓰레기통에 넣은 쉬이링이 물었다.

"응~. 뭐 없다고 하면 없긴 하네. 평소에는 나 혼자서 했었고, 특별히 인계할 것도 없고, 그리고 뭐, 이 정도 시간이 되면 대응 못할 정도로 손님이 잔뜩 오는 것도 아니고."

"그러면 조금 더 기다려볼까요? 역시 형사 사건이니까 빨리 돌아오지 못하는 걸지도 몰라요. 저, 잠깐 손 씻고 올게요."

쉬이링이 말하고, 토라키 옆을 지나 직원실로 걸어갔다.

그 순간, 또 그 향수 냄새가 났다.

기분 탓인지 아까보다도 향이 강한 것 같았다.

"그래, 알았어."

토라키는 무심코 쉬이링의 등을 눈으로 좇아버렸다가, 그녀의 모습이 사라지자마자 퍼뜩 정신을 차리고 고개를 저었다.

"아니아니아니."

적당히 혼잣말을 한 토라키는 그대로 서적 코너의 정리를 마치고, 가게 안을 쭉 돌아본 다음에 계산대로 돌아갔다.

손님이 없고, 정기적인 업무도 없다.

그런 데다가, 평소에는 문득 깨닫고 하는 잡무도 지금은 연수를 위해서 쉬이링에게 시켜봐야 한다. 공백의 시간.

"오늘은, 손님이 적네."

계산대 앞의 고기만두나 프라이드치킨 같은 패스트푸드가 상당히 남아 있었다.

평소에는 날짜가 바뀔 무렵에 품절이 되는 경우도 종종 있는데, 오늘은 모든 진열대에 상품이 남아 버렸다.

강도 미수 사건의 영향인가 싶어서 깊게 생각하지 않았지만, 어쩐지 모르게 계산대를 조작하여 낮의 저널을 봤더니 평소와 다를 바 없는 숫자로 보였다.

"뭘 보고 있나요?"

그러자 어느샌가 거기 있었는지, 쉬이링이 토라키의 어깨 너머로 들여다보고 있었다.

"매상 저널. 시간대나 상품의 계통에 따라서, 매상의 데이터를 볼 수 있어."

또 그 향기.

방금 지나쳤을 때보다 더욱 향기가 강해진 것 같았다.

강해진 것 같긴 하지만 어째선지 불쾌하지 않아서, 토라키는 또 위화감을 무시했다.

"저기, 토라키 씨."

"응?"

"벌써 30분 정도 손님이 안 오는데요. 이거, 손님이 계속 안 오면 어떻게 하죠?"

"아~. ……뭐 그럴 경우는 계속 한가롭게 시간을 보내는 수밖에 없는데……."

토라키는 가게 안의 시계를 올려다보았다.

오전 1시를 조금 지나고 있었다.

무라오카는 아직 돌아오지 않는 걸까?

"그렇지. 휴식을 해야지. 리앙 씨, 먼저 할래? 나중에 할래? 물론 내가 쉬고 있을 때 뭔가 모르는 게 있으면 불러도 괜찮으니까, 마음에 드는 타이밍으로 골라."

"그러면, 토라키 씨가 먼저 쉬세요. 저는 아직 전혀 안 지쳤어요. 그리고……."

쉬이링이 귓가에 다가와 속삭였다.

향이 강해지고 숨결이 귀에 전달되지만, 토라키는 몸을 뗄 수가 없었다.

"토라키 씨, 조금 지쳤죠?"

"……그래, 알았어. 그러면 먼저 쉴게. 무슨 일 있으면 얼른 불러."

"네, 다녀오세요."

아득하게 대답하는 토라키를 보낸 쉬이링은 작게 웃으면서 그 등을 눈으로 배웅했다.

"……그렇게, 지친 것도, 아닌데 말이……지."

토라키는 직원실에 들어가서 방해되는 산타 모자를 테이블 위에 던져놓고, 싸구려 파이프 의자에 털썩 앉았다.

평소에는 이쯤에서 라멘 가게에 가거나 가게 안에서 야식을 사기도 하는데, 오늘은 그럴 생각도 안 들었다.

일일이 산타복을 벗는 것도 묘하게 귀찮다.

"저기, 토라키 씨."

그리고 어째선지, 쉬이링이 토라키 뒤를 따라서 들어왔다.

손에는 빈 병에 파스타를 두세 가닥 꼽은 것 같은, 뭔지 잘 모를 것을 들고 있었다.

향기가, 더욱 강해졌다.

"이거 아로마 디퓨저인데요. 무라오카 씨가 지쳐 보이기에 조금이라도 긴장이 풀리면 좋겠다고 생각해서 가져왔는데, 꺼내두는 걸 잊었어요. 여기에 두고 갈게요."

"……응, 알았어."

"토라키 씨, 괜찮으세요?"

"응, 괜찮은데, 어쩐지 엄청 졸려."

토라키가 그렇게 말하고 왼손으로 눈을 비비자, 더욱 달콤한 향기가 강렬하게 뇌를 태웠다.

"……졸린 거군요. 잠깐 졸아도 되지 않을까요?"

"……그래."

토라키의 손이 축 늘어지고, 허리도 머리도 파이프 의자 위에서 힘을 잃었다.

"하지만…… 괜찮아…… 모르는, 일, 있으…… 큰 소리로, 깨워……."

"후후, 이런 상태에서도 배려해 주시다니 토라키 씨는 상냥하네요."

쉬이링이 손을 뒤로 돌려 직원실의 문을 닫더니, 힘을 잃고 늘어진 토라키의 무릎 위에 스윽 앉았다.

"괜찮아요. 해가 뜰 때까지, 손님은 안 오니까."

쉬이링은 눈을 감은 토라키의 턱을 가녀린 오른손으로 가볍게 올리고 얼굴을 들여다보았다. 그 얼굴은 혼자 일하느라 당황하는 편의점 아르바이트의 눈이 아니었다.

"이렇게 가까이서 보니까, 귀여운 얼굴, 이네요?"

쉬이링이 방울 소리처럼 웃으며, 자신의 유니폼 버튼을 풀었다.

"믿을 수가 없어요. 토라키 씨 같은 사람이, 그 사람을 몰아붙였다니……. 있죠, 토라키 씨?"

쉬이링이 또 귓가에서 속삭였다.

토라키의 목 뒤에 돌린 왼손이 뱀처럼 움직여 목의 근육을 일정한 리듬으로 훑었다.

"눈 뜰 수 있나요?"

"……."

그 말에 따라서 토라키는 눈을 떴지만, 눈빛은 흐리멍텅하고 초점이 맞지 않았다.

"보이나요? 토라키 씨."

유니폼 버튼을 풀어낸 쉬이링은 그대로 상의를 벗어서, 속옷 차림의 상반신을 드러냈다.

그리고…….

"……윽!"

테이블 위에 있는 아로마 디퓨저의 스틱을 하나 뽑아서, 그것을 자신의 왼쪽 어깨에 찌르는 것이 아닌가?

뾰족한 끝 부분이 간단히 쉬이링의 피부를 꿰뚫고, 그 안쪽에서 흐르는 피를 심 안으로 빨아들여 달콤한 냄새 안에 피 냄새를 물들였다.

"좋은 향기 나죠? 지쳤고, 배도 고프죠? 자~안뜩, 마셔도 된답니다?"

충만하고 달콤한 향기는 쉬이링의 몸에서 나는 향수와 같은 것이었다.

거기에 피가 섞이자, 토라키의 표정에 변화가 일어났다.

눈동자 안쪽에 붉은 빛이 들어왔다.

흡혈귀의 본능이 젊은 인간 여성의 피 냄새를 느낀 것이다.

"당신을 알게 된 뒤로 계~속, 완전히 단 둘이 되는 순간을 기다렸어요. 사실은 더 오래 기다릴 셈이었는데, 설마 강도 사건 덕분에 이렇게 빨리 찬스가 오다니……."

쉬이링은 고혹적인 미소를 지으며 토라키의 머리를 끌어안더니, 귓가에 속삭였다.

"자요. 제 피, 마음껏 빨아주세요……?"

"……아."

쉬이링의 피부에 토라키의 숨결이 느껴진다.

입이 열렸다.

확인할 것도 없이, 그곳에는 피 냄새에 반응하여 날카롭게 솟은 송곳니가 생겨 있을 것이다.

쉬이링은 기다릴 수 없다는 기색으로 얼굴을 붉히고 그 순간을 기다렸다.

"…………무라……."

"응? 뭔가요?"

"…………무라……오카 씨……가, 아직………… 안 돌아왔……어."

"네?"

쉬이링이 눈썹을 찌푸렸다.

이 지경에 와서, 왜 무라오카의 이름이 나오는 걸까?

피의 향기를 피우면서 부드러운 살을 아낌없이 드러낸 여성이 있는데.

"그런 건, 아무래도 좋잖아요? 무라오카 씨는 휴대전화에 향기 심어 놨으니까 지금쯤 집에 돌아가서 푹 자고 있어요."

"…………하지만………… 계산대…… 지금…… 아무도……."

"괜찮아요. 지금 이 가게는 바깥을 지나는 사람들이 들어오기 싫도록 해놨어요. 그러니까, 자요?"

토라키가 뜻밖에 또 일을 언급한 것에 약간 놀라면서도, 쉬이링은 토라키의 가슴팍을 왼손으로 더듬으면서 얼굴을 확 토라키의 얼굴에 접근시켰다.

"둘이서 아침까지, 천천히 즐겨요."

그렇게 말하며 쉬이링이 토라키의 유니폼 버튼을 풀려고 했을 때, 토라키의 가슴팍에 뭔가 작고 단단한 것이 있다는 걸 깨달았다.
그게 무엇인지 한순간 시선을 그쪽으로 옮겼던 그때였다.
"둘이서 아침까지 뭘 할 셈인데?"
쉬이링의 귓가에 낮게 억누른, 그러나 보통의 정신을 가진 인간이라면 듣기만 해도 실금할 법할 정도로 공포의 언령이 울려 퍼졌다.
"어?! 아윽?!"
그와 동시에, 쉬이링은 뒤에서 목을 붙들려 토라키의 가슴에서 떨어져 버렸다.
"어, 앗, 앗?!"
"그럼 안 되지…… 일하는 중이잖아……? 계산대에 아무도 없으면, 손님이 물건을 못 사지 않아……?"
"아, 아, 아, 아이리스 씨……?!"
그곳에 있는 것은 벽안일 텐데도 눈동자 안이 칠흑의 살의로 가득한 아이리스 예레이였다.
"안녕? 쉬이링 씨. 다쳤잖아. 무슨 일이야?"
말은 상냥하다.
그러나 쉬이링의 목을 붙잡고 있는 손의 반대쪽 손에는 살의로 빛나는 은색의 해머를 쥐고 있었다.
"어째서 여기에 있지? 라는 표정이네……?"
"으, 윽."
쉬이링은 아이리스의 손을 풀어내고자 했지만, 아이리스의 별로 크지도 않은 손이 적절하게 혈관을 압박하여 머리가 잘 움직이지 않았다.

"본래는 올 생각 없었거든? 유라는 잘난 척 말만 해대고, 그렇지 않아도 일을 방해하고 싶지는 않았으니까. 하지만, 연락이 왔어. 유라가 이상한 『술법』에 잡혀 있다고, 친절한 지인한테서 말이지."

"그…… 그럴 수가, 그, 술법을, 바깥에서, 깨달을 수는……."

"이 세상엔 말야. 유라가 지금 뭘 하고 있는지 언제나 알아두고 싶은 별종이 있어. 대부호에다 특수능력까지 가진 스토커는 참 고약하다니까."

아이리스가 해머로 토라키의 가슴팍을 겨누었다.

그곳에는 쉬이링이 풀어헤친 토라키의 가슴팍에 걸린, 붉은 십자가의 펜던트가 있었다.

토라키가 재가 되었을 때 어디 있는지 알아내기 위해서라며 토라키에게 건넨 『피의 각인』은, 팬텀의 기척이나 생명에너지 상태를 감지하여 만든 사람에게 GPS 알람처럼 전달해준다. 그 기척이 통째로 끊어지는 이상을 그 제작자가 놓칠 리 없었다.

"가게 전체를 감쌀 정도로 거창하게 사람 물리는 술법 같은 걸 쓰면, 각인을 만든 사람은 바로 알 수 있다고 하더라……자."

그 순간, 아이리스의 눈동자뿐 아니라 표정까지 절대영도로 바뀌었다.

"당신이 그냥 인간이 아니라는 걸 안 이상, 용서하지 않아."

"무, 무슨……! 앗!"

아이리스는 해머를 허리에 되돌리더니, 대신 하얗고 커다란 직사각형의 종이를 꺼냈다.

그것을 보자마자, 그때까지 아이리스의 구속에서 빠져 나오려고 하던 쉬이링의 얼굴에 공포의 표정이 떠올랐다.

"그, 그만둬! 그건 안 돼!"

목숨을 구걸하는 것처럼 비명을 지르는 쉬이링에게 아이리스는 얼음 같은 미소를 지었다.

"남의 『남친』한테 손을 대는 여자가 하는 말을, 들어줄 리 없지."

그리고 뺨을 때리는 것처럼 쉬이링의 이마를 두드렸다.

"아아아아악?!"

그 순간 쉬이링의 온몸이 경련하더니, 힘없이 축 늘어져 무너졌다.

그뿐이 아니라, 직원실에 충만하던 달콤한 향기가 한순간에 소실됐다.

"……응, 으어?"

토라키 또한, 졸다가 눈을 뜬 것처럼 제정신인 눈으로 고개를 들었다.

"아아…… 나 자고 있었나? 응, 어? 아이리스?! 어?! 리앙 씨?! 야 아이리스 너 이런 데서 뭐하고 있어?!"

"그건 이쪽이 할 말이야."

"뭐?!"

"미안하네. 귀여운 후배랑 즐기고 있는데 방해한 모양이라."

"어? 즐겨…… 어, 어어어어어?!"

토라키는 그제서야 쉬이링의 상반신이 드러난 것, 자신도 그러기 직전이라는 걸 깨달았다.

"아니! 이건 아냐! 오해야! 나는 아무것도 안 했어! 정말이야!"

아이리스는 잠시 게슴츠레한 눈으로 토라키를 노려보았지만, 기가 막힌다는 기색으로 한숨을 쉬었다.

"마치 정말로 무슨 일이 있었던 것 같은 반응이네? 남자들은 다 그래?"

"아니, 아니아니, 아니아니아니, 어어? 또 그거야?!"

아이리스의 입에서 남자의 반응 운운이란 말을 듣는 건 석연치 않지만, 그제서야 토라키는 쉬이링의 이마에 붙어있는 것을 깨달았다.

"……부적?"

"옛날에 배운 걸 가게의 선반에서 이것저것 빌려서 만들었어."

쉬이링의 이마에 붙어 있는 것은, 문구 코너에 있던 편지지에 붓펜으로『경문』을 적은『부적』이었다.

"처음에 손톱이랑 얼음 술법을 봤을 때 생각이 났어야 했어. 설마 일본에서 이렇게 당당하게 활동하고 있을 거라고 생각도 못했으니까."

긴 손톱, 얼음, 지형이나 장소에 작용하는 술법, 중국, 그리고 이마의 부적.

“그녀는 중국 고유의 팬텀, 강시야.”

아이리스가 말하더니, 지저분한 것을 보는 눈으로 토라키의 가슴팍을 보았다.

“산타복, 이제 슬슬 제대로 입지 그래?”

“그, 그, 그래…….”

“십자가(피의 각인)가 있어서 다행이었네.”

이 상황은 완전히 토라키의 방심이 불러온 것이고 명백하게 다행이 아니었지만, 일단 자신의 의사가 전혀 개입되지 않은 곳에서 위기에 빠졌고 그 위기가 형태를 바꾸어 절찬 계속되고 있다는 것은 이해할 수 있었다.

제 3 장 흡혈귀는 운전면허가 없다

DRACULA YAGEUN!

팬텀들 중에는 움직이는 망자, 또는 리빙 데드라고 불리는 존재가 수없이 많다.

가장 잘 알려진 리빙 데드 팬텀은『좀비』이며, 흡혈귀 또한 이 리빙 데드의 범주에 들어간다.

역사상 확인된 리빙 데드 팬텀 대부분은『죽음』이라는 과정을 한 번 거치기 때문에, 인간사회에 녹아들기는커녕 닥치는 대로 충돌하는 성질을 가진 자들이었다. 암십자 기사단의 기록에 따르면 천연 발생한 좀비는 18세기에는 이미 근절되었다고 한다.

그리고 리빙 데드의 세계에서, 특히 고도의 지성과 높은 사회성을 가진 종이 둘 있다.

하나는 흡혈귀.

그리고 또 하나가 강시였다.

대중적인 중국어로는 지앙쉬라고 불리는 이 팬텀은, 흡혈귀가 그런 것처럼 오래『살아가는』자일수록 초자연적인 능력을 가진다고 한다.

그리고 높은 근력과 초자연적인 능력을 가지는 것과 맞바꾸어, 강시에게는 커다란 특징이 셋 있다.

활동 시간이 태양이 저문 야간으로 제한되며, 태양 빛을 받으면 몸이 타오른다. 흡혈귀와 달리 몸이 모두 타버리면

두 번 다시 부활할 수 없다.

그리고 약점이면서도, 강시의 상징이라고도 할 수 있는 것이 『부적』이었다.

특정한 문언을 적은 부적을 육체에 직접 붙이면, 완력이나 술법의 근원인 힘을 빼앗기고 움직이지 못하게 되어 버린다.

그리고 흡혈귀보다도 불사성은 낮지만, 피를 마셔야 힘을 충분히 발휘할 수 있는 흡혈귀와 달리 보통 상태에서의 능력은 강시가 압도적으로 높다. 그런 존재다.

그렇기에 동서양을 막론하고 팬텀을 상대로 전투를 하거나 대응에 특화된 사람들은 흡혈귀와 맞먹는 힘을 가진 강시를 두려워하고, 강시의 힘을 봉하는 부적 쓰는 법은 필수 지식으로 이수한다.

아이리스가 편의점에 있는 것으로 부적을 만들 수 있었던 것도 그 덕분이다. 중국과 지리적으로 가까운 일본에서 팬텀을 다스리는 히키 가문에는 보다 효과적으로 강시를 봉하기 위한 서식이 수없이 축적되어 있었다.

오전 5시 반.

아이리스가 나카우라에게 연락을 취하자, 마땅한 준비를 갖출 때까지 쉬이링의 신병을 확보하라는 명령이 내려왔다. 그리고 당연하게도 쉬이링은 블루로즈 샤토 조우시가야 104호실로 실려왔다.

"여행용 대형 트렁크에 사람이 들어가는 건 TV에서나 봤는데, 정말로 되는 거였구나……."

길거리에서 이마에 부적을 붙인 사람을 옮기고 있으면, 아무리 심야나 이른 아침이라고 해도 이케부쿠로에 인접한 조우시가야에서는 누가 볼지 모른다. 그래서 아이리스가 일본에 왔을 때 썼던 캐스터가 달린 여행 트렁크에 넣어 날랐다.

쉬이링이 의문의 흉행을 꾀한 것이 오전 1시 반 정도. 그 뒤는 토라키 혼자서 심야 근무를 하고, 이른 아침 시간 직원에게 인계하고 귀가한 것이 오전 5시 조금 전.

귀가하자 당연한 것처럼 아이리스가 방에 있었고, 리베라시온으로 때려서 토라키가 쓰지 못하게 된 나무 테이블의 의자에 쉬이링을 엄중하게 묶어두고 있었다.

"그, 그건 뭐야! 뭐 하는 건데!"

그러나 그 모습이 기이했다.

속옷만 남긴 채 의류를 모두 벗기고, 팔은 뒤로 돌린 채 양 발은 결속되었으며, 사지에 무늬가 그려진 붕대 같은 것을 둘둘 감아두고 있었다.

"포로라지만 옷 갈아입는 중이야. 들어올 거면 노크 정도는 해."

"여긴 내 집이거든?!"

몇 번째인지 모를 태클을 걸고서 아이리스에게 물었다.

"그 기분 나쁜 붕대는 뭐야……?"

"안티 커스 벨트. 일본지부에서는 주속대(呪束帯)라고 불러. 간단히 말하자면 팬텀을 구속하기 위한 밧줄 같은 거야. 강시의 부적을 강화한 거지. 강시만이 아니라 팬텀이라면 어떤 종류든 효과가 있는, 특수능력을 봉하는 정석 도구."

그렇군. 기이한 붕대 차림을 보고 안타깝게 생각해 버린 것은, 그 모습이 비인도적이기 때문이 아니라 흡혈귀의 성질이 그 도구 자체를 기피했기 때문인가?

"하지만 이상하네. 흡혈귀라면 십자가만큼 보고 있기도 힘든 도구일 텐데, 꽤 빤히 시야에 넣고 있잖아?"

"뭐, 뭐야?! 그, 그야 어쩔 수가……."

어쩔 수가 없지 않은가?

집에 돌아왔더니 몇 시간 전까지 무해했던 직장의 후배가 속옷 차림이 되어서 기이한 붕대를 감은 채 구속되어 있는 것이다.

그 기이한 광경에서 눈을 떼지 못하는 것은 결코 토라키가 남자라서 그런 것만이 아닐 것이다.

"처, 첫째로, 리앙 씨는 팬텀이잖아? 그런 일이 있던 다음이라서, 나도 도무지 영문을 모르겠어……."

말하면서 토라키는 몇 번인가, 아이리스와 쉬이링 사이로 시선을 왕복시켰다.

그것이, 뭐가 안 좋았는지는 모르겠다.

모르겠지만…….

"…………뭘 비교하고 있어."

"뭐?!"

살짝 망설이는 틈이, 토라키가 의도하지 않은 부분에서 아이리스의 역린을 건드린 모양이다.

"비, 비교하다니, 나는 아무것도…… 어, 아!"

뭘, 이라고 말하다가, 깨달아 버렸다.

쉬이링은 옷을 입으면 상당히 말라 보이는 타입이었나 보다.

낙낙한 편의점 유니폼이나 산타복일 때는 의식하지 않았었고, 유니폼이 아닐 때는 첫 대면이었거나 여러모로 어색함이 앞서서 제대로 쉬이링의 전신을 본 적이 없었다.

그리고 그 아이리스와의『차이』를 깨달아 버리고, 깨달은 것 자체를 아이리스에게 들킨 그 시점에서 토라키의 죽음은 확정된 거나 마찬가지였다.

"뭐가 아, 인데?"

"아니라니까! 갑자기 말하면 그렇게 되잖아! 이건 유도신문이야! 나는 잘못한 거 없어!"

"어차피 재에서 돌아오면 부활하니까, 지금은 그 눈을 둘 다 뭉개줄게."

"너 아무리 팬텀이 상대라지만 해도 되는 말이 있고 안 되는 말이 있거든?!"

다른 집에서 항의가 들어와도 이상하지 않을 정도로 소란을 피우면서도, 앞으로 수십 분이면 태양이 떠오르기 때문에 일단 사태를 파악하고자 하는 토라키의 애원을 아이리스가 받아들였다.

그렇게 되기까지 아이리스가 리베라시온으로 몇 번이나 테이블을 때렸기 때문에, 아마도 토라키는 새해가 밝을 때까지 테이블에서 식사를 못하게 되어 버릴 것이다.

"쉬이링은 강시. 게다가 유라에게 악의를 가지고 접근한 게 틀림없어. 문제는 어째서 접근했는가, 하는 거야."

"그래. 저기, 나 다리 풀어도 될까? 일하고 와서 피곤한데."

"안 돼. 와라쿠 씨에게 받은 정보를 토대로 생각해 보면, 심플하게 무라오카 씨의 가게를 강도의 타깃으로 삼았다. 그게 제일 가능성이 높아."

"그래, 뭐 그렇네."

"팬텀 종업원이 있는 가게를 노려서, 아무도 없는 심야에 가게를 덮친다. 종업원에게 증언을 얻을 수도 없고, 애당초 강시의 술법을 쓰면 증거도 안 남길 수 있고, 다른 증거를 만들 수도 있어. 피해자 팬텀도 자신의 정체가 들키면 곤란하니까 일을 키울 수 없지. 와라쿠 씨의 데이터하고도 모순이 없어."

"그렇구나."

"하지만, 요전의 세 사건이 일어난 타이밍에 우리는 쉬이링과 함께 있었어. 눈을 뗀 것은 무라오카 씨가 그녀를 안쪽에 데리고 간 2~3분. 아무리 그래도 이게 그녀의 범행이라고 생각하는 건 무리가 있어."

"나는 강시는 잘 모르는데, 멀리 있는 사람을 공격하는 술법이 있거나 그런 거 아냐? 생각해 보면 그때, 리앙 씨는 무라오카 씨가 『말하다가 갑자기 잠들었다』라고 했어. 나한테 한 것처럼 무슨 술법으로 의식을 빼앗았다거나……."

"그렇다고 해도 3분 동안 세 군데, 게다가 시스터 나카우라의 말을 들어보면 모두 가게에서 떨어진 장소야. 상당히 대규모 술법이 될 거고, 정밀한 조작도 요구되지. 쉬이링은 내가 적당히 만든 부적으로도 봉인될 정도의 힘밖에 없으니까 생각하기 어려워. 그러니까 두 번째 설은…….”

“리앙 씨 말고도 다른 강시가 있고, 동시에 강도 사건을 일으켰다?”

“그렇게 되지. 와라쿠 씨가 가져다 준 데이터에 실려 있던 리앙의 패밀리 네임을 가진 녀석들은, 강시나 강시랑 손을 잡은 팬텀 집단, 이란 게 되지.”

“그거 완전히 범죄조직이잖아. 강시가 일본에서 그런 무리를 짜고 있다는 거야?”

“신기할 거 하나도 없어. 애당초 흡혈귀 아미무라나 워어울프 사가라도 따지고 보면 그런 집단이었잖아. 중국 국외에 나온 강시가 그런 집단이 되었다고 해도 이상할 게 없어. 당신에 대해 거리를 좁히는 수법도, 그녀가 여성 팬텀이라는 걸 생각해보면, 그런 매뉴얼이라도 있었던 거 아닐까?”

그렇다면, 그건 그거대로 쓸쓸하다.

토라키는 쉬이링에게 눈길이 갈 것 같았지만, 그것이 방금 다툼의 씨앗이 된 것을 떠올리고 필사적으로 참았다.

“다리 풀지 마.”

그러나 간파 당했다.

“……리앙 씨는, 기사장한테 알렸냐?”

“당연하지. 물론 미하루에게도 알렸어. 마땅한 타이밍에,

그녀의 셰어 하우스도 가택 수색을 검토 중이야."

"다른 주민에게 폐 끼치지는 마라……?"

토라키는 불안을 감추지 못했지만, 이것만큼은 자신의 손길이 닿는 범위가 아니다.

"다만…… 그렇다고 해도 한 가지 알 수 없는 게 있어."

지금까지는 바닥에 정좌하고 있는 토라키를 의자 위에서 냉엄하게 내려다보던 아이리스가 처음으로 말을 머뭇거렸다.

그리고 힐끔힐끔 쉬이링의 상태를 보고서 조금 얼굴을 붉히고, 조금 혐오감을 섞은 기색으로 토라키 앞에 쪼그려 앉으며 말했다.

"솔직히 대답해, 유라. 그때…… 어떻게…… 됐었어?"

"어? 뭐가."

"그러니까…… 그, 직원실에서, 그, 무슨 일이 있었어?"

"무슨 일은? 그러니까 기억이 안 난다고. 애당초 휴식하러 들어가기 조금 전부터 기억이 애매하고, 깨닫고 보니 이미 네가 리앙 씨를 제압한 다음이라……."

"솔직히라고 했지? 정말로 더…… 그게…… 그러니까, 그녀가, 옷……."

"아니거든!"

아무리 그래도 여기까지 오면, 아이리스가 무슨 말을 하고 싶은지 이해할 수 있었다.

"정말로?"

"무라오카 씨가 돌아오는 게 늦어서, 시간을 확실하게 확인했었어. 내가 휴식하러 들어가고 네가 쳐들어올 때까지 아무리 길어도 5분이다!"

"……."

아이리스의 눈에서 의심이 사라지지 않는다.

"뭐, 뭣하면 감시 카메라 영상이 남아 있을 거야, 분명히!"

"……흐응."

"뭐, 뭔데……."

"술법에 걸려서 유혹을 받은 것치고는, 꽤 기억이 분명하구나."

"어?"

"본 거 아냐? 그녀의……."

"계산대 조작 이력으로 나중에 확인했다!"

대체 뭐라는 거야.

아이리스는 잠시 토라키의 눈을 똑바로 보았다.

"……뭐 좋아."

"절대 납득 안 했군."

"그건 그렇다 치고."

"야."

"그녀의 신병은 오늘 중으로 암십자 기사단에 이송될 거야. 그 다음은 히키 패밀리와 협력해서, 세 건의 팬텀 습격 사건을 추적하며 연관성을 조사하게 되겠지."

"……일단 물어보는데, 무라오카 씨네 아르바이트는……."

"계속할 수 있을 리 없지. 이번에는 간접적이지만 무라오카 씨도 피해자 중 한 명일지도 몰라. 태평한 말을 할 때가 아냐."

토라키가 퇴근할 때 무라오카의 메일이 왔다.

깨닫고 보니 집에 돌아와서 잠들어 있었다고 하는 내용이, 불상사가 발각된 대기업의 사죄 회견 같은 문장으로 사과의 말과 함께 적혀 있었다.

"그러고 보니 리앙 씨, 무라오카 씨는 돌아오지 않는다고 말했었지……. 타이밍은 그때인가?"

무라오카가 휴대전화를 깜빡 했다면서 돌아왔을 때, 쉬이링이 무라오카의 휴대전화를 찾으러 갔었다.

여기까지 돌이켜보면, 쉬이링이 쓰는 『술법』의 요체는 그 향수의 냄새일 것이다.

"그래서, 뭔데?"

"어? 뭐가?"

"한 가지 알 수 없는 게 있다고 했잖아. 리앙 씨에 대해서."

"아아, 그거 말이구나. 그녀가 강시라면, 어째서 유라에게…… 응?"

"아."

그때였다. 토라키의 슬림폰이 커다란 소리를 내면서 진동했다.

"아, 이런 젠장! 일출이다! 어아아앗!"

인간은 알 수 없지만 흡혈귀인 토라키는 직접 햇빛을 쬐지 않아도 살고 있는 지역의 지평선에서 태양이 고개를 내밀면, 기온이 급격하게 상승하는 느낌을 받는다.

유난 떠는 게 아니라 엉덩이에 불이 붙은 상태이며, 해가 늦게 들어오는 반지하의 방이라지만 이미 한시의 여유도 없다.

토라키는 재에서 돌아올 수 있지만, 쉬이링은 타버리면 그대로 죽어 버린다.

"얘기는 나중에! 유라는 일단 목욕탕에 들어가. 쉬이링은 태양에 타지 않도록 내 방의 목욕탕에 감금할 테니까. 자, 에어매트!"

"젠장, 갈아입을 시간이 없네! 자는 사이에 무슨 일 있으면 반드시 말해라!"

아이리스가 던진 에어매트를 받아서 토라키가 목욕탕으로 달려가려고 했을 때였다.

"……큭!"

부적과 주속대로 묶어둔 쉬이링이, 갑자기 발버둥 쳤다.

일출에 그을리는 고통의 발버둥이 아니다.

명백하게, 의도를 가지고 현재 상황에서 벗어나려는 움직임이다.

"이, 이봐! 아이리스 저거!"

"이상해! 강시가 안티 커스 벨트에 감긴 채 저렇게 움직일 리가! 게다가 벌써 아침인데?!"

"으, 극……!"

"유라!"

토라키가 무릎을 꿇고 무너져 내렸다.

흡혈귀의 몸이 일출의 기운을 감지했다. 희미하게 밝아지는 실내에서 맹렬하게 토라키의 심신이 시달리고 있는 것이다.

그렇기에 쉬이링이 이 정도로 움직일 수 있는 이유를 알 수가 없었다.

"유라! 어떻게든 목욕탕에 들어가! 다음은 내가……!"

부적도 주속대도 어떤 이유로 효과가 약해진 것일지도 모르지만, 그래도 온몸을 구속한 주속대는 팬텀의 완력을 상정하여 만든 것이다. 간단히 끊을 수 없기 때문에, 아이리스 혼자서도 어떻게든 제압할 수 있다.

그렇게 생각했을 때였다.

"토라키 님을 유혹한 도둑고양이가 있는 곳은 여기인가요오오오오오오!!"

갑자기, 지옥 밑바닥에서 들려오는 것 같은 노호와 함께 현관의 문이 힘차게 열렸다.

"어?! 미하루?!"

"앗! 나 아까, 열쇠……!"

요코하마에 정박한 메리 1세호의 싸움에서 썼던 것보다 명백하게 상등품인 것을 알 수 있는 칼. 그것을 한 손에 뽑아 들고서 분노의 형상을 띠며 들어온 미하루를 보고 토라키가 외친 소리가, 그가 이 날 밤 최후로 한 말이었다.

토라키는 귀가했을 때, 눈에 들어온 쉬이링의 구속된 모습에 동요하여 문 잠그는 걸 깜빡 한 것이다.

활짝 열린 문 너머 공용 복도에 내리쬐고 있던 빛이 토라키의 온몸에 달라붙어, 토라키의 온몸이 빙수가 녹는 것처럼 재가 되어 우수수 무너져 내렸다.

"기다려! 미하루! 문을 닫아! 쉬이링이 타 죽어!"

해가 뜨자마자, 게다가 직사광선도 아닌 빛에 토라키가 재가 되었다.

강시인 쉬이링도 얼마 안 가 타버릴 것이다.

"그러면 태닝 머신에다 구속을 해드리겠어요! 아이리스 예레이! 그 도둑고양이를 넘기세요!"

"그런 말을 할 때가 아냐! 쉬이링은 강시야! 햇빛에 타 죽으면 심문을 못해!"

"무슨 말을 하는 건가요? 아이리스 예레이."

그러나 미하루는 아이리스의 말을 듣고, 눈앞에서 토라키가 재가 되어도 냉정했다.

"그런 일이 일어나지 않으니까, 해가 뜨는 타이밍에 온 게 아닌가요?"

"……어? 아!"

토라키는 재가 되었는데, 주속대에서 노출된 쉬이링의 피부는 그을리지 않고 아직도 하얗다. 그리고 아직 아이리스의 구속에서 도망치고자 버둥거리고 있었다.

"그제 사건에 연관된 강시를 이쪽에서 하나 붙잡았습니다. 그 자가 이 도둑고양이에 대해서 불었어요. 리앙 쉬이링의 신병은 히키 가문이 맡겠습니다. 암십자도 양해했어요."

"어? 어……?"

암십자가 손을 뗀다는 것은 미하루의 입에서 들어도 좀처럼 믿기 어렵지만, 다음 말을 듣고서 아이리스는 그 말을 믿을 수밖에 없었다.

“잘 보세요. 이미 해는 완전히 떠올랐어요.”

그래도 더욱이, 쉬이링은 구속에서 벗어나고자 버둥거렸다.

그 대신, 쉬이링에게 이 정도로 밀착하고 있어도 그 달콤한 향기가 나지 않았다.

“암십자 기사단이 속박하여 조사할 수 있는 것은 팬텀뿐. 그 도둑고양이는 강시의 술법을 쓸 수 있을 지도 모르지만…….”

그 순간에만, 쉬이링의 움직임이 한순간 멎었다.

“리앙 쉬이링은 강시의 술법을 쓰지만 인간입니다. 해가 떠올라도 강시의 능력을 잃기만 하는, 이른바『데미』죠.”

미하루의 그 선언에 동요한 것처럼, 활짝 열린 현관에서 불어온 바람이 무너져 떨어진 토라키의 재를 살짝 피워 올렸다.

※

“강시라. 애들이 어렸을 때 유행을 했었는데, 그런 것이 실재하다니.”

흡혈귀 형을 가진 토라키 와라쿠는 천연가죽 소파에 앉은 채 어려운 표정을 지었다.

아이리스가 쉬이링을 붙잡고, 미하루에게 넘기고서 이틀

뒤 히키 가문의 사무실이었다.

“어렸을 때 형에게 물어본 적이 있어. 나도 배우면 흡혈귀의 초능력을 쓸 수 있게 될 수 있냐고. 형과 같은 힘을 쓸 수 있으면, 조금이라도 형과 같은 시점이 보일 거라고 생각했지. 물론 나도 망할 꼬맹이였으니까 단순히 흡혈귀의 초능력에 동경을 품었다는 것은 부정할 수 없지만.”

“와라쿠 장관도, 그런 시절이 있었군요.”

“이 세상에 태어나 말을 하는 어른들은 전부 예외 없이 과거에는 아이였고, 누군가의 손을 빌리지 않으면 엉엉 우는 것밖에 못하던 시절이 있지.”

와라쿠는 창가에 선 미하루에게 물었다.

“그래서, 그 리앙 쉬이링이라는 여자는 인간인데도, 팬텀의 능력을 얻는 것이 가능한가?”

“자신의 능력을 체계적으로 배울 방법을 아는 팬텀의 힘이라면, 어느 정도까지 인간이라도 습득이 가능합니다.”

“어느 정도, 라는 건?”

미하루는 손에 든 것을 와라쿠에게 건넸다.

“리앙 쉬이링의 셰어 하우스에서 압수된 겁니다.”

“이건, 그건가? 풍수에서 쓰는…….”

손바닥에 올라갈 정도의 금속제 원반. 표면에는 세세하게 무수한 문자가 방사형으로 각인되어 있었다.

“풍수나반(風水羅盤)과 비슷합니다만, 새겨진 문자가 달라요. 강시의 술식 보조 도구로, 나시반(羅尸盤)[뤄쉬이판]이라고 합니다.”

"호오, 마법의 지팡이 같은 건가?"

노인의 입에서 동화적인 단어가 나오자, 미하루는 순순히 미소를 지었다.

"멋진 표현이군요. 맞습니다. 순수한 강시라면 자신의 힘만으로 수많은 술법을 다룰 수 있지만, 인간이 그 힘을 얻고자 하면 갖가지 도구의 힘을 빌려야 합니다."

와라쿠는 금속판을 유심히 살폈다.

"흐음? 보아 하니, 딱히 신기한 느낌은 없는데."

"네. 그냥 인간이 가지고 있어도 아무 효과도 없어요. 물론 저처럼 강시와는 다른 팬텀의 계보에 있는 자에게도."

미하루가 와라쿠의 손에서 원반을 받았지만, 역시 원반은 전혀 반응하지 않았다.

"그러나 그 리앙이란 아가씨는, 쓸 수 있단 말이지. 태양에 불타지 않는 인간인데."

"인간이며, 팬텀이기도 하다. 낮에는 인간의 성질이, 밤에는 팬텀의 성질이 강해진다. 아이리스 예레이가 편의점의 종이와 붓펜으로 만든 봉백책(封魄册)으로 힘을 잃은 것을 봐도 틀림없습니다."

"봉백책?"

"강시 영화를 보셨다면 알고 계실 겁니다. 이마에 붙이는 부적을 말하는 거죠. 주속대와 달리 적당한 소재로도 만들 수 있는 편리한 도구입니다."

미하루는 자신의 이마를 가볍게 두드렸다.

"강시의 기원에는 여러 가지 설이 있습니다만, 흡혈귀가 피를 매개로 살아가는 팬텀이라면, 강시는 혼백을 매개로 살아가는 팬텀입니다."

"영혼이라는 건가?"

"가르침에 따라 혼과 백을 엄밀하게 구별하기도 합니다만, 밖에서 보면 큰 차이가 없어요. 흡혈귀가 피를 빠는 것으로 인간을 흡혈귀화하는 것처럼, 강시는 인간의 혼백을 먹어서 인간을 강시로 만듭니다. 그렇지만……."

미하루는 거기까지 말하고, 가볍게 손뼉을 쳤다.

그와 동시에 천장에서 대형 모니터가 내려오고, 자동으로 창가의 커튼이 닫히더니 화면 안에 리앙 쉬이링의 모습이 비쳤다.

"구속은 하지 않았군."

영상 안의 쉬이링은 주속대도 풀리고, 이마에 부적도 붙어 있지 않고, 손발도 구속되지 않았다.

그야말로 고급 호텔의 하이 클래스 룸 같은 장소에서, 침착함을 잃은 기색으로 소파에 앉아 가만있었다.

"할 수 없는 겁니다. 이유는 알고 계시겠죠."

와라쿠는 커튼 틈으로 흘러드는 밝은 빛을 시야 구석으로 포착하며 말했다.

"한낮에, 태평하게 과자를 먹고 있군."

화면 안의 쉬이링은 테이블 위에 있는 쿠키를 조심조심 하나 집어서 먹고 있었다.

"그녀를 팬텀으로 다루면, 그녀가 『인간으로서 가진 정규 신분』에 따라 국제 문제로 발전할 우려가 있습니다. 암십자 기사단이 그녀 본인에게서 손을 뗀 것은 그것 때문이죠."

"그녀가 그냥 강시였다면, 어떻게 했지?"

"물론 세간의 무고한 팬텀을 해친 죄를, 갖가지 방법으로 추궁하고, 죄를 갚도록 하고, 이 나라의 법률에 따를 것을 선서하지 않은 경우는 말살도 시야에 넣었겠죠."

미하루는 전직 경찰 관료인 와라쿠에게 무시무시한 말을 자연스럽게 고했다.

"토라키 님의 편의점 사건에서 여권을 제시했습니다만, 진위 확인을 하지 못했어요. 고국에서 공적인 신분이 있을 가능성을 버릴 수 없습니다. ……그래서, 와라쿠 장관……."

"아아 거기까지만 말해도 돼. 자기들이 편하고 싶을 때만 의지를 하다니. 그녀의 공식 신변조사를 하라는 거지? 입국 경로와 여권. 그리고 비자의 유무 같은 건가?"

"이해가 빠르셔서 고맙습니다."

"퇴직한 몸으로 그걸 조사하는 게 얼마나 힘든 일인지 알고는 있는 거겠지?"

"물론 그에 걸맞은 답례는 해드릴 겁니다. 그리고, 형님의 그 다음에 대해서도, 맡겨 주셔도 된답니다."

"이거야 원, 나이를 먹으면 어떤 보험이든 매력적으로 보여서 안 된다니까."

와라쿠는 나른하게 일어서더니, 화면을 올려다보았다.

"나로서는 그녀가 형에게 더 이상 폐를 끼치지 않는다면 그걸로 충분한데 말이지."

"와라쿠 장관쯤 되시는 분께서, 물렁한 말씀을 하지 마세요."

"은퇴한 일개 시민은 자기 몸 건사하는 게 고작이야."

표표한 기색으로 물러가는 와라쿠와 교대하듯 나타난 것은 나카우라 세츠코였다.

"지금 그 분은, 전직 경찰청 장관인 토라키 와라쿠인가요?"

"알고 계셨나요?"

"토라키 유라의 신변을 조사할 때 조금."

"자중해 주세요. 시스터 나카우라. 토라키 님께 너무 지나친 짓을 하지 말도록 하세요."

"젊은이의 사랑을 방해할 정도로 근성이 비뚤어지진 않았어요. 그렇지만 히키 가문의 장녀 되시는 분께서 어디 사는 말 뼈다귀인지도 모를 흡혈귀에게 마음을 두시는 것은, 교토의 본가가 어떻게 생각하실까요?"

"지금 그 한 마디로 암십자는, 앞으로 100년은 교토에 주둔지를 두는 것이 불가능해졌다고 생각하세요."

얄팍한 미소 한 장 아래서, 질척질척한 영역 다툼의 응어리가 쌓이고 있었다.

"그래서, **당신들이 손을 떼지 않은 부분**에 관해서, 뭔가 알아낸 것이 있나요?"

"당연합니다."

나카우라는 햇빛이 가로막힌 실내에서도, 쉬이링을 표시

하는 모니터를 이용하여 재주 좋게 안경을 빛냈다.

"적이 강시라는 걸 아니 대책은 간단했습니다. 세 사건에 연관된 강시는, 시스터 예레이의 보고를 기반으로 지난 이틀 사이에 모두 붙잡아 개별적으로 구속했어요. 기사단 사람들도 복수에 불타고 있었으니까요. 순식간이었죠. 아지트에 쳐들어갔을 때의 얼빠진 표정은 참 오랜만에 유쾌한 구경거리였습니다."

크리스마스 이브를 앞두고 연말의 봉사활동에 힘을 쏟는 성직자의 발언이라고 생각할 수 없었다.

"신속하군요."

"히키 가문에게 선수를 빼앗기기 싫은 마음으로요. 아아, 물론 이쪽 조사와 처분이 정해진 다음에, 히키 가문의 안건에 연관된 자는 건네 드리겠습니다."

"마음에도 없는 말씀은 하지 않으셔도 됩니다. 어차피 건넬 생각이 없는 거죠? 강시에 대한 경험은 역사적으로 그쪽이 유리합니다. 불과 백 수십 년 전, 서구 열강이 청나라의 강시에 상당히 고생했다고 들었으니까요."

"공부를 많이 하셨군요."

모녀 정도로 나이 차이가 있는 미하루와 나카우라는, 웃음의 가면 뒤에서 눈에 안 보이는 칼과 성총으로 대치했다.

"그렇지만, 최소한의 정보 공유는 해주셔야 합니다."

"상응하는 이유가 없다면, 저 개인의 재량으로는……."

"댁의 수도기사가 프론트 마트 이케부쿠로 동5쵸메점에

관리자의 허가 없이 불법으로 침입한 것, 인간인 리앙 쉬이링에 대한 위법한 체포 감금 행위를 한 것의 증거를 쥐고 있습니다. 리앙 쉬이링의 과거에 대해서는 현재 조사 중입니다만, 만약 공적인 신분이 제대로 준비되어 있을 경우, 조금 귀찮은 일이 생기겠죠."

"정말이지……."

나카우라는 거창하게 한숨을 쉬었지만, 그다지 곤란한 기색은 아니었다.

"일본지부에 착임하고 한 달도 안 지났는데…… 몇 대가 지나도 예레이의 기사는 트러블 메이커로군요."

예레이의 기사.

요코하마의 메리 1세호에서, 무로이 아이카도 썼던 말이다.

"아이리스 예레이의 가계에는 뭔가 재미있는 비밀이 있는 모양이군요."

"그녀 자신에게는 아무것도 없어요. 자, 여기요."

어깨를 으쓱거린 나카우라는 수도복 소매 안쪽에서 꺼낸 작은 메모를 미하루에게 내밀었다.

"강시 셋에게 알아낸 정보입니다. 어떻게 쓸 것인지는 그쪽에 맡기죠."

"고맙습니다. 고급 차를 준비했습니다만, 드시고 가시겠어요?"

"됐어요. 저는 홍차당이라서요."

나카우라는 삭 몸을 돌리고, 미하루의 집무실을 등지다가

문 앞에서 멈추었다.

“아아, 그렇죠. 만약 감당하기 어려운 경우에는 언제든지 저를 찾아오세요. 허를 찔리지만 않으면, 강시 따위에게 지지 않으니까요.”

그것만 말하고 이번에야말로 나카우라는 물러갔다.

“정신승리도 그 정도가 되면 훌륭하네요. 시스터 나카우라.”

미하루는 웃으면서 독설로 그녀를 배웅했다.

미하루는 나카우라의 메모를 보았다.

“리앙 하오위(梁浩宇), 리앙 메이얀(梁美燕), 리앙 보하이(梁博海). 그리고, 리앙 쉬이링을 포함하면, 리앙 성을 가진 강시가 네 명.”

미하루는 험악한 표정으로 영상 안의 쉬이링을 올려다보았다.

“시방(尸幇) 중에서도 가장 오랜 역사를 가진 리앙 시방에 속한 자들인가요.”

미하루의 얼굴에서 여유가 사라졌다.

“리앙 시방의 강시쯤 되는 자들이 암십자 기사단 따위의 심문으로 간단히 이름을 부는 것이 마음에 안 들어. 시방의 강시는 그런 나약한 작자들이 아니죠.”

미하루는 메모를 움켜쥐고, 다시 손을 열었다.

그 순간 메모는 공중에서 불타올라, 순식간에 재로 변했다.

“아직 뭔가, 뒷사정이 있어요.”

※

『방(幇)』이란 것은 중국 특유의 공동체 개념이다. 일반적으로는 같은 일족이나 동향인 자가, 다른 지역에서 모인 집단이나 결사를 가리키는 말이다.

예를 들어 구이저우 성 퉁런 시 출신인 자가 대도시 쪽으로 일하러 나가면, 동향인 사람들이 『구이저우 방』이나 『퉁런 방』을 조직한다.

현대에는 중국 국내뿐 아니라 외국에 일하러 나가는 중국인도 많고, 외국에서 출신 지역에 따라 조직되는 방은 『향방(鄕幇)』이라고 불리며 화교 사람들의 안식처가 되고 있었다.

또한 동업자들끼리 조직하는 『길드』 같은 존재인 『업방(業幇)』도 세계 각지에서 조직되어 있었다.

이것이 『방』이라고 불리는 조직의 일반적이며 표면적인 개념이다.

"표면적, 이라는 건, 당연히 이면적인 의미도 있다는 거겠지."

와라쿠와 나카우라가 쉬이링에 대한 일로 찾아온 다음날.

토라키와 아이리스는 미하루의 호출을 받고 선샤인 60에 와 있었다.

미하루 말로는 쉬이링의 배경을 이해하기 위해 『방』이라는 개념을 이해할 필요가 있다고 하기에, 가는 길에 아이리스가 토라키에게 설명해주는 참이었다.

"중국 국외에선 오히려 그쪽이 더 유명하지 않을까? 그리고 이 『시(尸)』자 말인데……."

"학교에서 한자의 부수를 배울 때 배우는 문자군요. 말 그대로 『주검』이란 의미를 가집니다."

그런데 선샤인의 엘리베이터를 타고 꼭대기까지 올라가자, 교양 있는 아름다운 글자가 손으로 적힌 종이를 손에 들고서 미하루가 기다리고 있었다.

"이 엘리베이터에는 침입자 대책을 해뒀으니까요."

"그렇다고 타이밍 딱 맞춰서 그걸 적을 필요는……."

"한자 문화권의 팬텀으로서, 영국인에게 해설을 양보하는 건 어쩐지 마음에 안 들어서요."

그렇게까지 말할 거면 『팬텀』이라는 단어도 어떤가 싶긴 하지만, 요괴니 마물이니 괴물이니 하는 건 모두 절묘하게 팬텀이라는 존재의 전모를 표현하지 못한다. 하지만 지금은 그것을 논할 타이밍이 아니다.

"어쨌든, 『시』와 『방』을 합쳐서, 팬텀의 공동체라는 거구나."

"커다란 뜻은 그렇게 됩니다만, 『시방』은 강시 비밀결사를 가리킵니다."

"비밀결사?"

일본에서 생활하는 사람이라면 오컬트에 경도되거나, 옛 시절의 특촬 액션 드라마라도 보지 않는 한 좀처럼 접할 수 없는 단어였다.

"흑사회. 중국어로는 헤이셔훼이라고 합니다만, 이른바 뒷사회의 조직에도 『방』이라는 단어를 씁니다. 강시는 중국어로 지앙쉬라고 읽습니다만 존재 자체가 이미 사회의 어둠에 숨어 있으며, 햇빛 아래서 활동이 불가능한 대신 초자연적인 힘을 이용해 뒷사회의 실력자들을 지탱해왔습니다."

"……그럴 만 하네."

역사상 권력자가 팬텀의 특수능력을 이용한 케이스는 상당히 많지만, 역사가 길고 땅도 넓은 중국에서는 그런 역사도 길 것이다.

"리앙 시방은 수많은 시방 중에서도 위험한 일파입니다. 비합법 활동은 물론, 적대하는 팬텀에게도 가차 없어요. 특히 지금 방주를 맡은 리앙 슈에션(梁雪神)은 고요가 아닌 팬텀 중에서는 세계최강의 한 자리를 차지할 겁니다."

"세계최강의 한 자리라, 편리한 단어네."

토라키는 쓴웃음을 지었다.

"그래서…… 그런 녀석들이 암십자에게 이렇게 간단히 이름을 부는 것 자체가 이상하다?"

"맞는 말씀입니다. 이쪽이에요."

미하루는 양쪽으로 열리는 커다란 문 앞에 멈춰 섰다.

"암십자에게 노골적으로 리앙 시방에 대해 흘리는 자백을 하고 있다는 것 자체가, 아무리 생각해도 기분이 나빠요. 흑사회에서 방의 구성원은 우수하면 할수록, 동료를 파는 짓을 하지 않습니다. 반대로 자신의 존재를 과시할 경우는……."

"더 거창한 무언가를 꾸미고 있다."

아이리스의 말에 미하루가 순순히 고개를 끄덕였다.

"……들어갑니다."

미하루의 목소리에 긴장이 흘렀다.

토라키와 아이리스는 이때 처음으로, 미하루가 왼손에 칼을 쥐고 있다는 걸 깨달았다.

그리고 미하루가 노크를 하고 잠기지도 않은 문을 열자마자…….

"크!"

"우왓!"

다가오는 바람과 함께 얼음 탄환이 미하루를 향해 날아오고, 미하루는 그것을 예측한 것처럼 발도하여 모든 탄환을 부숴서 떨구었다.

문을 열기만 해도 알 수 있는 호화로운 실내에서, 구속되지 않은 쉬이링이 미하루를 향해 손바닥을 내밀고 있었다.

"……앗, 토, 토라키 씨!"

그런데 그녀는 토라키의 모습을 보자마자 손을 내리고, 어색하게 고개를 돌렸다.

"리앙 씨……."

"아이리스 씨도…… 저를 심문하러 온 건가요?"

거절의 껍질에 틀어박힌, 가시 돋친 목소리.

그러나 편의점 일을 하고 있을 때의 밝고 솔직한 쉬이링의 음색도 슬쩍 보여서, 토라키는 당황해 버렸다.

"흥. 도둑고양이라도 나쁜 짓이 들키면 어색한 모양이군요. 지난 사흘 동안, 이렇게 얌전했던 적이 없어요."

“용케 오늘까지 창문이 안 부서졌네.”

이 방에는 창문이 있었다.

초자연적인 능력을 가진 포로를 수용하는 장소로서는 명백하게 부적절하지 않을까?

“히키 가문이 들어온 건물의 창문은 미국 대통령 전용차의 방탄유리를 제조하고 있는 회사에 발주하여, 안티 머테리얼 라이플의 탄환도 못 뚫으니까요.”

“그건 팬텀의 기술이나 야오비쿠니의 요술 같은 걸 안 쓰는구나.”

처음부터 끝까지 현대의 물리과학적인 방어 이야기를 하자, 토라키는 쓴웃음을 지었다.

“물론 데미 따위의 얼음 탄환으로 어찌할 수 있는 것이 아니랍니다. 본인도 그걸 알고 있으니까, 제가 들어왔을 때만 저항하는 거죠.”

데미란 것은, 어떠한 이유로 팬텀의 힘을 가지게 된 인간 혹은 팬텀과 인간의 혼혈로 태어난 사람들의 총칭이었다.

“그래서 미하루. 우리는 뭣 때문에 불렀어?”

“요전의 세 건에 대해서, 시스터 나카우라가 다른 리앙 시방에 속한 자들을 붙잡았습니다. 그렇지만 지금은 개인이 금전 목적으로 돌발적인 강도 행각을 꾸몄다는 것 이상의 말은 하지 않고 있어요. 이 도둑고양이는 다른 세 명과 달리 토라키 님과 아이리스 예레이와 어느 정도 교류가 있었다고 하니까 뭔가 캐낼 수 없을까 하여, 지푸라기라도 잡는 심정으로 연락을 드린 겁니다."

"처음부터 지푸라기라고 하지 마."

미덥지 못하다고 말하고 있는 거나 마찬가지인 미하루의 말에 불평을 하고서, 아이리스는 작게 콧김을 뿜었다.

"교류가 있었다고 해도, 세상 돌아가는 이야기나 조금 한 거야. 애당초 그것도 어디까지 정말인지 알 수가 없어. 그래서 내가 물어볼 수 있는 건 두 가지뿐이야."

"……뭔가요."

쉬이링의 대답에, 의외로 눈썹을 올린 것은 토라키였다.

이 분위기 안에서, 맞장구 레벨이라지만 대답을 할 거라고 생각지 않았으니까.

"당신을 집으로 배웅했을 때, 나를 습격한 건 당신이야?"

"저였지만, 제가 아니에요."

쉬이링은 선 채로 즉시 대답했다.

대답이 되는지 안 되는지는 그렇다 치고, 순순히 대답했다는 것에도 토라키는 놀랐다.

"아이리스 씨를 공격한 건 술법으로 만든 분신이에요. 제 머리칼을 사용해서 만들어낸 인형 같은 거죠."

자연스럽게 분신체라는 말이 튀어나오자, 새삼 토라키는 쉬이링이 팬텀의 관계자라는 것을 실감했다.

"그건…… 음양술의, 식신 같은 거?"

"음양술식의 식신 정도로 복잡하지도, 어렵지도, 강하지도 않아요. 제 힘으로는 유효 범위도 넓지 않으니까, 도망치는 아이리스 씨를 추적하지도 못했고요."

"그걸 도망쳤다고 생각하는 건 섭섭하네."

그러나 분명히 그랬었다. 아이리스는 그때 싸우던 장소를 옮기려고 했더니 중간에 적의 기척이 사라져서 그 다음에 도무지 나타나지 않은 것을 떠올렸다.

"그 정도는 히키 씨가 진작에 조사해서 전달했다고 생각했어요. 제 뤄쉬이판, 압수당했으니까요."

"뤄 쉬이 판?"

"저 같은 데미가 강시의 술법을 쓰기 위한 도구 중 하나예요. 그게 없으면 저는 분신을 만들 수 없어요. 저는 육체적인 전투력은 분신체에 의존하고 있어요."

토라키와 아이리스가 미하루를 곁눈질로 보자, 미하루는 작게 고개를 세로로 움직였다.

"강시의 술법을 아는 자에게는 기본적인 지식입니다. 순수한 강시가 전용 뤄쉬이판을 사용하면, 최대 100킬로미터 이상 떨어진 장소의 분신체를 조종할 수 있다고 들었어요."

"제가 분신을 움직일 수 있는 건, 고작해야 반경 500미터. 전투 같은 정밀한 움직임은 200미터 이내. 게다가 고작 하나. 그 정도의, 가짜 강시인 거죠."

너무나도 쉽사리, 자칫하면 수상할 정도로.

쉬이링은 질문에 술술 대답했다.

"그 정도의 데미라도, 리앙 시방에서 리앙 성을 받았잖아요. 대체 뭘 하러 일본에 온 거죠?"

"그건 첫날에 말하지 않았나요?"

여유를 보이는 것 같은 어조였지만, 어째선지 토라키는 지금까지 순순히 대답했던 것과 비교하여 갑자기 가면을 쓴 것 같다는 인상을 받았다.

"토라키 씨를 만나러 왔어요."

"농담도 작작하지 않으면 죽입니다?"

"갑자기 여유를 잃지 좀 마라."

팬텀의 계보에 있는 미하루다 보니, 지금 당장이라도 머리에 뿔이 돋아나는 게 아닐까 싶을 정도로 기운이 새까매졌다.

토라키는 당장이라도 쉬이링에게 덤벼들 것 같은 미하루를 뒤로 물렸다.

"……나를 만나러 왔다는 건, 농담이 아니었어?"

"처음에 만났을 때부터 그렇게 말했잖아요. 왜 믿어주지 않는 건가요?"

"돈도 장래성도 없고, 훈남도 아닌 녀석을 미녀가 바다를 건너서 만나러 올 거라고 생각하기에는 내가 나이를 너무 먹었어."

"그런가요? 토라키 씨는 전례가 있잖아요."

쉬이링은 일부러 아이리스에게 눈짓을 했지만, 아이리스는 반응하지 않았다.

"이 녀석은 오다가다 알게 됐더니 쳐들어온 거지, 나를 만나러 온 게 아냐. 설마 아직 나랑 아이리스가 사귀고 있다는 헛소리를 믿고 있는 건 아니지?"

"아닌가요? 가게에 쳐들어왔을 때 저 진심으로 죽는 줄 알았는데요? 그때 역시, 아이리스 씨랑 특별한 관계구나 생각했어요."

"누구든지 그런 걸 보면 죽이고 싶어지는 거야 장난하지 마."

"그러니까 왜 너도 갑자기 여유를 잃는 건데?"

어째서인지 또 벽안이 칠흑색으로 물들어 버려서 쉬이링에게 덤벼들려는 아이리스를 말리고 뒤로 물렸다.

"아이리스 예레이, 뭘 봤다는 건가요? 나중에 자세히 알려주세요."

"좋아. 신의 철퇴를 내릴 필요가 있는 광경이었어."

뒤에서 칠흑의 살기를 두른, 여전히 사이가 좋은 건지 나쁜 건지 알 수 없는 두 사람이 뒤숭숭한 이야기를 시작하자 토라키는 등에 식은땀이 흘렀다.

토라키 자신은 중간에 아무것도 기억 못하지만, 의식을 되찾은 순간을 떠올려 봐도 결코 여성이 좋아할 만한 상황이 아닌 것은 틀림없었다.

"뭐어, 나는 리앙 씨의 본심은 알 수도 없고, 이렇게 된 이상 미하루도 암십자도 리앙 씨를 풀어주진 않겠지만 말야."

이대로 뭐라고 말을 하든 쉬이링은 중요한 이야기는 하지 않으리라.

애당초 암십자나 히키 가문의 수법으로도 아무것도 불지 않은 비밀결사의 구성원을, 불과 며칠 함께 일을 한 정도의 사이로 농락할 수 있을 리가 없다.

토라키는 흡혈귀 생활만 좀 길지, 그냥 초보자니까.

그러니까 초보자로서 할 수 있는 말만 하는 수밖에 없었다.

"리앙 씨가 사라지고서 지난 사흘, 무라오카 씨가 아주 환장을 해서 난리도 아니었어. 이것만큼은 언젠가 제대로 보상을 해줘."

쉬이링은 무슨 말을 하는지 알 수가 없다는 표정으로 눈썹을 찌푸렸다.

"아르바이트생이 도망치는 일은 딱히 드물지도 않으니까, 리앙 씨가 출근하지 않은 것에는 놀라지 않았어. 다만……."

그때 토라키의 눈이 대각선 아래로 흐르며 우울한 표정이 되었다.

"리앙 씨한테 손을 댔다거나, 연수할 때 뭔가 쓸데없이 엄격하게 굴었다거나, 아카리랑 무라오카 씨가 없는 말도 지어내서 온갖 의심을 해댄다고."

"……네?"

"리앙 씨가 사라졌으니까 무라오카 씨가 심야 출근을 해야 하는 날이 늘어나고, 거기다 나는 섣달그믐부터 설날 연휴까지 꽉 채워서 출근이야. 크리스마스나 연말연시에 신나게 노는 생활은 안 하지만, 무라오카 씨가 마주칠 때마다 잔소리를 하는 연말연시는 최악이라고."

"네에……."

"하지만 나는 이제 와서 거기 이상의 근무지를 발견할 수 있을 것 같지도 않고, 파트너십이란 명목으로 암십자는 툭

하면 착취를 해대고.”

“그러니까 저랑 맺어지시면 이후의 생활은…….”

“이쪽은 틈만 나면 데릴사위 삼으려 하고.”

“인기 자랑인가요?”

쉬이링이 눈을 게슴츠레 뜨고서 기가 막힌다는 표정을 지었다.

처음 보는 표정이었다.

아마도 쉬이링이 토라키에게 보여준 표정들 가운데, 가장 꾸미지 않은 맨얼굴일 것이다.

그것을 보고 토라키는 무심코 툭, 말해버렸다.

“뭐, 말을 이렇게 해도 나는 말이지. 리앙 씨랑 일하는 거 꽤 기대했었다고. 심야부터 시작하는 신입이 온 게 처음이었거든. 이렇게 돼서 유감이야.”

“““어?”””

“왜 너네들도 반응하는데?”

쉬이링과 이구동성으로 등 뒤의 두 사람도 뜻밖이라는 기색으로 소리를 내자, 토라키는 갑자기 자기가 한 말이 부끄러워졌다.

“뭐, 여러모로 사정이 있겠지만, 자포자기해서 죽거나 그러진 마. 인연이 있으면 또 같이 일하자고.”

“……아.”

쉬이링이 뭔가 말하고자 했지만, 토라키는 뒤로 돌아서 쉬이링의 방을 나가 버렸다.

"나는 이쯤에서 발 뺀다. 뒷일은 팬텀과 인간 사이에서 일하는 너희 둘에게 맡길게."

"기, 기다려, 유라! 벌써 돌아가려고?"

"토라키 님!"

"경찰도 제 식구가 일으킨 사건에서는 빠지잖아. 그리고 나는 초보자고, 리앙 씨는 시방이라는 프로야. 미하루나 암십자가 캐내지 못하는 정보를 캐낼 수 있을 리 없잖아."

아이리스도 토라키를 따라 방에서 나가고, 활짝 열린 문을 지키는 것은 미하루밖에 안 남았다. 그러나 쉬이링은 멍하니, 토라키와 아이리스가 사라진 복도를 보고 있었다.

"유라! 정말로 손 뗄 거야?!"

"계속 관여하라고? 방금 말했잖아. 너희들이 아무것도 못하는 상대한테 내가 뭘 할 수 있을 리도 없고, 너도 내가 리앙 씨랑 이야기하는 거 싫어했잖아."

"지금은 그런 이야기를 하는 게 아니라, 유라, 정말로 그때 일, 기억 못해?"

"그때?"

"편의점에서 쉬이링이랑 망측한 짓을 했을 때 일!"

"너 정말로 고소해 버린다?"

선샤인 60의 오피스동에서 나와도, 시간은 아직 8시.

해는 떨어졌지만 이케부쿠로의 거리는 크리스마스 컬러로

물들어 있다. 이 수도기사는 수많은 사람들이 오가는 길거리에서 깔끔한 일본어로 뭔 소리를 해대는 거지?

“아무것도 기억 못한다고 했잖아.”

“정말로?”

“아 좀 작작해라!”

“그녀가 당신한테, 자기 피를 빨도록 하려고 한 것도 기억 안 나?”

떨쳐내려고 한 토라키는, 그 첫 걸음에서 발을 멈추었다.

“뭐?”

“정말로, 기억 못하는구나.”

“아니…… 그러고 보니…….”

토라키가 자신의 코를 건드렸다.

“피 냄새가 났었지.”

흡혈귀가 피를 빤 인간은 흡혈귀가 된다.

물론 토라키 자신이 과거에 말한 것처럼 그저 피를 빨기만 해서는 그리 되지 않으며, 흡혈귀 쪽이 상대를 『바꾸려고』 생각하지 않으면 변하지 않는다.

그러나 수도기사 아이리스도 그 사실을 몰랐고, 의식을 빼앗긴 상황에서 인간을 물었을 경우 본능적인 반응으로 『흡혈귀화』를 일으키지 않는다고 장담할 수 없었다.

“그 얘기, 미하루한테는 했어?”

“말할 리 없잖아. 대화를 할 상황이 아니게 될 거야.”

“뭐 그야 그렇겠지. 하지만 대체 뭔데? 리앙 씨는 인간이지만, 데미라는 거잖아? 데미의 강시가 흡혈귀에게 피를 빨리면 어떻게 되지?"

"데미라고 해도 그녀의 본질은 인간. 해가 떠올라서 안티커스 벨트가 효과를 잃은 것도 햇빛 아래서 그녀가 인간이니까 그런 거야."

"그렇게 편의적인 경우가 있어도 되나? 낮에는 인간이고, 밤에는 팬텀. 아이카처럼 고요쯤은 되어야 간신히 가능한 거잖아."

"그건…… 응, 그렇, 지."

아이리스도 반론을 못하고 말을 삼켰다.

실제로, 편의적인 정도에 그치지 않는다.

시점을 바꿔보면 강시도 흡혈귀도, 태양을 보지 못한다는 희생과 맞바꾸어 강대한 힘을 얻었다는 부분이 있다.

그것을 힘은 그렇게 많이 필요 없으니까 그만큼 낮에도 활동할 수 있도록 한다, 이런 식으로 자유롭게 조정할 수 있게 되어 버리면 인간과 팬텀의 관계가 뿌리부터 흔들리게 된다.

"그렇지……. 본래 그런 존재가 아닌 한, 아무리 그래도 그렇게는 못해."

토라키는 쓴웃음을 지었다.

"나는 만난 적이 없지만, 인간과 팬텀의 하프나 쿼터 같은 것도 있냐?"

"미하루가 그런 존재잖아."

"아아, 그러고 보니. 리앙 씨도 어쩌면 강시랑 인간의 혼혈이라서, 그래서 낮에도 활동할 수 있는 건가 생각했는데."

"그렇다고 해도 인간과 팬텀의 피가 섞였으면 태어나는 아이는 팬텀의 성질에 끌려가게 돼. 흡혈귀와 인간의 듀얼인 담피르 같은 게 유명하잖아."

흡혈귀와 인간의 아이는, 부모 흡혈귀의 성질에 따라 다르지만 햇빛을 쬐면 재가 되거나 최소한이라도 생명활동이 정지해 버린다.

팬텀과 인간의 하프는 대개 부모 팬텀의 성질을 다운그레이드해서 이어 받는 경우가 많다. 그 탓에 능력이 열화 된다고 팬텀들이 꺼리고, 그래도 이형이기에 인간들도 꺼린다.

그리고 쉬이링이 강시와 인간의 하프라면, 인간처럼 낮에 활동하는 일은 있을 수 없다.

"그리고 또 돌연변이나, 그런 룰을 무시한 무언가가 있었다는 것밖에 말을 못하지."

"유라, 그게, 혹시 이런 거 물어봐도 되는지 모르겠는데, 저기……."

"흡혈귀가 팬텀의 피를 빨면 어떻게 되는가?"

"……응."

"몰라. 적어도 나는 해본 적이 없고, 흡혈귀가 인간이 아닌 생물에게 그랬다는 이야기를 들어본 적이 없어. 그래서 그런 건 아니지만, 흡혈귀가 피를 빨아서 흡혈귀가 되는 건 인간뿐이다……라고 생각해. 아마도."

"그래?"

“아마도라고 했잖아. 예를 들어 흡혈귀가 타조의 피를 빨았다고 해서, 흡혈 타조가 될 거라고 생각해?”

“타조는 이빨이 없으니까. 아, 하지만 어딘가의 섬에 피를 마시는 새가 있었어! 그거라면 어떻게 되지 않아?”

“처음부터 피를 마시는 생물이 흡혈귀가 되어도, 낮에 재가 되는 디메리트를 안는 것뿐이잖아.”

“그러면 고릴라 같은 건 어때? 유인원의 피를 마시면?”

“크리스마스의 일루미네이션 아래서 비인도적인 상상은 좀 관두자, 성십자 교도. 어쨌든 흡혈귀는 인간의 피밖에 안 마셔. 흡혈귀화되는 것도 인간뿐이야. 흡혈 고릴라나 흡혈 타조, 하물며 흡혈 강시 같은 건 생기지 않아! 적어도 나는 그렇게 생각해. 그러니까 리앙 씨의 그건, 뭔가 강시의 세계에만 있는 특별한 거겠지. 지금 우리가 이것저것 상상해서 알 수 있는 게 아냐!”

토라키는 좀 자포자기한 기색으로 잘라 말하고, 손목시계를 보더니 표정을 찌푸렸다.

“집에 돌아가면 밥 먹을 시간이 없네.”

“오늘도 출근?”

“그래. 본래 리앙 씨가 없어도 크리스마스부터 정월까지 쉬는 날이 없는 건 정해져 있던 거니까. 평소처럼 생활하는 수밖에 없어.”

“평소처럼?”

“평소처럼이야. 어디서 팬텀이 날뛰더라도, 여차할 때 아이카를 쓰러뜨릴 힘을 모으기 위해 일하고, 밥 먹고, 돈을 모은다. 내 생활은 그것의 반복이야. 리앙 씨 일은 유감이지만 나 자신에게 무슨 피해가 있었던 것도 아니니까."

"그렇네……. 우앗."

말하고 있던 토라키가 갑자기 멈춰 서서, 아이리스는 무심코 토라키의 등에 부딪혀 버렸다.

토라키의 눈은 신장개업 현수막이 나부끼는 돈가스 전문점을 보고 있었다.

"기분 꿀꿀한 날은 배가 고파. 돌아가도 밥 먹을 시간 없으니까, 들렀다 갈래?"

아이리스도 가게를 보고 있어서 반응이 조금 늦었다.

뒤늦게 토라키를 올려다보고, 토라키가 가게를 가리키면서 자신을 보는 것을 깨달았다.

"어…… 아, 나도?"

"배 안 고프면 먼저 돌아가. 혼자 먹을 테니까."

"가, 갈게. 갈 거야. 그게, 저기……."

"주문은 내가 할 테니까 안심해. 그렇게 불안한 표정 짓지 말고."

"그, 그러면 좋아. 가자."

아이리스는 작게 고개를 끄덕이고, 자동문을 통과하는 토라키의 뒤를 따라갔다.

밥시간이긴 하지만 다행히 금방 빈자리로 안내를 받아서, 토라키와 아이리스는 테이블에 마주 앉았다.

"나, 돈가스는 처음이야."

아이리스는 눈빛을 반짝거리면서 메뉴를 보더니, 그 뒤에 힐끔 토라키를 보았다.

"흠~ 신슈 명물, 소스 돈가스 덮밥 페어. 이걸로 할까…… 왜? 뭔데?"

"……아니, 아무것도 아냐."

아이리스는 나오려던 말을 삼키고, 메뉴표로 얼굴을 감추며 미소를 지었다.

토라키가 여러모로 투덜거리면서도 쉬이링 건으로 조금 풀이 죽어 있으니까, 너무 들떠서 말하기는 어려웠다.

토라키가 아이리스에게 먼저 식사를 권한 것은 이게 처음이었다.

그것이 조금 기뻤다고 말해도, 어쩔 수 없는 일이니까.

※

"그럼 간다. 기사장이라는 그 녀석한테 말해둬. 내일부터 나는 일절 그쪽 사정에 관여하지 않는다."

"그래그래. 알고 있어. 나를 공격한 그 강시가 쉬이링의 술법이었으니까, 내가 리앙 시방이나 쉬이링의 건에 전속이 되는 일은 없어. 전속이 아닌 성무에 파트너 팬텀을 동원하는 일은 없으니까 안심해."

선샤인 60 바로 근처인 동이케부쿠로 역에서 도덴 아라카와 선을 탄 두 사람은, 도덴 조우시가야 역에서 내려 거기서 헤어지게 되었다.

"플래그 같은 소리 좀 하지 마라. 무라오카 씨가 요전에 그런 말을 했다가 훌륭하게 리앙 씨 소동으로 이어졌다고."

"플래그라는 건 뭐야? 뭐 아무튼 힘내. 돈가스, 잘 먹었어."

"늘 요리를 해주니까 뭐 가끔은……. 아, 맞다."

"응?"

"너 여기에, 밥풀 묻어 있다."

"어…… 응?! 거짓말이지! 나 얼굴에 밥풀 묻히고 트램을 탄 거야?!"

아이리스가 자기 볼을 탁탁 만지며 당황하기 시작하자, 토라키는 그만 웃어 버렸다.

"미안미안. 나도 여태 몰랐어."

"진짜, 좀 잘 봐봐……."

"전에 그 카레도 그렇고, 밥을 차분하게 먹질 않으니까 그렇지."

"수, 수도기사는 언제 팬텀과 싸움이 시작되어도 괜찮도록, 밥을 일정 시간 안에 먹는 훈련을 받아!"

"그러셔. 그럼 간다. 조심해서 돌아가."

"정말! 어린애 취급하지 마!"

아이리스를 두고서, 토라키는 프론트 마트가 있는 쪽으로 걸어가 버렸다.

화를 내봐야 식사 매너에서 실수를 한 것은 자신이었다. 아이리스는 석연치 않은 느낌을 받으면서도 블루로즈 샤토 조우시가야 방향으로 새까만 조우시가야의 거리를 걸어갔다.

중간에 쉬이링이 살고 있던 셰어 하우스에도 들러봤지만 땅바닥의 구멍은 여전히 뚫려 있고, 딱히 뭔가가 변화한 기색은 없었다.

강도 미수 사건이 있던 날, 쉬이링과 함께 돌아갔을 때를 떠올린 아이리스는 분명히 한 번은 교류를 했던 상대가 상상도 못했던 존재이며, 이제 만날 일이 없다는 상황에 적적함을 느꼈다.

"이런 인연이 다 있네."

아이리스는 그렇게 중얼거리고 발길을 돌려, 새삼 자택으로 걸었다.

"어머?"

그리고 공용 현관에 마련된 우편함의 입구에 뭔가 튀어나와 있는 걸 깨달았다.

아이리스의 주소는 토라키와 미하루와 암십자 기사단 관계자밖에 모르고, 신문 따위를 읽지도 않으니까 편지 같은 것이 오는 일도 없다. 전단지 같은 것이리라.

블루로즈 샤토 조우시가야의 현관에는 전단지를 버리기 위한 쓰레기통이 준비되어 있었다.

우편함의 열쇠에 비밀번호를 입력하고 문을 열자, 전단지 아래에 길쭉한 하얀 종이조각이 떨어져 있었다.

"이건 뭐지? 쓰레기?"

어디서 본 적이 있는 형태의 종이조각이었지만, 전단지에 섞여 있었기 때문에 뭔가 잘못해서 들어왔을 거라고 깊게 생각지 않았다.

방심은 있었다. 그 종이조각의 형상을 마땅한 장소에서 봤다면, 마땅한 용도를 가진 것이라고 깨달았을 것이다.

종이조각을 만지자마자, 아이리스의 코에 강렬하고 달콤한 향기가 들어왔다.

그것은 백화점의 화장품 코너 따위에서 나눠주는, 향수가 스며든 테스터 용지였다.

"이, 이건!"

이 향기를 떠올렸을 때 이미 아이리스의 무릎에서 힘이 빠지고, 쓰러진 상태를 지탱하기 위해서 손을 땅에 짚을 수도 없었다.

머리부터 바닥에 쓰러져도, 신음 소리조차 내지 못했다.

온몸이 마비되어 쓰러진 채 고개를 움직이지도 못하는 아이리스의 눈앞에, 발소리를 전혀 내지 않는 검은 발이 나타났다.

"이런 녀석이 너를 궁지로 몰았다고?"

모르는 목소리였다.

"예레이의 기사라고 하기에, 조금 더 고생할 거라고 생각했다."

메마른, 남자인지 여자인지도 모를 기억에 남기 어려운 목소리.

자신의 몸을 감추기 위한 훈련을 받은 자의 목소리다.

"뭐지? 볼에 뭔가 묻어 있군."

"아마, 소스 같은 거 아닐까아? 돈가스라도 먹고 왔나 봐."

몽롱한 의식 속에서도, 그 목소리를 듣자마자 아이리스의 심장이 격렬하게 뛰었다.

그와 동시에 그 목소리 앞에서 몸의 자유를 빼앗긴 상황에 격렬한 공포를 느꼈지만, 그럼에도 몸을 떨지도 못했다.

"어머나아?"

시야 바깥에서 내려온 목소리가 조소를 품은 색을 띠었다.

"겁을 먹었나 보네. 내가 여기 있는 게 그렇게 뜻밖이야?"

그 발과, 들여다보는 얼굴.

"……아……아."

"자기 『자식』이 있는 장소를 『부모』가 모를 리 없잖아? 유라랑 언제나 사이좋게 지내줘서, 차암 고마워."

능구렁이 같은 미소.

얼음장 같은 공기.

그런데도, 길게 늘어지는 말투.

"……유……라를…………어……떡할……셈……아이……카, 무로이……!"

아이리스가 제대로 안 돌아가는 혀를 필사적으로 움직여 말을 자아내자, 전과 딴판으로 근처 양품점에서 적당히 산 것 같은 심플한 팬츠와 파카를 입은 무로이 아이카가 놀라면서 괜히 입을 손으로 가렸다.

"어머. 강시의 향술(香術)(시앙슈)을 직격으로 받았는데 이렇게 말할 수 있어? 역시 예레이의 기사! 강한 아이구나아!"

"……강시…… 이 녀석은……."

"뭔가 오해를 하는 것 같은데에. 유라는 나에게 용건이 있어도, 나는 딱히 유라한테 아무 용건도 없거든. 요코하마에서도, 오랜만에 일본에 왔으니까 오래 못 본 『자식』을 만나고 싶었을 뿐이야. 전세계 어디든지 있는 자식사랑이지이."

"……무슨."

"……아이화(愛花). 이야기가 너무 길다. 사람이 온다."

"어머, 그러네. 그러면 아이리스. 잠깐 아줌마랑 같이 밤놀이를 하러 갈까아?"

아이카(愛花)는 요염하게 웃더니, 아이리스의 얼굴을 들여다보았다.

검은 손이 아이리스의 눈꺼풀을 고정시켜 눈을 감지도 못한다. 아이리스는 흡혈귀가 가진 심홍의 눈동자를 정면으로 보고, 그 순간 의식이 어둠에 휩싸였다.

※

귀가한 토라키는 현관의 열쇠를 연 참에 약간의 위화감을 느꼈다.

그리고 그 위화감의 정체가 현관이 잠겨 있다는 것 자체란 것에 쓴웃음을 지었다.

집 안에, 아이리스의 기척이 없다.
그것만으로도 상당히 집이 조용하다.
"오랜만에, 아무 방해도 없이 잠들 수 있겠네."
토라키는 진심으로 말하고 한껏 기지개를 켰다.
"요전에는 미하루 탓에 오랜만에 그런 아침놀 정도의 햇빛으로 재가 됐으니까. 정말이지, 연말이 되면 어수선해서 곤란하구만."
이 생활에 대한 토라키의 유일한 불만은 자기 전에 목욕을 못하는 라이프 스타일이었다.
목욕탕에서 잠들어야 하는 탓에, 일을 하고 목욕을 해버리면 습기가 듬뿍 떠도는 축축한 목욕탕에서 잠들게 된다. 그것이 단순하게 잠들기에 좋지 않았다.
입고 있던 옷을 세탁물 바구니에 아무렇게나 던져 넣고, 잠옷으로 갈아입고 에어 매트를 준비한다.
슬림폰에 충전기를 연결하고, 어쩐지 모르게 뭔가 착신이 없는지 확인.
"……."
전화도, 메일도, 메시지도 아무것도 없다.
자신이 내는 소리 말고는 아무 소리도 안 들리는 조용한 아침이었다.
"이런 게 대체 얼마만이야."
토라키는 오랜만에 홀로 해방감을 맛보고 있었다.
옆집에 전혀 기척이 없는 것은, 먼저 돌아온 아이리스가 이 시간에는 보통 인간의 생태에 따라 자고 있기 때문일 것이다.

이제 한 번 잠들어버리면, 무슨 일이 있든 다음날까지는 누구에게도 방해 받지 않고 잠들 수 있다.

무심코 얼굴이 풀려버릴 것 같았던 토라키였지만, 금방 정색하는 표정으로 돌아왔다.

"그런 일이, 있을 수 있나?"

그도 그럴 것이 이 집에서 토라키의 프라이버시는 이미 존재하지 않는다.

본래 오래된 집합주택용의 자물쇠 따위, 팬텀이 상대라면 아무런 방범 능력도 발휘 못한다.

그렇잖아도 암십자 기사단의 가택 수색이 들어오고, 아이리스는 멋대로 스페어 키를 만들고, 사흘 전에는 미하루가 난입해와서 집에 돌아왔는데도 재가 되어 버렸다.

"설마 감시 카메라나 도청기 같은 걸 심어놓은 건 아니겠지."

아무리 그래도 그건 아이리스나 미하루가 용납하지 않았을 거라고 생각하지만, 팬텀에 대해 기이할 정도로 악의를 가진 나카우라라는 수녀라면 할지도 모른다.

아무래도 쉬이링이 나타난 이후 멋대로 생각에 빠져서 불안해 지는 경우가 많다. 토라키도 자각은 하고 있었지만, 한 번 신경 쓰이기 시작하자 그대로 잠들 기분도 안 들게 되었다.

"그거란 말이지. 그런 건 전기가 있는 장소에만 설치할 수 있으니까, 콘센트 주변만 조사하면 되겠지."

혼잣말을 하면서 재빨리 몇 안 되는 콘센트를 돌아가며 살폈다. 초보자가 보기에는 이상이 보이지 않았다.

그리고 토라키가 마지막으로 조사한 것이, 현관문의 우편함이었다.

블루로즈 샤토 조우시가야의 현관문에는, 공용 현관에 집합 형식의 우편함이 설치되기 전에 쓰이고 있던 문과 합체되어 있는 타입의 우편함이 그대로 남아 있었다.

어째서인지는 모르지만 한 해에 몇 번 전단지나 맨션의 수리 일정 따위를 알리는 문서가 현관 우편함에 들어오는 경우가 있으니, 내킬 때마다 열어서 확인하지 않으면 생각지 못한 것을 의도치 않게 방치해 버리는 수가 있었다.

그리고 그 조심성 덕분에, 토라키는 그것을 발견했다.

"……."

녹슬고 삐걱대는 우편함에는 너무나도 안 어울리는 화사한 종이 같은 것이 있었다.

녹색 바탕에 빨간 리본 무늬, 노란색과 금색의 벨과 장식의 씰.

크리스마스 트리를 모티브로 삼은 크리스마스 카드다.

"장난……질도 작작해라!"

열어본 카드 안에 있는 것을 보고, 토라키는 눈을 부릅떴다.

카드에는 주문 같은 부적 모양이 그려져 있고, 검붉은 얼룩이 묻어 있었다.

그러나 토라키는 그걸로 충분했다.

흡혈귀의 오감이, 그 검붉은 얼룩의 정체를 피어오르는 냄새로 판별했다.

토라키가 마지막으로 먹은 인간의 피와 같다.

카드에 스며든 것은, 아이리스의 피였다.

동트기 전.

쉬이링은 소파에 앉은 채, 보라색이 흐릿해져가는 하늘을 바라보며 멍하니 있었다.

어젯밤에 토라키와 아이리스가 돌아간 뒤로 잠들지도 않고, 식사도 안하고, 그저 가만히 앉아 있었다.

어제까지는 몇 번 정도 이 방에서 탈출하고자 괜한 발버둥을 쳤다.

물론 데미 따위가 어찌할 수 있는 방을 히키 가문이 준비할 리 없었으니 모두 아무 소용도 없었지만, 지금은 그것마저도 할 생각이 안 들었다.

이유는 확실했다.

토라키가 돌아갈 때 말한 별 것도 아닌 한 마디였다.

고작 그걸로, 발버둥 칠 생각이 사라져 버렸다.

조금 더 속되게 표현하자면, 의욕이 안 생긴다고 해도 좋을지 모른다.

지금의 자신을 구성하는 중요한 기둥이 부러진 것 같은, 그런 기분이었다.

"……자버릴까?"

그렇게 중얼거린 것은 창밖에 검은 먼지 같은 것이 힐끔 보였기 때문이다.

지쳐서 시야가 흐려진 걸지도 모른다.

"어?"

그러나, 그것이 착각이나 눈의 피로에 따른 것이 아니라는 걸 금새 깨달았다.

강화 유리 창밖에서 검은 먼지가 조금씩 모여서 뭉치더니, 이윽고 사람의 모습을 취한 것이다.

"……토라키, 씨?"

"안녕?"

강화 유리 너머, 게다가 고층이라서 목소리가 전혀 안 닿는다.

"뭐, 뭐 하는 건가요! 위험하잖아요!"

"……에…… 있어?"

"안에 들어갈 수 있어, 라는 거죠?! 들일 수 있을 리 없잖아요?! 빌딩의 고층이거든요?! 환기팬 같은 것도 직접 바깥이랑 이어져 있지 않아요!"

쉬이링이 힘껏 큰 소리를 내자, 토라키는 난처한 기색으로 주위를 보았다.

"……이리……가 납……했어."

"뭐라고요?! 아이리스 씨가 납치를 당해요?!"

토라키가 입 앞에 양손을 둥글게 모으고, 창을 향해 큰 소리로 말했다.

"강시가 납치한 것 같아. 뭔가 아는 거 있어?!"

"뭔가라뇨……. 저는 계속 여기 있어서, 아이리스 씨에 대해서는 몰라요……."

"어?! 안 들린다!"

"정말! 귀찮네요! 왜 안으로 안 온 건가요!!"

쉬이링이 외쳤다.

"애당초 아이리스 씨가 행방불명이라면 암십자 기사단에 말하면 되잖아요?! 저는 아무것도 몰라요!"

"그 녀석들이 내 이야기를 순순히 들을 리가 없어. 영문 모를 의심을 받아서 수사가 늦어지면 아이리스가 위험해! 하다못해 리앙 씨한테서, 구체적인 정보를 얻어두고 싶어!"

"그런 일을 한다고 토라키 씨한테 무슨 이득이 있는데요! 아이리스 씨도 암십자도, 사실은 적이잖아요?! 내버려두면 되잖아요!"

"늘상 같이 밥 먹는 녀석이 위험에 처하면 당연히 걱정하지! 무슨 말을 하냐!"

"네에?!"

"전에 아이리스를 공격한 게 리앙 씨였지?! 누군가랑 팀을 짰다거나, 그런 건 없었어?! 요전에 수도기사를 공격한 거랑 무슨 관계는 없고? 유괴까지는 안 했었잖아?!"

"……."

"뭔데? 아직도 납득 못했어! 지금까지 나한테는 직접 피해가 없었지만, 아이리스에게 손을 대면 그럴 수도 없게 된다고! 부탁해. 뭔가 아는 거 있으면 가르쳐줘!"

"네에?!"

쉬이링은 놀라 버렸다.

토라키는 지금, 직접 피해가 없었다고 잘라 말했다.

그러나 쉬이링의 주관으로는, 토라키의 의식을 빼앗는 향술을 걸었던 것은 충분히 공격적인 의사를 가진 것이었다.

그러나 토라키 안에서는, 그것이 없었던 일이 되었나 보다.

"……뭔가요. 역시 토라키 씨랑 아이리스 씨는 특별한 관계였나요!"

동요한 쉬이링은 의미도 없이 도발하는 어조로 말해 버렸다.

"말했잖아. 특별한 건 아무것도 없어! 때때로 같이 밥이나 먹는 관계다. 연인은커녕 친구인지 아닌지도 수상쩍어!"

"……어째서, 그런 사람을 그렇게 필사적으로 구하려고 하는데요."

"보통 인간은 그런 법이야! 옷깃만 스쳐도 인연이라고 하잖아!"

"무슨 소란을 피우고 있나요. 너무 무모한 짓을 하면, 구속을 엄격하게토라키니이이이임?!"

그때, 쉬이링이 내는 큰 소리를 듣고 타이르려고 온 미하루가 나타났다.

평소의 호화로운 기모노가 아니라 심플한 잠옷 같은 것을 걸치고 있었는데, 창밖에 토라키가 서 있는 걸 깨닫고 몸을 감추듯 움츠리면서 얼굴이 새빨개졌다.

"토라키 님. 대체 뭘 하고 계신 건가요?! 서, 서, 설마 이 도둑고양이를 덮치시려고……!"

"미하루! 아이리스가 강시에게 유괴됐다!"

"네, 네에?! 아이리스 예레이가?!"

"정중하게도 내 방에 범행 성명을 남기고 갔어! 명백하게 유인하고 있다!"

"리앙 쉬이링 말고 다른 강시가, 아이리스 예레이는 그렇다 치고, 토라키 님이 사는 장소를 알고 있다……? 그건 이상하지 않나요?"

"이상하니까 하는 말이지! 나는 리앙 씨 말고 다른 강시랑 접촉한 적이 없어! 수도기사나 히키 가문의 가게를 습격했다는 것도 나랑 직접 관계가 없어. 그런데도, 상대는 나랑 아이리스의 관계를 파악하고 있었다!"

"……설마!"

"내 정체랑, 아이리스와 관계가 있다는 걸 아는 팬텀은 너랑 리앙 씨 말고는 한 명밖에 없어! 한시의 여유도 없어! 그 녀석이 근처에…… 윽!"

그때 동쪽 하늘이 한층 강하게 반짝이고, 햇빛이 토라키의 몸을 꿰뚫었다.

"안 돼애애애애?! 토라키니이이이임?!"

"부탁한다, 리앙 씨, 미하루! 아이리스가, 어디 있는지……!"

토라키의 목소리가 유리에 막히고, 몸은 재가 되어 창밖의 좁은 공간에 무너져 떨어졌다.

“꺄아아! 꺄아아! 토라키 님 왜 이런 무모한 짓을! 설비팀! 지금 당장 옥상을 통해 리앙 쉬이링의 방 창밖에 있는 재를 모아 오세요! 바람이 불어서 날아가기 전에!”

미하루가 당황하여 품에서 꺼낸 슬림폰으로 히키 가문의 부하에게 지시를 내렸다.

“……히키 미하루 씨.”

“뭔가요?! 지금은 당신을 신경 쓸 때가……!”

“옷깃만 스쳐도…… 뭐라는 거, 어떻게 쓰는 건가요?”

“알아서 조사하세요!”

미하루는 쉬이링에게 슬림폰을 던지더니, 자신은 황급히 밖으로 뛰쳐나가 버렸다.

쉬이링이 받은 슬림폰의 브라우저를 조작하여, 해당하는 말을 찾았다.

“옷깃만…… 소맷자락만 스쳐도?”

몇 가지 조금 다른 표현이 있는 그 관용구는, 사람과 사람 사이에 일어나는 일은 어떤 사소한 일이라도 전세에서부터 이어지는 인연에 의한 것이며, 따라서 어떤 사소한 인연이라도 소중히 여겨야 한다, 라는 생각이라는 걸 알아냈다.

“……이런 말 하는 사람, 정말로 있구나…….”

그때 작업복 차림의 남성 두 명이 청소 용도의 기구를 타고 슬금슬금 창밖으로 내려왔다.

그와 동시에 미하루도 다시 실내로 돌아오더니, 밖에서 토라키의 재가 회수되는 모습을 안절부절못하면서 지켜보았다.

쉬이링은 그런 미하루의 등에 말을 걸었다.

"……유괴는, 본래 계획에는 없었어요."

"뭔가요! 지금은 바쁘…… 네?"

"본래의 계획은, 그저 도쿄에 있는 암십자 기사단과 히키 가문의 눈길을, 팬텀이 연관된 사건에 주목하게 만들면 되는 거였어요."

스스로도, 뭘 하고 있는지 알 수 없었다.

알 수 없었지만, 토라키가 한 아무렇지도 않은 말 하나하나가 자신에게 강하게 박힌 결과, 이렇게 되는 것이 자연스러운 흐름이라고 생각했다.

"자백을 한다고, 해석해도 되는 건가요?"

미하루의 등 뒤에서는, 토라키의 재와 옷과 속옷과 피의 각인이 업무용 쓰레받이에 담기고 술술 기구가 옥상으로 올라가고 있었다.

"자백, 하고는, 달라요. 하지만……."

지평선에서 오르는 새로운 햇빛을 받으면서, 쉬이링은 어쩐지 포기한 것처럼 쓸쓸한 미소를 지으며 조용히 말했다.

"죽은 자는 말이 없다, 는 싫으니까요."

※

배가 고파서 눈을 뜬다면 모를까, 자기 배가 울리는 소리를 듣고 눈을 뜨는 것은 한창 나이의 여자로서 불명예스러운 일일지도 모른다.

퍼뜩 눈을 뜬 순간, 들리고 있던 귀에 거슬리는 소리가 자기 배에서 난다는 걸 깨달은 아이리스는 표정을 찌푸렸다.

"여기는, 어디지?"

어슴푸레한 장소지만, 지하실이나 감옥 같은 분위기는 아니었다.

천장에 중화풍 샹들리에가 있고, 눈앞에는 예닐곱 명이 앉을 수 있을 법한 회전식 빨간 테이블.

약간 작위적인 수묵화 족자와 예술적으로 보이는 한시가 출전인 것으로 보이는, 한자가 적힌 옆으로 넓은 액자에 들어간 글귀.

백이면 백, 조금 고급스런 중화요리점의 연회용 방이라고 답할 법한 장소다.

"잠깐! 여기 어디야! 아무도 없어! 애니바리 데어어어~?!"

신발도 벗겨져 있고, 양발은 고정됐고, 팔도 뒤로 묶여 있지만, 재갈은 물리지 않았다.

쉬이링에게 한 일을 그대로 갚아준 것 같은 상황에서 아이리스가 소란을 피우자, 금방 대답이 들렸다.

"어머나아, 깼구나."

쟁반에 김이 피어오르는 그릇을 올리고, 버릇없이 발로 문을 열고 들어오는 자가 있었다.

"아이카 무로이!!"

아무렇지도 않은 표정의 무로이 아이카를 아이리스가 노

려보았지만, 당연하게도 온몸을 구속당했기 때문에 꼼짝도 할 수가 없었다.

몸을 흔드는 괜한 짓을 안 하는 것은, 그런 짓을 해봐야 도망칠 수 있을 정도로 허술한 구속 상황이 아니기 때문이다.

처음 만났을 때 아이카는 장소 탓에 정장을 입고 있었다. 하지만 지금은 딱히 머리칼을 정돈한 기색도 없고, 입고 있는 것도 앞에서 단추로 잠그는 셔츠와 스키니 팬츠였다. 실내라도 겨울에는 상당히 추워 보이는 러프한 차림이었다.

"향술도 다 빠진 모양이네에. 참 다행이야. 가아끔 후유증이 남는 사람이 있다고 하거든. 좀처럼 눈을 뜨질 않기에 좀 걱정했어."

그렇게 말하고, 아이카는 회전 테이블에 앉더니 쟁반 위의 나무젓가락을 쪼갰다.

"미안해. 일부러 보여주는 건 아닌데, 밥 먹을게."

"어디서 장난질이으…… 윽!"

공복과 배의 소리로 눈을 뜬 아이리스에게, 방금 완성된 모듬소스 라멘의 향기는 강시의 향술보다도 효과적이었다.

무심코 식욕 탓에 침이 흘러서 말이 꼬여버린다.

"먹보구나아. 그 정도로 건강하면 걱정 없겠네. 나중에 주먹밥 만들어줄 테니까, 그때까지 기다려줄래?"

"으……그그그그그!"

아이리스는 수치와 굴욕으로 얼굴이 새빨개져서 눈물을 지었지만, 아이카에게서 눈을 떼지는 않았다.

"역시 아직 일본에 있었구나."

"에이 무슨 말이야. 너희들 덕분에 일본에서 나갈 수가 없잖아아. 그 탓에 여러모로 일이 정체돼서 난처하거든?"

모듬소스 라멘을 먹으면서, 아이카는 입을 삐죽거렸다.

"메리 1세호는 경찰의 임시 점검으로 조업 정지가 돼서 아직도 요코하마 항에서 나갈 수가 없고, 그리고 말이지?"

소스가 묻은 메추리 알을 입에 넣고 우물우물 움직이면서, 아이카는 셔츠의 단추를 풀었다.

"너한테 당한 것 때문에, 농담이 아니라 속이 타 들어가거든."

"……큭!"

드러난 아이카의 왼쪽 가슴에, 재의 구멍이 있었다.

눈길을 끌지 않을 수 없는 백옥 같은 피부에 갑자기, 화산재의 광야가 펼쳐진 것 같았다.

메리 1세호에서 아이리스가 성총 데우스크리스의 탄환으로 꿰뚫은, 아이카의 첫 번째 심장이다.

상처는 지금 보는 앞에서도 재생과 탄화를 반복하여 꿈틀거리며, 마치 지옥에나 있을 법한 악마의 내장처럼 응어리진 기운을 방출하고 있었다.

"이게 도무지 낫질 않아아. 역시 예레이의 기사, 솜씨가 좋다고 생각해버렸어."

"……그대로 죽어 버리면 좋겠는데."

"후후후, 그러네에. 하지만 그럴 수도 없거든? 피를 꽤 마셨는데 그래도 낫질 않으니까, 친구한테 부탁해서 일본에서 나가는 것에 도움을 받기로 했지."

"피를……! 설마 인간을……!"

"안심해애. 흡혈귀가 그냥 피를 빨기만 해서는 사람이 흡혈귀가 안 되니까. 수도기사인데 모르는 거야?"

"……!"

"으응. 아는 거구나. 누구한테 들었을까?"

"뭐?"

"혹시이, 유라가 처음으로 사람의 피를 마셨을 때 일이라도 들었나, 응?"

"……장난하지 마!!"

"아니었어?! 미안하네에. 그렇잖아. 아이가 성장해 버리면 좀처럼 평소 어떤지도 알 수가 없게 된다니까."

아이카는 가학적인 웃음을 짓고서 아이리스를 내려다보았다.

"유라는, 흡혈귀 같은 거 되고 싶지 않았어!"

"그래?"

"당신 탓에, 유라도 와라쿠 씨도 오랜 시간 괴로워했어! 무슨 일이 있어도 유라는 너의 아이가 아냐!!"

"으~응……."

아이카는 새롭게 면을 먹으면서, 뭔가 생각에 잠겨서 신음했다.

"유감이네. 유라가 인간으로 돌아가려면, 당신을 쓰러뜨릴 필요가 있잖아?"

"……그러고 보니, 그런 말을 한 것 같기도 하네에?"

"나한테 손을 대면, 암십자 기사단이 가만 안 있어. 나는 분명 이제 살해당하겠지만, 유라가 인간으로 돌아가는 걸 도울 수 없는 건 미련이 남네."

"헤에, 당신, 유라를 그렇게까지 생각하는구나아……."

아이카는 젓가락을 놓고 자리에서 일어섰다.

"뭐, 뭐야?"

다가오는 아이카를 보고 아이리스가 약간 몸을 움직였지만, 도망칠 수는 없다.

가슴팍을 활짝 풀어헤친 아이카의 손이 아이리스의 턱에 닿고, 얼굴을 강제로 끌어올렸다.

"예레이의 기사는 다들 그런가? 어느 정도인지 가늠해보려고 데려왔지만, 의외로 좋은 걸 건졌을지도 모르겠어."

아이카는 방금 전의 여유로운 태도와 딴판으로, 차가운 어조가 되었다.

"준비됐다. 내일 밤에, 나간다."

그때, 검은 옷의 강시가 소리도 없이 나타났다.

"알았어."

아이카는 돌아보지도 않고 대답했다.

"정말로 그 녀석을 데리고 갈 건가?"

"응?"

강시의 생각지 못한 말에 아이리스의 눈이 흔들렸다.

"그래. 조금 재미있을 것 같으니까. 수고롭겠지만, 잘 부탁해. 슈에셴."

"우선순위가 높은 건 아이화, 너다. 여차하면 내친다."

"알고 있어. 이런 상황인걸. 사치는 안 부릴게."

아이카는 아이리스의 손을 떼더니, 풀어헤친 단추를 잠갔다.

"슈에셴…… 슈에셴이라니, 설마, 리앙 시방의 방주……."

"음."

"어머나아? 벌써 거기까지 알아냈어?"

슈에셴이라고 불린 강시의 기척이 약간 동요했지만, 아이카의 기척은 본래대로 돌아갔다.

"히키 가문의 아가씨하고도 여차저차 친해진 모양이고, 그 정도는 신기할 게 없나? 어쩔래? 슈에셴. 이제부터 얼마 동안, 일본에서 활동이 어렵지 않을까?"

"벗을 구하기 위해서다. 그리고 그 정도로, 우리들은 암십자 따위에 뒤쳐지지 않는다."

"고마워. 슈에셴은 이래서 좋아."

"흥."

코웃음을 치고, 리앙 슈에셴이라고 하는 검은 옷은 나타났을 때와 마찬가지로 소리도 없이 사라졌다.

"안심해도 돼. 나중에 밥도 준비할 거고, 화장실도 보내줄 테니까."

"설마, 리앙 시방과 이어져 있었다니…… 그러면, 수도기사가 습격을 받은 세 사건은……."

"그렇지? 사실은 조금 더 대소동이 일어나길 바랐는데, 암십자도 히키 가문도 의외로 틈이 없더라아."

명백하게 아이리스를 도발하기 위해 일부러 말하는 아이카.

"도망칠 거면 멋대로 도망치면 될 거 아냐! 일부러 수많은 희생을 내는 방식을 쓰거나, 유라에게 강시의 피를 빨게 하려고 하거나, 대체 무슨 생각이야!"

"응?"

그러나, 이번엔 아이카의 표정에 진심으로 놀라움이 떠올랐다.

"강시의 피를, 유라한테?"

"뭐, 뭐야? 그것도 당신이 사주한 거 아냐?"

"……아아니. 나는 몰라. 하지만……. 그렇구나. 재미있는 생각을 하네."

아이카는 팔짱을 끼고 생각에 잠겼다.

"슈에센이 너무 잘해주는 게 신경 쓰인다면 쓰이고는 있었단 말이지. 그 이야기, 좀 자세히 들려줄 수 있을까?"

"자세히고 뭐고, 지금 말한 게 전부야. 유라랑 접촉한 리앙 시방 중 한 명이, 유라에게 술법을 걸어서 자기 피를 빨게 하려고 했어."

"그렇구나아. 그 얘기를 들은 것만으로도, 당신을 데리고 온 보람이 있었어."

"……어?"

"편식이 나은 기분이야. 그렇지. 이제 슬슬 밥을 먹어야지. ……여기 음식은 뭐든지 맛있다니까아."

아직 다 먹지도 않은 모듬소스 라멘 쟁반을 손에 들고, 아이카도 사라져 버렸다.

아이리스는 새삼 주위를 둘러보았지만 큰 소리를 내 봐야 바깥에 들릴 것 같지도 않았고, 구속을 풀어 봐야 아이카가 사라진 문 말고는 출입구가 없었다.

벽에 실내 환기구가 있는 걸 보면서, 아이리스는 문득 쓰잘데없는 생각을 하고 말았다.

"유라였다면 검은 안개가 돼서, 저기로 드나들 수 있을까?"

물론 지금 있는 장소는 리앙 시방과 아이카가 잠복에 쓰는 장소이며, 인간이 아닌 팬텀의 출입도 경계하고 있을 테니까 그리 간단하지도 않으리라.

그리고 아이리스는 수도기사답지 않은 생각을 품은 자신을 깨닫고서 황급히 고개를 옆으로 저었다.

"나는 유라가 인간으로 돌아오길 바라잖아. 이런 건 생각만 해도 유라에게 미안해."

중얼거리고 온몸에서 힘을 뺐다.

"유라를 만나고서 내겐 신통치 않은 일들뿐이야."

그리고, 오래 된 테이블에 있는 상처를 멍하니 바라보며 고개를 숙였다.

"……원래 그랬었지."

아이리스는 느슨한 한숨을 쉬었다.

※

"시스터 예레이가 무사히 돌아오면, 봉사기간 연장이군요."

어슴푸레한 실내에서 나카우라가 냉엄하게 말했다.

"이번에는 아이리스 자신에게는 잘못이 없잖아."

"수도기사의 칭호는 멋이 아닙니다. 기사로서 싸우지도 않고 팬텀에게 붙잡히는 것은 있어선 안 될 일이죠."

"강시의 기습을 받아서 다친 녀석도 잔뜩 있다고 들었는데?"

"자세히 알지도 못하고 적당한 억측으로 떠들어대다니, 참으로 흡혈귀다운 음습한 성질이군요."

선샤인 60의 지하층, 암십자 기사단의 주둔지였다.

쉬이링의 자백을 들은 미하루가 쉬이링이 아닌 강시를 구속하고 있는 암십자 기사단에 컨택트를 취한 결과, 미하루와 쉬이링과 토라키는 나카우라에게 주둔지 사무소 안으로 안내를 받았다.

여행 대리점이 철수한 점포를 고스란히 빌렸다는, 팬텀 대응의 전문가가 모이는 장소치고는 참으로 수수한 곳이었다.

그러나 아이리스가 유괴됐다는 사실을 안 나카우라가 안내해준 안쪽에는 새로운 컴퓨터는 물론이고, 언뜻 무엇에 쓰는지 모를 도구가 정연히 놓여 있었다.

"몇 번이나 말씀 드리지만, 시스터 예레이의 장비가 있는 위치를 알 수 있는 것뿐입니다. 이 비밀을 아는 팬텀은 많지 않아요. 함부로 남에게 말했다간, 그에 걸맞은 보복이……."

"일일이 나한테 시비 걸지 마! 됐으니까 장소나 알려줘!"

그 안에서도 한층 이채를 뿜어내는 것은, 이케부쿠로의 길거리가 홀로그램처럼 표시되어 있는 돌로 만들어진 원탁이었다.

홀로그램처럼이라고 말한 것은, 영상을 기계로 투영하고 있는 것이 아니었기 때문이다. 문제의 원탁은 정말로 그냥 돌로만 만든 것으로 보였다.

나카우라는 그 돌 원탁 주위에서 십자를 그리고, 장식을 하는 등 뭔지 알 수 없는 작업을 계속하면서 토라키에게 못을 박았다.

"준비 중입니다. 끝날 때까지 그 리앙 시방의 강시 아가씨 이야기를 조금 더 자세히 듣고 싶네요."

쉬이링은 어색하게 고개를 숙이고 있었다. 그녀는 이마에 부적을 붙이고 손목에는 주속대를 감은 채 미하루가 감시로 붙어 있었다.

나카우라는 엄격한 표정으로 쉬이링을 노려보았다.

"그도 그럴 것이, 고요 스트리고이 무로이 아이카를 리앙 시방이 은닉하고 있다는 말 따윈 좀처럼 믿기 어려운 일이니까요."

"정말이에요. 시방의 강시들이 맡은 역할은, 이번 연말에 경계를 강화하고 있는 당신들 암십자 기사단과 히키 가문의 눈을 방주의 맹우인 무로이 아이카에게서 돌릴 수 있는 소동을 일으키는 것. 무로이 아이카의 국외 탈출까지 시간을 버는 거죠."

근본적인 부분을 말하자면 아이카가 일본 국내에 잠복하고 있기 때문에 쉬이링의 내력을 의심한 것이 시작이었다.

그러나 실제로 이렇게 쉬이링의 입으로 그 실태가 밝혀지자, 토라키로서도 오늘 이때까지 아이카를 놓친 책임을 느끼지 않을 수 없었다.

쉬이링은 아이리스를 유괴한 것이 무로이 아이카와 손을 잡고 일본에 잠복해 있던 시방의 강시, 혹은 방주 리앙 슈에셴일 거라고 추측했다. 토라키는 그 추측을 부정할 재료가 없었다.

아이카는 아이리스 본인이나 그녀의 가족을 전부터 알고 있었던 모양이고, 미하루에게 자기 꼬리를 드러내기도 했다. 아마도 토라키와 아이리스가 사는 장소는 진작부터 알고 있었을 것이다.

자립하여 드러난 세계에서 살아가고 있으며, 호적도 제대로 존재하는 토라키가 개인정보를 은닉하는 것에는 한계가 있다. 그거야말로 흑사회의 인맥과 팬텀의 능력, 더욱이 흡혈귀적인 부모자식의 연결을 생각하면 상식적인 수단으로 자신의 몸을 감출 수 있을 리 없었다.

그렇기에 아이리스를 끌어들여 버린 것은 토라키에게도 통탄할 일이었다.

"그런데, 대체 어떤 심경의 변화인가요? 다른 강시들은 아직도 전혀 입을 열지 않아요. 이쪽으로서는 고마운 일이지만, 시방의 철칙을 등진 것이 아닌가요?"

나카우라의 물음은 쉬이링의 앞날을 우려하는 말이 아니라, 그저 확인이었다.

그러나 팬텀에 대한 적개심이 범상치 않은 나카우라도 이렇게 말할 정도로, 쉬이링의 자백은 갑작스러웠다.

재가 된 토라키를 본 쉬이링은 미하루에게 자신이 아는 모든 것을 이야기할 용의가 있다고 말했다.

또한 아이리스가 어째서 납치되었는지는 모르지만, 감금된 장소의 후보라면 짐작이 간다고도 했다.

흑사회의 구성원이 한 번 받은 밀명의 세부 사항을 밝혔다. 그것이 목숨이 몇 개 있어도 부족한 죄가 된다는 것 정도는 초보자라도 알 수 있다.

배신이 발각되면, 그 대가로 쉬이링은 평생 시방에 쫓기게 될 것이다.

물론 나카우라가 확인할 것도 없이 미하루가 먼저 그 의도를 확인했고, 해가 저물어 토라키가 재에서 돌아왔을 때 그의 곁에 대략적으로 필요한 정보가 모였다.

그리고 쉬이링은 토라키에게 말했다.

"토라키 씨가 있으니까, 일까요."

"뭐?"

"토라키 씨의 존재를 방주에게 들었을 때, 팬텀인데 주변에 좋은 사람들이 있는 토라키 씨가 부러웠어요. 본심으로는, 그런 팬텀 따위 있을 리 없다고 생각했어요."

"나에 대해, 방주에게 들었어?"

"네. 무로이 아이카의 『자식』이면서, 사람의 피를 빨지 않고, 가족을 잃지 않고, 사람의 세상에서 살아가고 있다. 그런 팬텀이 있다니. 어떻게 믿으란 거죠?"

쉬이링의 과거에서 온 목소리는 그 촉촉하고 달콤한 향수의 냄새가 거짓말인 것처럼, 사막처럼 메말라 있었다.

"저는 『인간』인데도, 어릴 때 인신매매로 팔렸는데."

메마른 목소리로 말한 쉬이링의 과거를 부정할 재료는, 누구 한 사람도 가지지 못했다.

그저 토라키는 무심코 미하루를 보았다.

"시방이 사람을 모을 때, 그런 수법을 쓴다는 이야기는 들어본 적이 있어요."

미하루는 작게 고개를 끄덕이며 말했다.

"방주는 토라키 씨가 무로이 아이카의 국외 탈출에 최대의 장애물이 될 거라고 말했어요. 그래서 저는 토라키 씨의 방해자 역할에 자원했어요."

쉬이링은 구속된 손을 목덜미로 가져가, 옷깃을 당겨 왼쪽 어깨를 드러냈다.

"토라키 씨. 저는 당신에게 피를 빨려서, 흡혈귀가 되고 싶었어요."

나카우라도 미하루도 말을 잃은 가운데, 토라키만 떫은 표정으로 신음하듯 말했다.

"……바보 같은 소리 한다. 그런 짓을 해서 뭘 어쩌려고?"

"진짜 팬텀이 될 수 있어요. 그게 뭐가 나쁜 건데요?"
"진짜 팬텀 앞에서 할 말이냐? 나쁜 것밖에 없거든."
"수도기사 앞에서 할 말도 아닙니다."
토라키에게는 메마른 표정에 미소를 지었지만, 나카우라에게는 노골적으로 표정을 찡그렸다.
"당신들이야 좋겠죠. 처음부터 사냥하는 쪽이었으니까. 저는, 인간으로 태어났는데도, 인간에게 인간 취급을 받지도 못하고, 인간이기 때문에 팬텀에게도 팬텀 취급을 못 받아요. 철들었을 무렵에는 살아가기 위해 리앙 시방에 따르는 것밖에 없었던 제가, 자기 목숨을 자유롭게 쓸 수 있는 방법은 오직 하나뿐이었어요. 토라키 씨…… 당신의……."
그렇게 말한 이름은 토라키를 묵직하게 짓눌렀다.
"최강의 흡혈귀, 무로이 아이카를 물리쳤다는 당신의 『자식』으로, 흡혈귀의 힘을 얻는 것."
쉬이링의 어깨에는, 그녀 자신이 낸 상처가 마치 흡혈귀가 송곳니를 박은 자국처럼 딱지를 만들고 있었다.
"흡혈귀는 피를 빨지 않아도 살아갈 수 있지만, 빨 수 있다면 빨고 싶은 거죠? 토라키 씨. 저는 언제든지 좋을 때, 당신에게 피를 줄 수 있어요."
"……삼가세요. 리앙 쉬이링. 그 이상은 제가 용서하지 않아요."
"미하루 씨. 당신, 토라키 씨를 좋아한다면서요? 그런데 피를 빨릴 각오가 없는 건가요?"

미하루가 화를 낸다는 것을 알면서도, 굳이 비웃는 것처럼 말하는 쉬이링.

미하루는 관자놀이를 움찔거리면서도, 자신을 억누르며 반론했다.

"저는 이래 보여도 팬텀의 핏줄입니다. 흡혈귀에게 다른 팬텀의 피를 빠는 습성은 없고, 토라키 님은 누군가의 피를 빠는 것을 싫어하는 분입니다."

"싫어한다는 것은, 본질적으로는 그 욕망이 있다는 거예요, 미하루 씨. 술, 담배, 고기에 과자……. 인간의 욕망으로 변환해보면 알기 쉽지 않나요? 딱히 저는 토라키 씨에게 무차별로 피를 빨아달라고 하는 게 아니에요. 괴로울 때, 저라면 언제든지 괜찮다고 말하고 있는 거죠. ……하지만."

미하루의 참을성 게이지가 폭발하기 직전, 쉬이링의 독기가 빠졌다.

"토라키 씨는 그런 분이 아니었단 말이죠."

유감스럽게 탄식하고, 어깨를 으쓱거렸다.

"시방 생활이 길어서 눈과 귀는 좋은 편이에요. 토라키 씨, 아카리 양을 상대로 허둥지둥 했었죠."

그 순간, 토라키의 온몸에서 핏기가 가셨다.

"……그, 설마 듣고 있었어?"

"들려 버렸어요. 토라키 씨가 고교생 여자애를 상대로, 저랑 손을 잡았다고 놀림을 받거나, 아이리스 씨에게 고자질한다고 하니까 당황하는 거."

"……토~라~키~님~?"

"아니야. 아니야. 미하루. 어째서 내가 너한테 사과를 해야 하는 분위기가 되는 건지는 모르지만, 맹세코 켕기는 짓은 안 했다!"

"제가 팔을 잡거나, 조금 손가락을 얽기만 했는데도 귀여운 반응을 보여주니까, 의외로 간단히 유혹할 수 있지 않을까 기대했었는데요."

"토~라~키~님~? 토라키님토라키님토라키님토~라~키~님~?"

"미하루 너는 대체 어떤 입장에서 나한테 그런 압력을 거는 건데?! 리앙 씨도 그만 좀 해!"

"……그런 청춘 이야기는 지금 할 게 아니라고 생각합니다만."

미하루를 중심으로 휘몰아치는 원념 밖에서, 나카우라가 조용히 중얼거렸다.

"그러니까 정공법으로 안 된다고 생각해서 최종수단에 나선 건데요. 그것도 도무지 효과가 없고, 아이리스 씨가 방해를 해버려서, 순식간에 잡혀 버렸죠……. 그래서……."

블랙홀 같은 모습으로 위압하는 미하루와 그것에 압도되어 있는 토라키를 보며 웃고 있던 쉬이링의 눈동자에서, 눈물이 흘렀다.

"그렇게 됐는데도, 토라키 씨는. 저랑 일을 하는 게 기대됐다고, 말을, 해줘서……."

"……리앙 씨……."

"토라키 씨가, 아이리스 씨를 구하러 가는 것도, 연인은커녕, 친구도 아닌데, 구하러 가는 거, 당연하다고, 좋겠다고, 생각해서……."

쉬이링은 갑자기 힘이 빠진 것처럼 그 자리에 주저앉았다.

"이번에 무로이 아이카를 국외로 탈출시키는 계획에 소집된 멤버는, 모두 버려지는 게 정해져 있어요. 저희들이 대륙에 돌아가는 루트가 준비되지 않았죠. 시방 전체의 의지를 위해서, 저희들의 목숨은 쓰고 버려져요. 드디어 제 차례가 온 거예요. 저도, 시방의 동료가 버려지는 모습을, 몇 번이나 봤으니까요……."

"……리앙 씨."

"그런데, 제 차례가 오니까, 싫었어요. 어째서 알지도 못하는 팬텀을 위해서, 내가 희생해야 하는지…… 무로이 아이카는 시방으로서 놓칠 수 없는 외부의 친구. 그건 이해해요. 하지만…… 저도 잡히기 싫어요……. 부모에게 팔리고, 데미 요원으로 육성되고, 언제나 누군가를 희생시켜야 살아갈 수 있고…… 그 마지막이, 고작해야 흡혈귀 한 명을 일본에서 빼내기 위해 버려지는 역할이라니…… 저는 대체 뭘 위해서 태어난 건지……. 그래서……."

쉬이링은 눈물에 젖은 얼굴로 필사적인 웃음을 지으면서, 토라키를 올려다보았다.

"저의 진짜 모습을 알고, 그래도 변함없이 인간 취급을 해준 건 토라키 씨뿐이었어요. 그러니까…….”

쉬이링이 일어서서 구속된 손으로 눈을 거칠게 닦았다.

“저도 토라키 씨처럼 살아보고 싶어요. 혼자서도 싸울 수 있는 힘을 얻어서.”

“그만둬. 흡혈귀가 돼봐야 힘들기만 하다고.”

그것은 실감하고 있는 토라키의 진심이었다.

“물론 토라키 씨가 태평하게 살아간다고 생각하진 않아요. 하지만 부모에게 인신매매로 팔리고, 흑사회에 버림받은 경험은 분명히 살릴 수 있을 거예요.”

“그런 경험을 살릴 수 있는 방식으로 살지 말라고 하는 거야. 나는 사람을 흡혈귀로 바꾸지 않아. 그런 짓을 했다간, 미하루도 암십자도, 누구보다도 아이리스도 가만 안 있어.”

“입 다물고 있으면 되잖아요. 저 입 무겁거든요? 고문에 견디는 훈련도 했으니까 아무리 심문을 해도 들키지 않아요.”

“그런 문제가 아니고…….”

“지금 당장 입을 다물게 만들어 줄 수도 있어요. 자중하세요, 리앙 쉬이링.”

“그걸 들은 이상, 암십자로서도 가만있을 수 없죠.”

토라키는 기가 막혔다. 미하루는 칠흑의 살기로 당장이라도 쉬이링을 잡아 죽일 기세고, 나카우라도 참다못해 끼어들었다.

“나는 흡혈귀지만, 인간으로 돌아가고 싶다는 마음 하나로 오늘까지 살아왔어. 리앙 씨가 나를 어떻게 생각하는지는 멋대로지만, 나는 절대로, 인간을 흡혈귀로 바꾸지 않아.”

“……저는 철들고 나서부터 계속, 강시의 사회에서 자랐어요.”

잘라 말한 토라키에게, 쉬이링은 눈가가 붉어진 상태에서도 불손하다고도 할 수 있는 태도로 반박했다.

“강시는 인간의 혼백을 먹어서 힘을 높여요. 혼백을 먹힌 인간이 강시가 되는지 안 되는지는 먹은 강시의 의지에 따르는 부분이 커요.”

“그게 어쨌는데.”

“개중에는 본래 인간이었던 강시도 있었어요. 혼백을 먹는 것에 저항감을 가지고, 자기는 절대 누군가를 강시로 만들지 않는다고 하는 사람이 말이에요. 그들이 그 다음에 어떻게 됐다고 생각하세요?”

“뜸들이지 마. 어차피 참지 못하고 먹어 버린 거 아냐? 그러니까 나도 언젠가 참지 못하게 될 게 분명하다는 말을 하고 싶은 거지.”

“정답이에요.”

“종족도, 나라도, 문화도 다른 팬텀의 생태 따위 알 바 아니지. 나는 나야. 이 세상에는 고기나 생선이나 달걀 같은 동물성 단백질을 전혀 안 먹거나, 과일만 먹는 인간이 꽤 있잖아.”

토라키는 쉬이링의 경고를 웃어넘겼다.

“그런 생활은 누구나 하고 싶다고 할 수 있는 게 아니고,

누구든지 할 수 있는 것도 아냐. 하지만 할 수 있는 녀석은 할 수 있지. 그러니까 딱히, 인간의 피를 빨지 않는 흡혈귀가 있어도 신기할 것 없잖아. 아이리스에게도 말했지만, 이 시기에 허름한 선술집 가봐라. 연말 버라이어티를 보면서 맥주랑 일본주랑 매실 수정 안주로 홀짝홀짝 마셔가며 만족하는 흡혈귀 따위 널려 있거든."

쉬이링은 잠시 코를 훌쩍거렸지만, 이윽고 작게 웃음을 터뜨렸다.

"토라키 씨, 역효과예요."

"어?"

"저, 팬텀이 될 거라면 이곳이어야 한다고 정했어요. 『부모』는 반드시 토라키 씨인 게 좋아요."

"뭐야?! 지금 내가 한 말 듣고서 왜 그렇게 되는데?!"

"왜냐면 이미 저는 시방을 배신해 버렸는걸요. 여기서 여러분에게 협력한 다음에는 살해당하지 않기 위해 꽤 노력해야 돼요. 어중간하게 인간이면 신분증명이 필요해져서 몸을 숨기는 것도 한계가 있고, 불법 체류로 붙잡히면 중국으로 송환돼요. 그러기 전에 팬텀이 돼서, 힘을 키워서, 일본의 어둠 속에서 평화롭게 사는 게 저한테 제일 잘 맞아요!"

"……멋대로 지껄여! 야, 아이리스가 어디 있는지는 아직도 특정 못했어?"

"용케 암십자의 기사장 눈앞에서 터무니없는 대화를 할 수 있네요……. 그런 이야기를 듣고서 작업에 집중할 수 있을

리가 없잖아요."

나카우라로서는 고요 스트리고이의 『손자』가 생기느냐 마느냐의 기로였으니, 그 감상이 나오는 것도 어쩔 수 없다.

"안심하세요, 토라키 씨. 저, 진짜로 토라키 씨가 좋으니까, 다른 흡혈귀한테 바람피우지 않을게요!"

"인간이라고 손대중을 한 게 잘못이었어요. 토라키 님. 지금 당장 이 도둑고양이를 히키 가문이 경영하는 용광로에 처박겠어요."

"히키 가문이 경영하는 용광로라는 건 뭐야 무섭잖아! 내가 너랑 사귀기 싫어하는 거 그런 부분 때문이거든! 야! 더 이상 길어지면 얘기가 성가셔지고, 내 출근 시간도 다가온다! 아이리스는 어디 있어?!"

"당신들과 이야기를 하고 있기만 해도 골치가 아프네요!"

나카우라가 외치면서 키보드에 손가락을 미끄러뜨렸다.

"진심을 말하자면, 기사의 위치를 찾는 이 기능은 그다지 쓰고 싶지 않아요. 상대가 고요라면, 틀림없이 찾고 있다는 걸 눈치 챕니다."

"뭔데? 아이리스의 소지품에 GPS 발신기 같은 거라도 달려 있는 거 아니야?"

"그런 건, 결계술이 특기인 팬텀이 상대라면 통하지 않아요. 지금부터 하려는 것은, 과거에 부상당한 팬텀을 추적하기 위해 만들어낸 기술입니다. 자, 준비가 됐어요. 토라키 유라. 히키 씨. 잠깐만, 참아주세요."

그 순간 토라키는 멍치를 얻어맞은 것 같은 충격을 받고, 미하루도 표정을 찌푸리며 눈을 감았다.

쉬이링만 두 사람을 보면서 그 반응에 놀랐다.

"반응, 나왔어요."

토라키와 미하루가 충격을 받는 것과 동시에, 돌 탁상의 홀로그램에 변화가 일어났다.

"데우스크리스의 탄환 반응이 있어요. 새겨진 성문이 시스터 예레이에게 지급된 것과 일치합니다. 비교적 가깝군요."

선샤인 60을 중심으로 이케부쿠로 주변의 길거리를 넓게 비추고 있던 홀로그램이 일그러지면서 움직이고, 밝혀진 광점에 클로즈업됐다.

"뭐, 뭐였어? 지금 그 엄청난 소리……."

"오랜만에 들었습니다만…… 역시 꽤 충격이 오네요."

"어? 토라키 씨랑 미하루 씨, 대체 지금 무슨……."

"예로부터, 흉폭한 팬텀을 불러들이지 않기 위해 마을들에 설치되어 있던 교회의 종이 있습니다. 이것에는 마를 쫓는 것 말고도, 은 탄환을 맞고서도 죽지 않은 팬텀의 위치를 특정 하는 역할이 있어요."

나카우라는 어슴푸레한 천장을 올려다보았다.

"이 선샤인 60의 최상층에 설치된 성종 피스콰이어의 소리는 팬텀에게 불쾌감을 주어 쫓아내는 것과 동시에, 팬텀의 육체에 박혀 있는 은 탄환과 호응합니다."

"인간인 리앙 씨에겐 아마 아무것도 안 들렸겠지. 이쪽은 귓가에서 폭탄이 터진 것 같은 충격이 있었어."

"그랬었군요. ……어라? 하지만 방금 나카우라 씨는,이걸 하면 상대에게 알려진다고 하지 않았나요? 그건 지금 토라키 씨랑 미하루 씨처럼, 팬텀이라면 알 수 있기 때문이죠?"

"맞습니다."

"그러면 도시에서 평범하게 살고 있는 팬텀들은, 괜찮은 걸까, 싶은데."

쉬이링의 물음에 나카우라는 안경을 손가락으로 올리며 대답했다.

"저는 중국어로, 콜래트럴 대미지를 뭐라고 하는지 몰라요."

"야! 지금 이 순간 도시에 놀라서 뒤집어진 죄 없는 팬텀이 있을 지도 모른다는 거야?! 좀 더 온건한 방법 없었냐!"

"신이여. 시스터 예레이를 찾기 위한 고귀한 희생에 감사드립니다."

"뭐든지 신이라고 하면 용서 받을 거라고 생각지 마라! 그렇지만, 아이리스가 어디 있는지 알았다면 지금 당장 쳐들어가면 되지! 아이카가 거기 있다면 한꺼번에 상대해 주겠어!"

"토라키 유라. 이번에는 암십자 기사단의 총력을 기울여, 고요 스트리고이의 토벌에 나섭니다. 당신의 사정은 들었습니다만, 우선순위는 토벌입니다."

"먼저 잡는 사람이 임자란 거지? 상관없어. 아이리스랑 미하루랑 내가 이기지 못했는데, 강시에게 허를 찔린 정도로 부상을 당하는 기사들이 아이카를 어떻게 할 수 있을 것 같지 않으니까. 열심히 그 녀석의 체력을 깎아두라고."

"히키 씨. 이번에는 당신이 나설 필요 없어요. 시스터 에레이가 직접 피해를 입은 이상, 이것은 우리들이 대처해야 할 관할이니까요."

"어머나. 그건 좋습니다만, 시스터 나카우라. 이 홀로그램 안에서 점멸하고 있는 빛이 아이리스 에레이가 있는 장소인 거죠?"

"네? 그렇습니다만."

"그녀는 선샤인 60에 있네요?"

"""응?"""

미하루가 지적한 것처럼, 어느샌가 홀로그램에 밝혀진 광점이 이동하면서 선샤인 60에 접근하고 있었다.

"이동하고 있는 모양이군요. 자동차 같은 것에 태우고 있는 것 아닐까요?"

아이리스로 추정되는 빛의 점이, 선샤인 60의 뿌리 부근을 휘감는 것처럼 1회전 하고서 남동쪽 방향으로 급속하게 멀어졌다.

그 모습을 보고 토라키는 퍼뜩 깨달았다.

"야, 이거 설마, 수도고속도로를 탄 거 아냐!"

수도고속도로의 동 이케부쿠로 인터 입구는 선샤인 60과 선샤인 시티 문화회관 빌딩 사이를 빠져나가는 형태가 되어 있었다. 거기서부터 남쪽이 고쿄 쪽으로 가는 길, 북쪽이 주로 비죠기 정션으로 이어지는 길이었다.

"아, 아무래도 그런 것 같군요!"

나카우라가 어느샌가 도로 지도를 가져왔다. 그것에 비추어보면 아이리스의 반응은 이미 고코쿠지 인터에 도달하고 있었다.

"야. 이거 어디로 가려는 거지?! 얼른 안 쫓아가면 위험하지 않아?"

"토라키 씨, 그 검은 안개 같은 술법으로 쫓아갈 수 없나요?"

"고속도로를 달리는 차는 아무리 그래도 못 따라잡아. 기사단이나 히키 가문의 차, 빌릴 수 없을까?"

"빌려드릴 수는 있습니다만, 토라키 님, 운전은 할 수 있으신가요?"

"으……."

미하루의 물음에 토라키가 말문이 막혔다.

"……면허가, 없어."

"저도 그래요."

"팬텀이 무면허 같은 걸 신경 써서 어쩌는데요?!"

토라키와 미하루가 운전면허를 가지지 않은 것도, 그걸 신경 쓰는 것도, 쉬이링에겐 기이하게 보인 모양이다.

"나는 경찰 친척이 있다고. 섣부른 짓을 하면 터무니없는 폐가 된다고."

"경찰과 연계하는 것도 중요한 일이니까요. 섣불리 검거될 수는 없어요."

"시방인 제가 말하는 것도 좀 그렇지만, 그렇게 경찰을 신경 써서 팬텀으로서 해나갈 수 있어요……?"

그러는 사이에도, 반응이 이이다바시에 도달하여 피스콰이어의 반응권 안에서 벗어나려 하고 있었다.

"어쩔 수 없군요. 이 중에 면허를 가진 건 저뿐인 것 같아요! 운전하는 건 10년만이지만, 제가 힘을 써보죠!"

나카우라가 기합을 넣으며 말했지만, 그럴 거면 장롱 면허라고 신고할 필요는 없었다.

이대로는 아이리스를 구하기도 전에 교통사고를 일으키거나, 경찰에 붙잡히는 미래밖에 찾아오지 않는다.

기껏 어디 있는지 알아냈는데 추적할 수 없는 한심한 상황에 미하루는 탄식했다.

"뭐, 이래봬도 아이리스 예레이가 죽기라도 하면, 꿈자리가 사나우니까요. 토라키 님. 시스터 나카우라."

이름을 불린 두 사람은 이 아름다운 전통복장의 소녀가 무시무시한 팬텀이며, 무시무시한 부자라는 것을 새삼 이해했다.

"이 빚은, 비쌀 거랍니다?"

※

공복 탓에 현기증이 나기 시작했다.

아이리스는 구속되어 있던 요리점에서 내어준 주먹밥이라도 먹어둘 걸 그랬다고 후회했지만, 그래도 누구 손으로 만든 건지 뭐가 들었을지 모르는 것 따위 먹을 생각이 안 든 것도 사실이었다.

그러니까 자신의 판단이 옳았을 텐데…….

"응~ 역시 조금 흔들리네에."

그러나 지금 눈앞에서 아이카가 푹신푹신한 소파에 몸을 가라앉히고, 보온병으로 홍차를 마시며 고급 양과자를 집어 먹는 걸 보자 여러 가지 의미로 살의가 솟아오른다.

애당초 지금 두 사람이 있는 장소부터 이상하다.

리앙 시방의 목적은 아이카를 해외로 도주시키는 것이라고 들었다. 지금 두 사람이 타고 있는 것은 그걸 위해 강시가 준비한 대형 트럭의 컨테이너였다.

처음에는 그야말로 화물 같은 거랑 함께 딱딱한 바닥에 내동댕이칠 거라고 생각했는데, 타게 된 컨테이너 안은 캠핑카처럼 안락한 내장이었다.

바닥은 미하루의 사무실에 필적할 정도로 푹신한 융단, 천연가죽의 1인용 소파, 티 테이블에 싱글 베드.

게다가 냉장고와 에어컨이나 TV까지 설치되어 있었다. 덕분에 손발이 구속되어 바닥에 굴러다니고 있는데도 몸이 별로 아프지 않았다.

"아이리스, 정말로 배 안 고파아? 그러면 조금 자는 편이 좋을 거야. 꽤 시간이 걸릴 테니까."

"하고 싶은 말이 이것저것 있기는 한데……."

함께 여행이라도 가는 것처럼 말하는 아이카를 노려보면서, 아이리스는 가장 태클을 걸고 싶은 내용부터 먼저 외쳤다.

"이 호화로운 컨테이너는 대체 뭐야!"

"좋지? 특별주문 했거든? 이러면 화물선에 실려서 밀항을 할 때도, 기분 좋게 잠들 수 있지 않을까?"

호화 여객선 메리 1세호를 타고 일본에 찾아올 정도에다, 전세계의 팬텀 조직과 연줄이 있다고 하니까 부자인 것은 상상할 수 있었다.

그 씀씀이의 일부를 보고, 아이리스는 석연찮은 짜증을 느꼈다.

"아이리스를 데리고 간다고 정했을 때, 역시 특별주문을 해둬서 다행이라고 생각했지이."

"그것도, 대체 무슨 속셈이야?"

"뭐가?"

"요코하마의 싸움 일로 나에게 복수를 하고 싶다면, 얼른 죽이면 되잖아."

"에에? 에이. 그런 거 안해애."

아이카는 진심으로 놀라 눈을 동그랗게 뜨고, 까르르 웃었다.

"유라에게 요코하마에서 나랑 대화한 내용, 아무것도 안 들었어어?"

"……유라에게?"

"아아, 보아하니 아무것도 못 들었구나. 걔는 그런 구석이 있다니까아."

어머나 참. 어깨를 으쓱거리며 홍차가 담긴 보온병의 컵을 테이블에 놓더니, 아이리스 앞에 쪼그려 앉아서 귓가에 속삭였다.

“나는, 당신에 대해, 꽤 전부터 알고 있었어어. 유니스 예레이랑 친구였던 적이 있거든.”

아이리스의 호흡이 멈추고, 눈이 전에 없이 커졌다.

“놀랐어? 응? 놀랐어?”

“……!”

말을 잃고서, 그리고 크게 확장된 아이리스의 눈동자에 어두운 불꽃이 타올랐다.

“설마…… 설마…… 너, 네가…… 크윽!!”

혼신의 힘으로 몸을 틀어서, 아이카를 물어뜯을 것처럼 몸을 뻗고자 시도했다.

“유니스는 실패해 버렸으니까아. 그녀의 딸에게는, 옛날부터 기대를 품고 있었지.”

“네가아아아아아아아!!”

아이리스의 절규를 싸늘한 미소로 내려다보면서, 아이카는 일어섰다.

“크윽.”

그리고 흥분하는 아이리스의 얼굴을 가볍게 걷어찼다.

“그럼 안 되지? 버릇이 없잖아.”

“이…… 젠장……!!”

아이리스는 그래도 아이카의 발치를 물어뜯으려고 했지만, 그때 화려하게 컨테이너가 흔들렸다.

『무슨 소란을 피우고 있나, 아이화!! 긴급사태다!』

천장에 설치된 스피커에서, 리앙 슈에셴의 목소리가 들렸다.

"왜 그래? 슈에셴. 지금 마침 분위기 좋은데."

『생각보다 빨리 따라 잡혔다! 뭔가가…… 크.』

"슈에셴?"

『……내려온다!!』

아이카, 그리고 아이리스는 컨테이너 너머로 보이지 않을 하늘을 무심코 올려다보았다.

밤하늘이 지상에 떨어진 것 같았다.

도쿄의 밤하늘은 지상에서 뿜어내는 빛 때문에, 텅 비어있는데도 밤하늘에 별이 보이지 않는다.

"이제 곧 오오하시 정션 상공입니다!"

고공의 바람과 로터 소리 속에서, 헬리콥터 조종사가 큰 소리로 외쳤다.

"리앙 쉬이링! 상대를 절대 놓치지 마세요! 정션에서 행선지를 바꿀지도 몰라요!"

"괜찮아요! 추적하고 있어요!"

조종사 옆에는 미하루가 앉아 저 아래 고속도로를 내려다보고, 뒷좌석에서는 쉬이링이 나시반을 손바닥 위에서 빛내고 있었다.

"마침 바로 아래에 있어요! 파란 컨테이너를 실은 트럭이랑, 그걸 둘러싸고 있는 검은 트럭이 세 대! 모두 강시가 타고 있어요!"

"발견했어. 저거다!"

그리고 쉬이링 옆에 앉은 토라키 또한 아래쪽 지상을 내려다보면서, 쉬이링이 가리키는 트럭의 집단을 금세 발견했다.

"토라키 씨! 정말로 제 피는 필요 없어요?!"

"필요 없다고 했잖아! 나는 이거면 충분해!"

토라키가 주머니에서 꺼낸 것은 『자라의 피』라는 스티커가 붙어 있는 병이었다. 아이리스의 성무를 위해 구입하고, 나카우라의 가택 수색에서도 눈감아 주었던 그 생피였다.

"그러면 토라키 님!"

"어, 야, 미하루!"

"앗! 미하루 씨 잠깐!"

토라키가 피를 다 마시는 것을 확인한 미하루가 안전벨트를 풀고 일어섰다. 그리고 시트 아래에 놓아두었던 옻칠된 칼집에 들어있는 훌륭한 칼을 손에 집더니 토라키에게 힘껏 안겼다.

"자, 저를 단단히 붙잡고 뛰어주세요. 놓으시면 안 돼요?"

"야 미하루 이럴 때는 하지 마!"

"……음~."

토라키에게 안기면서 쉬이링을 향해 승리를 뽐내는 표정을 짓는 미하루와, 나시반을 띄운 손에 힘을 넣으면서 토라지는 쉬이링.

"아아 정말! 간다!"

다음 순간, 토라키가 헬리콥터의 출구를 힘차게 열었다. 벨트를 찬 채 온몸이 한순간에 검은 안개가 되어 분산되더니, 미하루를 안아 올리고 도쿄의 밤하늘로 뛰쳐나갔다.

바람의 저항으로 미하루의 기모노가 화려하게 펄럭이고, 토라키의 안개 또한 바람을 받아 치솟는다.

"저거예요, 토라키 님! 파란 컨테이너 트럭!"

『그래! 보인다!』

틀릴 리 없었다.

상대도 이쪽의 접근을 깨달은 게 틀림없다.

성종 피스콰이어로는 아이리스가 소지하는 탄환의 위치를 확인했고, 쉬이링의 나시반으로 리앙 시방의 강시들 위치를 특정했다.

토라키와 미하루가 노리는 트럭의 파란 컨테이너 위에, 검은 그림자 하나가 웅어리졌다.

"토라키 님, 옵니다!"

그 검은 그림자가, 쉬이링의 분신술과 비교가 안 될 정도로 무수한 얼음 기둥을 미하루를 향해 정확하게 사출했다.

기관총 일제 사격처럼 쏘아낸 얼음창에 토라키의 안개가 흩어지지만…….

"강시 따위가!"

『야 미하루?!』

미하루는 공기 저항을 격렬하게 받을 법한 기모노 차림 그대로 공중에서 몸을 돌리더니 토라키의 안개 위에 섰다.

그리고 칼을 겨누고는 칼집에서 뽑아, 눈앞의 공간을 베어 냈다.

『우옷!』

그 충격만으로, 토라키의 검은 안개가 크게 흔들렸다.

옆으로 휘두른 일섬이 대기를 찢어내고, 충격이 만들어낸 기류가 다가오는 탄환을 차례차례 떨어뜨렸다.

"토라키 님! 흘러가고 있어요! 이대로는 놓칩니다!"

『알고 있어! 이 상황은 대체 뭐야! 난 근두운이 아니거든!』

토라키는 흐트러지는 기류 속에서 미하루를 안개의 등에 태운 채 어떻게든 자세를 바로잡고, 미하루의 발을 지탱하며 파란 컨테이너를 따라잡았다.

그 동안 파란 컨테이너 위의 강시가 끊임없이 얼음 탄환의 비를 쏟아냈지만, 미하루가 칼을 한 번 휘두르면 모두 소나기가 그치듯 흩어졌다.

"윽, 토라키 님!"

『알고 있어! 내린다!!』

드디어 파란 컨테이너에 육박하는 순간, 미하루의 경고를 들은 토라키는 안개에서 미하루를 분리하여 컨테이너에 착지시키고 자신은 옆을 달리는 트럭을 향해 안개를 틀었다.

간발의 차이, 안개와 미하루 사이에 은색 빛이 흘렀다. 토라키는 그것을 곁눈질로 보면서, 옆의 트럭 컨테이너 위에 착지했다.

"어머나아, 빗나갔네!"

수도고속도로를 질주하는 트럭의 컨테이너 위에서도, 그 목소리는 어째선지 토라키의 귀에 똑똑히 들렸다.

미하루가 착지한 파란 컨테이너 위에, 얼음 탄환을 쏘아낸 강시와 나란히 토라키를 흡혈귀로 만든『부모』가 서 있었다.

"생각보다 빨리 냄새를 맡고 왔구나~ 유라! 추워라아!"

여전히 익살을 부리는 아이카의 태도를 보고 토라키는 혀를 찼다.

"피스콰이어의 진동이 왔을 때, 마침 선샤인 바로 아래를 지나고 있었으니까 발견된 건 알고 있었어어. 하지만 아직 시간도 이렇고, 차도 트럭도 잔뜩 있으니까 발견 못할 거라고 생각했었지. 이 집단이라는 걸 어떻게 알았어어?"

"나시반의 기척이 났다. 아마도 저 헬기에 배신자가 타고 있을 거다."

아이카 옆에 있던 강시가 입을 열었다.

이 또한 신기하게도, 토라키의 귀에 똑똑히 들렸다.

"배신자……. 그러면 히키 가문이나 암십자에 잡힌 강시 중에서 누군가가, 배신한 거구나아. 있잖아, 슈에셴."

"……아이…… 큭!"

"무슨?!"

아이카의 갑작스런 흉행에, 토라키도 미하루도 눈을 부릅떴다.

갑자기 주먹을 휘둘러 강시의 얼굴을 때린 것이다.

"리앙 시방의 질도 많이 떨어졌네. 적의 손에 떨어지면 다음날에는 햇빛에 몸을 던져 죽는 게 시방 소속 강시의 철칙이 아니었어?"

"윽……."

그리고 비틀거리는 강시의 무릎 뒤를 거침없이 걷어차서 무릎을 꿇리더니, 그 얼굴을 붙잡았다.

"게다가 어설픈 자들이 섞여 있었지. 예레이의 기사에게, 유라에게 피를 빨리려고 한 강시가 있다고 들었어."

"뭐, 라?! 기, 기다려라, 아이화……."

"나를 국외로 탈출시키라고 했었지? 설마하니, 시방에 스트리고이의 피를 들이려고 한 거 아냐? 당신네, 데미가 몇 명 있었지?"

"오, 오해다! 나는 결코 아이화를 거스르는 일은…… 크아악!"

"실제로 발견이 됐잖아. 유라는 저래 보여도 경찰에 영향력이 있거든. 아직 도쿄도 못 나갔는데, 이런 곳에서 일을 벌이면 N시스템에 추적당해 항구에서 검문을 받을 거야."

고속도로의 통행 상황은 언제나 운영회사가 감시하고 있다.

컨테이너 위에 사람이 몇 명 서 있는 상태의 트럭이 감시센터의 카메라에 자주 잡히면, 고속도로 경비대에 신고가 들어간다.

아니, 이미 앞뒤 차량에 탄 사람들이 신고를 했어도 이상하지 않았다.

"지난 몇 년인가. 시시한 푼돈 벌이를 위해 강시들이 도내에서 날뛰고 있다고 들었어. 나는 역사가 길어도 질이 떨어진 조직을 중요하게 여길 생각이 없어."

강시의 빙술 따위 비교가 안 되는 절대영도에 이른 아이카의 눈은, 도저히 맹우를 보는 눈이 아니었다.

"바, 반드시 쓰러뜨린다! 예레이의 기사도, 반드시 대륙으로 보낸다! 그걸 위해서 내가 왔다!"

대륙의 시방을 이끄는 방주, 리앙 슈에셴의 머리를 잡아 올리며 아이카는 슈에셴을 자신의 몸 앞에 들어 올렸다.

"그러면 맹약을 지켜!"

그 순간에는 이미 토라키가 안개가 되어 육박하고 있었다.

내분이 일어났는데 진정될 때까지 기다려줄 정도로, 토라키도 미하루도 사람이 좋지 않다.

토라키가 검은 안개를 한껏 펼쳐서 슈에셴과 아이카를 덮치는 척하며 두 사람의 시야를 가린다.

"하아아아아앗!!"

그 뒤에서 미하루가 칼을 번뜩이면서, 스테인리스 가공된 트럭 컨테이너의 천장판 중앙을 베어냈다.

"토라키 님!"

『거기 있냐!』

"이 트럭은 아니에요! 아이리스 예레이는 안 탔습니다!"

지붕이 떨어진 컨테이너 안은 비어 있었다. 아이리스는커녕 짐 하나도 실려 있지 않았다.

"다른…… 읏!"

『우, 오오오오오옷?!』

다음 순간, 토라키는 안개가 된 자신의 몸이 뭔가에 붙잡히더니 파란 컨테이너 트럭에서 떨어지는 것을 느꼈다.

그리고 미하루 또한, 어느샌가 앞뒤에 나타난 검은 옷의 강시 둘에 끼어서 상대하지 않을 수 없었다.

각각 다른 트럭 컨테이너에 몰린 토라키와 미하루.

"꺼지세요! 저는 팬텀의 목숨을 끊는 것을 주저하지 않아요!"

미하루는 리앙 슈에셴과 1대 1 상황에 몰린 토라키를 구하러 가고 싶었지만, 자신을 둘러싼 강시 둘도 쉬이링 따위는 비교가 안 될 정도의 강자라는 걸 기척으로 알 수 있었다.

"……좋아요. 그럴 각오가 있다면…… 죽으세요!"

슈에셴의 얼음 탄환을 한 칼로 막아내는 일섬이 미하루 앞뒤에 있는 강시의 몸을 동시에 휩쓸었다.

미하루의 체격을 봐서는 믿을 수 없을 정도로 넓고, 그러면서도 정밀하게 거합의 일도를 휘두르자, 컨테이너 지붕이 미하루의 발 형태로 살짝 찌그러졌다.

"으, 크으."

"큭……!"

얕기는 하지만 앞뒤의 견제에 성공한 미하루는 동요가 커다란 전방의 강시를 골라서 육박하여, 그 발치를 향해서 머리부터 돌진했다.

"우오!!"

기이하리만치 저공에서 베어 들어오자 강시는 더욱 조바심을 내느라 중심이 떠올랐다. 그 틈을 놓치지 않은 미하루가 턱을 올려 찼다.

"다 보입니다!"

또 한쪽의 강시가, 아군이 차인 틈을 찔러 손가락에서 돋아난 기이한 손톱을 휘둘러 공격했다. 미하루는 차올린 오른발을 그대로 돌리더니, 그대로 각도를 바꾸어 뒤꿈치로 턱을 내리찍으며 컨테이너 지붕에 처음 강시를 처박았다. 미하루 자신도 다리를 앞뒤로 벌려 등 뒤의 강시가 상정한 것 이상으로 몸을 가라앉혔다.

미하루의 몸통을 노리고 휘두른 손톱은 허공을 갈랐다. 강시가 다음 자세를 취할 틈도 없이 미하루가 몸 아래에 파고들어, 땅바닥 아슬아슬한 높이에서 몸을 들이밀며 칼을 일섬했다.

강시의 배에서 화려하게 피가 뿜어져 나오고, 비처럼 쏟아져 미하루의 아름다운 기모노를 검붉게 물들였다.

"투항하세요. 강시라 해도, 그 상처는 목숨이 위태롭습니다!"

미하루가 쓰러진 두 명의 강시를 짓밟고 칼을 들이밀면서 경고를 했다.

"……."

그 순간 머리끝까지 검은 옷으로 가리고 있는 강시의, 유일하게 보이고 있는 눈이 살의의 웃음을 지었다. 미하루는 위험을 감지하여 쓰러진 강시에게서 떨어지고자 했다.

그러나, 한순간 늦었다.

미하루가 베어낸 컨테이너의 지붕에 떨어진 피가 하얀 연기를 내더니, 삽시간에 급격하게 공기에서 온도를 빼앗았다.

그리고 미하루는 펄쩍 뛰어 물러나려는 자세 그대로, 흘러나온 피에서 휘몰아친 검붉은 얼음기둥에 갇혀 버렸다.

"미하루!!"

우세하게 보였던 미하루가 적의 술법에 구속된 것을 깨달은 토라키가 외쳤다.

"기다려! 지금 간다!"

그러나 내뻗은 슈에셴의 손톱을 피하는 것이 고작이라, 도저히 미하루를 구하러 갈 상황이 아니었다.

슈에셴의 손톱과 손은 어째서인지 안개가 된 토라키를 붙잡을 수 있는 모양이다. 피할 수 없는 손톱을 안개가 되어 피하려고 해도, 토라키의 안개에 입은 대미지가 흡혈귀로서의 생명 유지에 명백하게 해를 주고 있는 걸 알 수 있었다.

방금 전에 미하루와 떨어졌을 때도, 슈에셴은 토라키의 안개 전체를 장악하여 옆의 트럭까지 억지로 끌고 갔다.

"젠장! 좀 떨어져라!"

이대로 상대해도 슈에셴을 뿌리칠 수 없다는 걸 깨달은 토라키는, 손가락 끝만 안개화해서 그 안개를 그대로 바람에 흩어놓았다.

"무슨 짓을……."

"이게, 실체가 있는 상태에서 몸에 상처를 내는 것보다 덜 아프거든."

토라키가 찔끔 눈물을 지으며 말했다. 슈에셴은 금방 토라키의 양손이 피에 물든 것을 깨달았다.

토라키는 양손바닥을 슈에센에게 내밀었다.

몸의 일부였던 안개를 떼어낸 탓에, 토라키의 손가락에는 보기에도 아파 보이는 상처가 생겨 있었다.

토라키의 손가락에서 뿜어져 나간 피가 의지를 가진 것처럼 꿈틀거리기 시작했다. 트럭의 속도 탓에 휘몰아치는 폭풍을 받아 흩어지지만, 흩어진 모든 피가 토라키 주위에 떠돌더니 한순간에 날카로운 가시 형태로 응고했다.

"먹어봐라!!"

"우음!!"

흉흉한 피의 탄환이 눈에 보이지도 않을 속도로 슈에센에게 쏟아졌다.

슈에센도 즉시 얼음 탄환을 발사하여 토라키의 피를 요격하고자 했지만, 얼음과 피가 접촉하기 직전에 토라키가 쏘아낸 피의 탄환이 저절로 부서졌다.

부서진 모든 파편이 날카로운 바늘처럼 응고하여, 더욱이 슈에센에게 돌진한다.

"이것은!"

"찔리면 상당히 고생할걸."

한없이 가늘어진 바늘이 쏟아지면, 일격일격의 대미지는 적더라도 상처를 치유하는 것이 극히 어려워진다.

게다가 이 탄환은 피였다. 적합하지 않은 혈액형과 잘못해서 섞여 버리면, 항원반응이 일어나 적혈구가 파괴되는 것은 잘 알려져 있었다.

그렇지 않아도 흡혈귀의 피가 강시의 육체에 들어가면 어떤 반응이 일어나는지, 아무도 실험한 적이 없다.

슈에셴도 그 위험성을 깨달았는지, 더욱이 옆 차량으로 도망쳐서 토라키가 쏘아낸 피의 탄환을 회피했다.

"이봐! 그 차는 상관없잖아!"

토라키로서는 슈에셴이 거기까지 도망치는 것도 예상 밖이었다.

토라키와 슈에셴이 싸우는 트럭 옆 차선을 달리고 있는 것은, 어느 회사의 영업용 차로 보이는 극히 평범한 원박스카였다. 운전하고 있는 와이셔츠 차림의 남자가, 생전 못 본 경악한 표정으로 토라키와 자신의 차 천장을 번갈아 가며 몇 번이나 보았다.

"……더 이상, 아이화를 추적한다면, 주위의 인간에게 피해가 생길 거다."

그렇게 말하고, 슈에셴은 손톱 칼날을 원박스의 지붕에 겨누지 않는가?

"상관없는 녀석을 끌어들이지 마!"

"네놈들이야말로 우리 계획하고는 처음부터 상관없지 않나! 포기하고 꺼지면 아무것도 안 한다!"

"장난하냐!!"

토라키는 안개가 되어 슈에셴의 손톱에 달라붙었다. 차를 찌르려는 슈에셴과, 그렇게는 못한다는 토라키가 이형의 힘겨루기를 벌이게 되었다.

『뭐지……?』

토라키는 금방 이상한 것을 깨달았다.

토라키가 이렇게 간단히 막을 수 있는 강시가 시방의 맹주를 맡을 수 있을까?

아니 애당초 전투가 시작되기 전에 아이카가 슈에센을 질책했을 때, 아이카는 N시스템을 언급하여 경찰에 연관되기 싫다고 말했다.

그런데. 질책을 받은 슈에센이 상관없는 인간을 끌어들이려고 할까?

그 순간 두 사람이 다투고 있던 원박스 웨건이 급격하게 감속하여, 해저드 램프를 깜빡이며 더욱 감속하기 시작했다.

『설마!』

처음에 달라붙은 컨테이너에 아이리스가 없었던 시점에서 이해했어야 했다.

어느샌가 아이카와 두 대의 트럭이, 붉은 얼음 기둥에 갇혀 있는 미하루의 트럭과 토라키와 슈에센의 트럭, 그리고 가엽게도 말려든 원박스카만 남기고 사라져 있었다.

『그야 우리가 이길 때까지 기특하게 기다려줄 리가 없겠지!!』

토라키와 슈에센의 머리 위로 우라와 인터가 다가오는 것을 알리는 안내판이 지나갔다.

강시들의 차량은 수도고속도로에서 칸에츠도로 가는 루트

를 잡은 모양이지만, 평범하게 생각하여 토라키 일행이 따라잡았다면 모든 트럭이 나란히 달려야 할 이유 따위 아무데도 없었다.

추적자인 토라키와 미하루를 주요 차량과 떨어뜨린 시점에서, 주요 차량은 속도를 올리고 미끼는 스피드를 떨어뜨리면 그것만으로도 이제 지금의 토라키 일행은 아이카와 아이리스를 추적할 수 없게 된다.

"이런 소동은 히키 가문이라도 얼버무리지 못해. 시방의 방주가 일본에 뼈를 묻을 셈이냐?!"

"이것이 시방의 철칙이다!!"

리앙 슈에셴이 진심이라는 것은, 검은 옷의 두건 안에서 엿보이는 눈만 봐도 알 수 있었다.

"모든 것은 시방의 벗인 아이화의 바람을 이루기 위해서 여기에 있다. 우리들이 멸망해도, 남은 자들이 철칙에 따라 시방을 계승하겠지!"

"몸을 던지는 것도 불사한단 말이지. 요즘엔 그런 거 유행 안 하지만, 그쪽이 좋다면 그대로 해줄게!"

토라키는 슈에셴의 팔을 전력으로 구속한 채, 상반신만 실체화시켰다.

"악령퇴치다!!"

그리고 안개 상태일 때 주머니에서 꺼내둔 그것을 슈에셴의 이마를 향해 힘껏 휘둘렀다.

미리 준비한 강시를 봉하는 부적이었지만, 슈에셴은 전혀 동요하지 않았다.

"봉백책 따위 얌전히 붙이게 해줄 줄 알았나!!"

슈에센은 토라키에게 팔을 구속당하고서도, 자신의 이마 앞에 얼음 탄환을 전개해서 즉시 발사.

부적은 무참하게 찢어지고, 부적을 들고 있던 토라키의 손도 꿰뚫려 두 사람 앞에 격렬하게 피가 흩어졌다. 그리고…….

"생각 안 했지. 바보 자식."

다음 순간, 슈에센의 복부를 충격이 꿰뚫었다.

"크학……!"

그것은 총성이었다.

강시인 슈에센에게, 권총의 탄환 정도는 맞아도 별반 타격도 없는 것이었다.

그러나 그 순간 손톱의 칼날이 사라지고, 다리에서 힘이 풀리고, 슈에센은 일어서 있을 수가 없어졌다.

"성총…… 데우스, 크리스……. 흡혈귀인, 네놈이, 어째서……."

부적을 간파한 것도, 반격을 하는 것도, 더욱 말하자면 토라키가 흡혈귀라는 것도, 이 한 수를 위한 눈가림.

흡혈귀인 토라키가 암십자 기사단의 성총을 시방 방주에게 맞추기 위한 포석이었다.

"파트너십 제도를 이용했지."

토라키의 왼손은 그립에 『SETSUKO N.』이라고 새겨진 나카우라의 데우스크리스를 쥐고 있었다.

고요에 필적한다는 소문이 도는 시방 방주와 싸우게 되는 경우의 보험으로 빌린 것이지만, 사실대로 말하자면 아이카와 싸울 때까지 이 수는 쓰고 싶지 않았다.

그러나 지금 쓰지 않으면, 시간이 흘러 토라키는 전선에서 이탈되어 버린다.

토라키는 무릎을 꿇은 채 기절한 슈에셴을 들고 다시 안개가 되었다. 그리고 핸들을 쥔 채 겁먹고 움직이지 않는 원박스카의 남성에게 마음속으로 사과하며, 근처에 있는 차의 지붕을 건너 다시 아이카를 추적하기 시작했다.

"이런 참. 리앙 시방도 의외로 의지가 안 되네에. 슈에셴하고는 떨어져 버렸고."

안락한 컨테이너에 돌아온 아이카는 짜증을 숨기지 못하는 기색으로 소파에 앉았다.

"유라는 어쨌어?!"

아이리스의 분노에 아이카가 씨익 웃었다.

"어머나아? 내가 유라가 왔다고 말을 했었나?"

"나랑 당신을 이만큼 끈질기게 추적하는 건 유라랑 미하루 정도밖에 없어! 시답잖은 소리 하지 말고 대답해! 두 사람은 무사해?!"

"뭐야. 재미없게. 나도 몰라. 유라는 슈에셴이 상대하는 모양이고, 히키 미하루도 빙뢰주(氷牢柱)(빙라오추)의 술법에 잡혔으니까 뭐 무사하지는 않겠지이."

"리앙 슈에셴이……!"

"썩어도 리앙 시방의 방주야. 방을 이은 지는 얼마 안 되지만, 힘은 역대 방주들에게도 뒤지지 않아. 뭐, 유라 혼자서 이길 수 있는 상대는 아니지. 이겼다고 해도, 유라는 이 트럭을 따라잡을 수 없어. 아까 우라와를 지나서 칸에츠도에 들어섰으니까, 벌써 5킬로미터 이상 떨어졌을 거야."

아이카의 어조에는 아까 전까지의 여유가 없었다.

믿기 어렵지만, 고요로서도 이 상황은 여유를 잃을 정도로 예상 밖이었나 보다.

"뭐, 기대하지 않는 편이 좋아. 어느 쪽이든 그 두 사람은, 지금의 나를 이길 수도 없…… 어."

"꺄아아악!"

그때 갑자기 컨테이너가 실린 트럭이 급하게 감속을 하지 않는가?

아이리스는 관성으로 날아가 컨테이너 벽에 호되게 등을 부딪쳤고, 아이카도 무심코 자세가 무너졌다.

"잠깐! 대체 뭐 하는 거야!"

아이카가 격노했지만, 대답 없이 트럭은 점점 감속하여 기어이 정차해 버렸다.

"장난하지 마. 대체 뭐 하자는 거야……!"

아이카는 컨테이너 밖으로 나와 운전하고 있던 강시를 질타하고자 했지만, 도로 폭이 넓은 칸에츠도의 갓길에 멈춘 트럭의 운전석에는 낯선 강시가 혼자서, 게다가 똑바로 앞을 바라본 채 꼼짝도 안하고 앉아 있었다.

"얼른 차를 출발시…… 윽!"

운전석의 문을 열고 멱살을 잡으려던 아이카의 눈앞에서, 그 강시는 공기에 녹아내리는 것처럼 형체도 없이 사라져 버렸다.

강시가 앉아 있던 운전석에서 검은 종이를 사람 모양으로 잘라낸 종이조각이 팔락 떨어지자, 아이카는 드디어 눈앞에서 일어난 사태를 정확하게 파악했다.

머리 위를 올려다보자, 멀리서 희미하게 헬리콥터의 소리가 들렸다.

"시건방진 수작이라는 건, 이런 걸 말하는 걸까?"

토라키와 미하루를 태우고 온 저 헬리콥터에, 아마도 배신자인 강시가 타고 있을 것이다.

그 녀석이 나시반으로 분신체를 만들어, 운전하고 있던 강시의 허를 찌르고 교대했다.

그리고 배신자는 이미 저 헬리콥터로 진작에 손이 닿지 않는 곳까지 도망쳤을 게 틀림없다.

아이카는 아이리스의 총탄에 관통되어 회복되지 않는 왼쪽 가슴을 누르더니, 트럭이 온 길을 돌아보았다.

"……따라 잡혀 버렸네."

역시나. 그녀는 후방에서 『자식』의 기척이 접근하는 걸 알 수 있었다.

흡혈귀의 힘을 발현하고 있을 때만 느낄 수 있는, 모자의 인연.

아마도 슈에셴은 패배했을 것이고, 어쩌면 히키 미하루의 발도 묶지 못했을 것이다.

"리앙 시방이 이래서는, 대륙의 시방은 이제 끝장일지도 모르겠네에. 이것도 시대의 흐름일까?"

아이카가 혼잣말을 하는 사이에도, 토라키 일행의 기척이 다가왔다.

이윽고 아이카와 슈에셴 일행과 전혀 상관없는, 대형관광버스의 지붕에 올라탄 토라키와 미하루가 아이카의 트럭 앞에 내려섰다.

"만신창이네에. 리앙 시방은 일단 만만치 않았던 걸까?"

토라키는 부적과 함께 얼음탄에 맞은 오른팔이 회복되지 않았고, 미하루는 온몸이 피로 젖어 있었다.

"그렇지만, 강시가 죽을 때 쓰는 빙뢰주신(氷牢柱身)(빙라오추셴)으로도 발을 못 묶다니…… 히키 가문 아가씨, 당신 역시 썩어도 고요의 핏줄이구나아."

"장수가 장점인 우리 가문의 기술은, 강시의 특기와 대단히 상성이 좋더군요."

지친 표정을 지으면서도, 미하루는 몸을 깊게 숙이고 칼을 겨누었다.

미하루가 자세를 잡는 것과 동시에, 온몸에서 김이 피어오르기 시작했다.

미하루 주위의 온도가 조금씩 상승하면서, 겨울 고속도로의 차가운 공기와 반응하며 주위를 하얗게 물들였다.

"생명의 원천은 열. 우리 히키 가문이 가진 몇 안 되는 공격을 위한 능력이, 이 생체열 조작이죠. 당신을 구워삶는 것 정도는 별 것도 아니랍니다?"

"흐응, 열이라아. 하지만, 스트리고이의 귀화(鬼火)를 얕보면 곤란한데."

아이카는 여유로운 표정을 무너뜨리지 않고, 손바닥 위에 창백한 불꽃을 떠올렸다.

"타오르는 것처럼 뜨거운데, 견딜 수 없을 만큼 차가운 귀화는, 인간이 가진 생명의 열 따위 간단히 날려버린다니까. 예를 들어……."

아이카는 귀화를 손바닥 위에서 던지더니, 정차한 트럭의 컨테이너 입구를 향해 슬슬 보냈다.

"이걸 지금, 이 컨테이너 안에서 굴러다니는 아이리스의 몸에 붙여버리면, 어떻게 될까아?"

"시답잖은 협박은 관둬. 너는 요코하마 때도 아이리스에게 흥미를 보였지. 그냥 국외로 도망치고 싶었다면, 아이리스는 있기만 해도 방해가 될 거야. 너는 아이리스를 데려가고 싶은 이유가 있어. 그러니까 아이리스를 해치는 일은 절대 안 하지."

토라키는 창백한 귀화를 방심하지 않고 노려보면서 의연하게 말했다.

"그렇게 잘라 말할 수 있을까? 내 수명은 길어. 느긋하게 기다리면, 그녀를 대신할 사람도 찾을 수 있을지 몰라."

"이쪽은 당신을 대신할 사람 찾기 귀찮으니까, 이쯤에서 포기해."

그것은 토라키도 미하루도, 물론 아이카의 목소리도 아니었다.

아이카의 뒤통수를 은빛 총구가 겨누고 있었다.

"당신과 어머니…… 유니스 예레이의 관계, 말해줘야겠어."

"……이상하네에. 어떻게 구속을 풀었어? 데우스크리스도 숨겨뒀는데."

아이카의 입가는 웃고 있지만, 눈에는 여유가 없었다.

아이카의 뒤에는, 데우스크리스를 오른손으로 겨눈 아이리스가 서 있었다.

"히키 가문의 헬기는, 일을 잘 하더라고."

아이리스는 쓴웃음을 지으며, 토라키와 미하루에게 턱짓을 했다.

컨테이너 뒤에서 빼꼼 고개를 내민 것은 나시반을 가진 쉬이링이었다.

"헬기에서 내가 내리는 것만 보지 못했다면, 분명 잘 될 거라고 생각했어요."

"……나도 참. 꽤 단순한 수에 걸려 버렸네에."

트럭이 정차하여 상황 확인을 위해 밖으로 나왔을 때, 아이카는 히키 가문의 헬리콥터가 날아가는 것을 보았다.

토라키와 미하루가 헬기에서 내린 것은 슈에셴에게 들어

알았지만, 그밖에 전투요원이 내리는 기척은 없었다. 게다가 지금 이 순간에도, 나시반을 빛내고 있는데도 불구하고 아이리스를 구한 이 여자에게서 팬텀의 기척이 전혀 없었다.

“그렇구나아. 당신이 아이리스가 말했던 데미였어. 쓰레기 같은 힘밖에 없는 것을 반대로 이용해 내 눈에서 벗어나다니, 그야말로 약삭빠른 인간다워.”

“그 인간에게 당신은 오늘 지는 거야. 아이카 무로이. 얌전히 잡히도록 해.”

아이리스의 말에 맞추어, 토라키도 데우스크리스를 겨누었다.

“아이카. 끝이다. 여기서 너를 쓰러뜨리고, 나는 인간으로 돌아간다.”

“후후…… 후후후후후후.”

설령 고요라고 해도, 절망적인 상황일 것이다.

그런데도 아이카는 웃었다.

진심으로 즐거운 웃음이었다.

“설마 슈에센을 쓰러뜨리다니…… 성장했구나, 유라.”

“뭐야?”

“초대장, 받았으니까 온 거지?”

“……그건 대체 뭐 하는 수작이야? 너한테는 손해밖에 없잖아.”

토라키의 뇌리에, 아이리스의 피가 스며든 크리스마스 카드가 스쳤다.

"슈에셴은 리앙 시방의 방주를 이은 지 아직 몇 년도 안 지났거든. 그 사이에 조직의 질이 저하돼서, 일본에 잠복한 녀석들이 시시한 범죄를 반복하는 일이 늘어났어. 입으로 말해도 관두질 않으니까 도쿄의 강시들만이라도 이 작전 중에 어느 정도 밟아두고 싶었는데…… 설마 방주가 쓰러지다니이. 이래서는 시방 자체가 쓰러져 버리겠어. 역시 몸이 안 좋을 때 멀티 태스크로 커다란 일을 하면 안 되네에."

토라키와 아이리스가 와라쿠에게 들은 과거의 강도 사건은, 범죄조직의 돈벌이에 지나지 않았다. 그렇게 말하는 것일까?

"……무로이 아이카. 당신들이 일본의 치안에 대해 저지른 죄는 무거워요. 붙잡힌 강시들과 함께, 당신의 배후 관계도 천천히 이야기를 들어봐야겠어요."

팬텀 사회와 인간 사회의 조정을 지상명제로 삼는 히키 가문의 일원으로서, 미하루가 전에 없이 강한 적의를 드러내며 아이카를 견제했다.

"여기 있는 모두, 당신에게 듣고 싶은 것들이 많아. 포기해."

미하루의 칼과 두 정의 데우스크리스스가 총구를 겨누고 있는데도, 심장이 하나 수복되지 않은 아이카는 억눌린 목소리로 웃기 시작했다.

"후후…… 후후후…… 아~아, 그리운거얼. 그날 밤도 이랬어."

"야, 움직이지 마!"

"아이리스. 당신의 어머니 유니스도, 지금 당신처럼 나에게 데우스크리스를 겨눴지. 그녀의 파트너 팬텀과 함께."

"입 다물어!!"

"피는 못 속인다니까아? 유니스의 파트너도 흡혈귀였어."

"움직이지 말라고 했지!!"

어째선지 부풀어 오르는 아이카의 불길함에 아이리스가 소리친 그때였다.

굉음과 함께, 트럭 한 대가 토라키 일행의 후방에서 갑자기 돌진했다.

"젠장! 나머지 한 대인가!!"

"두 사람 얼른 쏴요!! 하아아아아아앗!!"

몸을 돌린 미하루가, 겨누고 있던 칼로 돌진하는 트럭을 거합으로 베었다.

보이지 않는 충격이 트럭에 직격하고, 앞유리가 산산이 부서지며 운전석이 찌그러졌지만 그래도 트럭은 속도를 떨어뜨리지 않고 토라키 일행에게 육박했다.

"젠장!"

토라키도 미하루도 아이리스도 쉬이링도, 움직이지 않을 수 없었다.

아이카는 데우스크리스 두 정의 사선이 비껴나간 한순간에 도약하여, 돌진해온 트럭의 컨테이너에 뛰어 올라 버렸다.

"또 만나. 그때는 유니스 얘기를 실컷 해보자."

물러가는 한순간, 아이카는 아이리스에게 귓속말을 했다.

아이리스는 달려가는 트럭을 노리고 데우스크리스를 겨누었지만, 이미 트럭은 권총의 사정거리에서 멀리 벗어나, 폭주행위에 두려움을 느낀 후속 차량들을 벽으로 삼아 순식간에 보이지 않게 되어버렸다.

갓길에 주저앉아 사라져 버린 트럭과 아이카가 가는 방향을 보면서, 쉬이링은 복잡해 보이는 표정으로 안도의 한숨을 쉬고 미하루는 이를 갈면서 칼을 칼집에 넣었다.

"유라…… 구해줘서, 고마워. 하지만, 나 지금, 순순히 기뻐할 수가 없어."

아이리스는 떨리는 손으로 총을 내리고 중얼거렸다.

"됐어. 나도 그래. 또 놓쳐 버렸어."

토라키도 총을 내리고 하얀 숨을 내쉬었다.

"지금 아이카는 약해져 있어. 추적하면 아직 찬스가 있을지도……."

"무리야. 나도 너도, 미하루도 다쳤어. 따라잡아서 싸울 수 있을지 알 수 없고, 소동이 너무 커졌어. 더 이상 추적하면 귀찮은 일이 일어나."

토라키는 중얼거리고, 보통은 결코 내려서지 않는 고속도로 위에서 도쿄 방면을 돌아보았다.

"포기했을 때 기회가 찾아오기도 하는 법이라지. 가까운 장래에, 분명히 또 찬스가 와. 지금은, 참아야 돼."

"……그래."

아이리스는 토라키의 말에 수긍하긴 했지만, 어쩐지 정신이 딴 데 팔려서 토라키하고는 반대 방향인 칸에츠도 하행선 끝을 보고 있었다.

토라키가 더 이상 해줄 말을 찾지 못하고 손목시계를 보자, 시간은 오후 7시를 조금 넘었을 무렵이었다.

"아…… 헬기로 돌아가면, 오늘 알바, 안 늦을까?"

현실도피를 위해서 토라키가 올려다본 검은 밤하늘에, 문득 작고 하얀 알갱이가 생겼다.

별이 아니었다.

그것은 폴폴 춤추듯 떨어져서 이윽고 손을 벌린 토라키의 손바닥 위에 떨어지더니, 피의 탄환을 만들어낸 상처의 열에 닿아 녹아서 사라졌다.

"……화이트 크리스마스가 되겠구만. 젠장."

중얼거린 토라키의 귀에, 멀리서 다수의 순찰차가 다가오는 소리가 들리고 있었다.

종장 흡혈귀도 케이크를 먹는다

DRACULA YAGEUN!

일본 국내에서 카체이스를 벌인 끝에 다수의 차량이 뒤엉키는 사고가 일어나면, 그것만 해도 대사건이다.

사망자는 없었지만, 리앙 시방의 트럭이 통과한 칸에츠도의 여기저기서 교통사고가 일어나고 차량 고장도 다수 발생했다.

경시청과 사이타마 현경이 모든 원인이 된 트럭을 찾고자 애쓰고 있지만, 지금은 고속도로의 감시 카메라에서 유력한 정보가 나오지 않은 모양이다.

TV 뉴스에서는 경시청의 간부로서 인터뷰에 응한 요시아키가 범인 체포에 전력을 다할 것이라는 정해진 답변을 하고 있었다.

"요시아키…… 미안하다……."

토라키는 조카에게 또 뒷수습을 시켜 버린 것을 커다랗게 후회하고 있었다.

"정말로, 말세라니까."

프론트 마트 이케부쿠로 동5쵸메점의 입구 근처 선반에 있는 신문지면은 이 센세이셔널한 카체이스 사건을 매일같이 보도하고 있었다. 무라오카는 그것을 정리하면서 표정을 찌푸리고 중얼거렸다.

"하지만, 멀리서 일어난 커다란 사건 덕분에 우리 강도 미수 사건은 보도되질 않았으니까, 이거면 되는 걸까? 그렇지? 토라키.”

“……그렇네요.”

모든 사건에 관여해버린 입장상, 괘씸한 말이라고 하지도 못하겠다. 토라키는 애매하게 고개를 끄덕였다.

아이카를 놓친 뒤에 금방, 미하루가 헬리콥터를 불러준 덕분에 토라키는 아르바이트에 지각하지 않을 수 있었다.

도심에 돌아온 시간이 8시 조금 전.

아이리스와 미하루가, 더 이상은 토라키가 관여할 영역이 아니라고 하면서 토라키를 강제로 귀가시켰다.

그렇지만 연일 소동이 일어나는 가운데, 중간에 하차해 버린 거나 마찬가지인 상황이라 좀처럼 집중할 수가 없었다.

토라키가 일을 마치는 이른 아침에, 미하루가 좋은 소식이라고 할 수 없는 소식을 알렸다.

아이카가 마지막에 탄 것으로 보이는 부서진 트럭이 니이가타 항 부근에서 발견된 것이다.

“아마도, 국외로 도망쳐 버린 거겠죠.”

미하루는 예상을 말했지만, 리앙 시방의 방주 리앙 슈에셴의 신병을 미하루가 확보했기 때문에 앞으로도 방심은 금물이라고 덧붙였다.

아이카가 슈에셴을 구하러 온다. 이것은 솔직히 싸우는 와중에 일어난 일을 봤으니 있을 수 없는 것 같기도 하지만, 방주가 붙잡힌 것으로 대륙에 남은 리앙 시방에 소속된 자들이 수상한 움직임을 보일지도 모른다.

“정말로, 최악의 연말이에요! 피투성이가 된 그 오비, 마음에 들었는데!”

미하루로서는 보기 드물게 화를 펄펄 내면서 전화를 끊었다.

그리고.

“안녕하세요?”

“아아, 안녕? 리앙 씨!”

자동문이 열리고, 웃으며 출근하는 쉬이링을 무라오카도 웃으며 맞이해 주었다.

쉬이링의 신병은 암십자 기사단도, 히키 가문도 받아들이지 않았다.

시방의 구성원들 중에서는 처음으로 자백했고, 사건 해결에도 협력했다.

와라쿠가 확인한 바에 따르면 현재 암십자에 구속되어 있는 리앙 시방 중에서 쉬이링만 정규 여권을 이용해 입국했다. 따라서 토라키를 유혹한 것 말고는 쉬이링이 범죄에 관여했다는 증거가 없다는 이유로, 초법규적 조치로서 가석방된 상태였다.

프론트 마트 이케부쿠로 동5쵸메점에 복귀한 것도 그 일환이었다.

쉬이링이 데미란 것이 발각되고서 가게를 쉰 것이 꼬박 사흘.

일반적으로 생각하면 연수 중간에 튄 것이지만, 토라키를 따라와서 복귀를 부탁한 쉬이링을 무라오카는 두말없이 받아들였다.

"흔히 있는 일이야. 이 정도로 화를 내면서 연말연시에 심야 근무를 해주는 사람을 놓치는 게 훨씬 손해지."

라고 한다.

토라키와 아이리스로서도, 쉬이링이 무라오카의 가게에 있다면 수고를 들이지 않고 그녀의 동향을 감시할 수 있으니 바라 마지않는 일이었다.

바라 마지않는 일이긴 한데…….

"토라키 씨. 휴식 중에 야식으로 피 마실래요?"

무라오카가 돌아가자마자, 터무니없는 말을 꺼내는 쉬이링을 토라키는 씁쓸한 표정으로 보았다.

"그 표정은 뭔데요?"

"장난치지 말라는 표정."

"그치만 오늘은 크리스마스 이브인걸요. 앞으로 1시간이면 크리스마스거든요? 흡혈귀가 제일 힘든 이틀이잖아요. 피를 마시면 몸도 마음도 건강해질 거예요."

"됐어. 나는 라멘 먹으러 갈 거니까."

복귀하자마자 이런다.

쉬이링은 토라키에게 피를 빨려서 진짜 팬텀이 되는 것을 도무지 포기하지 않을 모양이다.

틈만 나면 토라키에게 피를 빨리려고 온갖 수단으로 유혹을 해서, 언젠가 무라오카와 아카리에게 들키지 않을까 싶어 토라키는 계속 간담이 서늘했다.

"쉬이링! 이제 좀 그만해! 유라는 사람의 피 안 마셔! 유라는 언젠가 아이카를 쓰러뜨리고 인간으로 돌아갈 거니까, 이상한 유혹은 하지 마!"

그리고 아무리 발버둥 쳐도, 토라키를 파트너로 대하며 쉬이링을 감찰하는 입장에 있는 아이리스에게는 들려버린다.

강도 미수 사건 때와 마찬가지로, 아이리스는 취식 코너에서 카페 메뉴를 홀짝거리며 가게에 딱 붙어 있었다.

아이카와 싸운 날 쉬이링이 아르바이트에 복귀하고서 아직 이틀밖에 안 지났지만, 지난 이틀 동안 쉬이링이 뭐라고 말을 할 때마다 아이리스의 기분이 점점 틀어진다. 토라키는 살아 있는 기분이 안 들었다.

"그러니까 저는 괜찮다니까요. 제 피를 마신다고 인간으로 돌아가지 못하게 되는 것도 아니잖아요?"

"마시지 않아도 된다면 그게 제일이야! 흡혈, 안 돼! 절대! 바보 같은 말 하지 말고 성실하게 일을 하세요! 유라도! 내가 마음이 바뀌면 당신들은 언제든지 체포될 수 있어!"

"그런 말을 할 거면 아이리스 씨도 여기서 심야 알바를 하면 되죠."

"아 좀 봐주라……."

이상하다. 또 이거다.

어째서 자신에게 일어나는 양손의 꽃이란 상황은 스트레스풀한 것이 되는 것인가?

"뭔데 유라? 나랑 같이 일하고 싶지 않다는 거야?"

"너랑 알게 된 뒤로 계속 그렇게 생각하거든!"

"토라키 씨. 그건 좀 너무해요. 조금 더 생각해서 말을 해 주세요."

"쉬이링 말이 맞아. 그런 부분이 문제야, 유라는."

"아아 진짜 시끄럽구만!"

토라키가 머리를 감싸 쥐면서 끙끙거리고 있을 때.

"수고하십니다~."

가게 앞에 배송 트럭이 서더니, 배송업자가 층층이 쌓인 빵상자를 끌고 가게에 들어왔다.

"수고하십니다! 얼른 처리할게요!"

토라키는 아이리스와 쉬이링에게서 도망치듯 계산대에서 뛰쳐나가, 빵상자를 끌고 가게 안쪽으로 들어가 버렸다.

그것을 배웅한 아이리스는 턱을 괴면서 쉬이링을 노려보았다.

"당신도 이제 슬슬 유라의 성격 알 거 아냐. 유라는 당신을 팬텀으로 바꾸지 않아."

"지금은 그렇다고 생각해요. 하지만, 계속 그렇다고 장담할 수 없으니까요. 저는, 토라키 씨가 피를 마셔줘도 좋겠다는 존재가 될 거예요. 아이리스 씨, 연인도 아니니까 방해하지 말아주세요."

바쁘게 가게 안의 통로를 뛰어다니며 상품을 검품하고 있는 토라키를, 아이리스는 버릇없이 머들러를 입에 물고 바라보았다.

"뭔데, 쉬이링. 유라의 연인이 될 거야?"

"그것도 좋네요. 그러면 피를 마시는 것에도 저항이 없어질지 모르니까요."

그럴 리 없잖아. 목까지 올라온 말을, 아이리스는 삼켰다.

토라키는 인생과 목숨을 걸고 인간으로 돌아가고 싶어 한다.

그렇기에 미하루에게 전혀 흔들리지 않고, 더욱 말하자면 특정한 파트너를 만드는 것도 생각조차 하지 않는 것이다.

쉬이링도 미하루도, 어째서 이런 간단한 것을 모르는 걸까?

"무슨 일인가요? 아이리스 씨. 싱글거리면서."

"아니. 아무것도 아냐."

아이리스는 고개를 옆으로 젓고, 코트의 주머니에서 문고본 하나를 꺼냈다.

"나는 신경 쓰지 마. 호출이 있으면 나갈 거고, 아무것도 없으면 여기서 당신들을 심심풀이 삼아서 감시할 테니까."

"굉장히 속박이 강한 연인 같네요."

"그 분석, 그렇게까지 틀리지도 않아."

"틀리지도 않……아요?"

아이리스가 부정하지 않자, 쉬이링은 뜻밖이라는 듯 눈썹을 올렸다.

"나는 암십자 기사단의 수도기사고, 유라는 파트너 팬텀이야. 그를 하나부터 열까지 속박하는 건 당연한 일이야."

※

아침 5시.

토라키와 쉬이링이 이른 아침 근무 직원에게 일을 인계하고 퇴근했다.

아직 해가 뜨지 않은 이른 아침 도쿄의 차가운 공기가 토라키와 쉬이링, 그리고 아이리스의 얼굴을 찌르자 세 사람은 제각각 추위에 몸을 떨면서 아주 약간 졸음을 쫓아냈다.

"토라키 씨, 뭘 그렇게 이것저것 샀어요?"

"단순히 일용품이야. 낮에 갈 수도 없고 귀찮으니까, 평소에 사는 것도 대개 가게에서 사지."

토라키의 손에는 빵빵하게 부푼 봉지가 있고, 봉지의 입구에서 가게에 있는 생선 식품이나 카레 루 따위의 별 특색 없는 상품들이 보이고 있었다.

"그러면 토라키 씨. 내일은, 피, 잘 부탁드려요."

"헤어질 때 인사가 진짜 싫다."

쉬이링의 집은 전과 같은 셰어 하우스였다.

이 장소 자체는 시방에게도 알려지지 않았고, 단순하게 쉬이링이 이사를 할 여유도 없었기 때문이었다. 토라키는 내심 그녀가 블루로즈 샤토 조우시가야에서 사는 게 아닐까 하여 조마조마했기 때문에, 이걸 알았을 때 진심으로 안도했다.

쉬이링이 귀가하는 것을 지켜보고서, 토라키와 아이리스

도 귀가 길에 접어들었다.

"……1년, 끝나는 거 빠르네."

"이번 12월은 특히 빨랐어."

"동감이야. 너무 많은 일이 일어나서, 세세한 부분을 기억하기도 힘드네."

"너는 어쩔 건데? 이제부터."

극히 평범한 일상 대화에 뒤섞인 토라키의 의도를 아이리스는 정확하고 냉정하게 받아들였다.

"나도, 아이카를 추적할 이유가 생겼어. 그녀는 내 가족의 비밀에 연관되어 있어. 그 여자가 뭘 알고 있는지, 확인하고 싶어."

"무슨 일이 있었는지, 물어봐도 되는 얘기야?"

"당신에게는 그렇게 놀라운 이야기도 아닐 거야."

아이리스도 하얀 숨결을 호오 토해내면서, 아무것도 아니란 것처럼 말했다.

"내 가족은, 내가 10살 때 흡혈귀 때문에 살해당했어. 그 흡혈귀를 집에 들인 것이, 유니스 예레이. 내 어머니야."

아이리스가 처음으로 흡혈귀를 죽인 것은 10살 때.

아이카가 토라키에게 알려준 것이었다.

그리고 칸에츠도에서 아이카는, 아이리스의 어머니와 『친구』였다, 고 말했다.

"……놓친 게, 뼈아프네."

"정말 그래. 하지만 역시 그때는 추적하지 않은 것이 정답. 다들 그때의 정신상태와 체력으로는 아무리 그 녀석이 약해져 있었어도 우리가 이기지 못했을 거야. 시방의 강시들도, 아직 얼마나 더 있을지 알 수 없고, 그리고……."

아이리스는 자신에게 들려주는 것처럼 천천히 말하고, 억지로 미소를 지었다.

"장래에 거는 거잖아. 미하루나 시스터 나카우라가 강시들에게서 정보를 끌어내줄지도 모르고, 느긋하게 기다리자."

"……그래, 그렇네."

토라키도 크게 고개를 끄덕였다.

"내 일본 부임도, 아이카와 인연도 이제 막 시작됐어. 천천히, 착실하게 가겠어."

"나처럼 쓸데없이 나이만 먹지는 말고."

"웃을 수 없는 농담이지만, 걱정해줘서 고마워."

아직 동이 트지 않은 추운 하늘에 아이리스의 메마른 웃음과 하얀 숨결이 떠올랐다.

"그런데 정말 꽤 많이 샀네. 냉장고에 들어가? 아직 식재료가 꽤 남아 있었던 것 같은데."

이미 아이리스가 토라키의 집 냉장고 안을 파악하고 있는 것에 대해서는 토라키도 아무 감상을 품지 않게 됐다.

"보이는 것만큼 잔뜩 산 거 아냐. 단지 하나 커다란 게 있지."

토라키가 말하더니, 가장 위에 있던 카레 루와 스낵 과자 상자를 옆으로 밀었다.

하얀 LED 가로등의 빛이 비추는 그것을 보고, 아이리스는 눈을 깜빡였다.

"유라, 이거……."

"리앙 씨 일로 무라오카 씨한테 간접적으로 폐를 끼쳤으니까. 그리고 최근에 진짜 좋은 일이 하나도 없었잖아? 그러니까 조금 정도는, 힘내서 자신에게 사치스런 포상을 주는 거야."

"그런 것치고는 크지 않아? 유라 혼자서 다 먹을 수 있어?"

"뭐야? 너는 안 먹어?"

"……응?"

아이리스는 퍼뜩 깨닫고 멈춰 섰다.

"기대하고 있었다며? 어차피 우리 집 냉장고 절반은 네가 먹고 있으니까, 너도 먹을 거라 생각하고 산 건데."

아이리스는 잠시 토라키가 들고 있는 비닐봉지 내용물에 다시 시선을 보냈다.

"……응, 먹을래."

잠시 지나 코를 붉히면서, 미소를 지었다.

그리고, 토라키의 손에서 비닐봉지 손잡이 한쪽을 빼앗았다.

"야, 뭐야."

"절반은 내가 먹으니까, 반은 내가 들게."

"그건 또 뭐야? 들기 힘드니까 관둬."

"됐어. 자 돌아가자. 해가 뜰 거야. 오늘 안으로 우리들의 새까만 장래에 건배를 하자."

"야 기다리라니까!"

아이리스가 한쪽을 들고 걷기 시작하자, 토라키는 황급히 카레 루와 스낵 과자를 봉지에 돌려놓았다.

프론트 마트에서 가장 커다란 봉지의 바닥에 자리 잡은 4호 사이즈의 크리스마스 케이크는, 수도기사와 파트너 팬텀이 절반씩 들고서 성스러운 새벽의 주택가를 가로질러, 블루로즈 샤토 조우시가야 104호실의 냉장고에 들어가게 되었다.

— 끝 —

■작가는 언제나 후기의 화제를 찾고 있다
—— AND YOU ——

2019년에, 사람이 아침형인지 야간형인지는 유전으로 정해진다는 연구가 영국에서 발표됐습니다.

간단히 말하자면, 아침형 인간과 야간형 인간은 체내 시계의 구조가 근본적으로 다르다고 합니다.

아침형이 되려면 「태양의 빛을 잔뜩 쬐어야 한다」나, 「아침의 특정한 시간의 빛을 잔뜩 쬐어 체내 시계를 조정해야 한다」. 이런 말을 들어본 사람이 많을 거라고 생각합니다만, 애당초 아침형과 야간형은 빛을 감지하는 메커니즘이 다르기 때문에 체내 시계의 조정 방법도 다르며, 모든 사람이 같은 효과를 얻을 수는 없다고 합니다.

야간형 인간이 습관과 노력으로 『아침형 인간』이 되는 것은 가능하지만, 본래 주행성 인간들 중에는 야간형의 유전자를 가진 사람이 많이 있으며, 하루 중에서 행동량이나 능률이 오르는 시간도 다르다고 합니다.

그렇지만 현대사회는 대개 아침 9시부터 오후 5시까지를 기준으로 세상의 수많은 사람이 일하고 있으며, 아침형과 야간형을 비교해보면 아침형이 더 편리하다는 건 틀림없습니다.

그리고 시간의 재량이 자유로운 직업이나 입장이라고 해도, 야간형이 득을 보는 일은 전혀 없습니다.

이것은 시간의 재량이 빼어난 자유도를 자랑하는 작가업을 10년 해온 제가 하는 말이니까 틀림없어요.

오랜만입니다. 덕분에 와가하라 사토시는 작가 생활 10년째에 돌입하여, 이제 이대로 평생 야간형일 거라고 반쯤 포기해가고 있습니다.

야간형의 생활에서 주의해야 하는 것은 운동부족과 식생활입니다.

운동부족이 문제인 것은 야간형에 한정된 것이 아닙니다만, 식생활에 관해서는 외식을 하더라도 신중하게 선택할 필요가 있습니다.

유전적으로 야간형이라도 밤늦게 뭘 먹으면 혈당치가 높아지기 쉽고 지방이 쌓이기 쉽다는 것은 변함이 없기 때문에, 야간형인 사람은 아침형인 사람보다 식생활이 흐트러졌을 때 생활 습관병으로 이어지기 쉽다고 하니 잔혹한 이야기입니다.

타고난 유전자는 참으로 심술을 부리기도 합니다만, 그래도 재가 되는 것보다는 낫다고 생각하는 수밖에 없어요.

본서의 이야기는, 야간형의 생활을 생물학적인 이유로 강제 당하는 녀석들이 자신의 살아갈 길을 모색하는 이야기입니다.

그 모색의 끝에 무엇이 있는지, 또 다음 권에서 봐주시면 좋겠습니다.

그럼 또 봬요!

■역자 후기

역자는 의심하고 있습니다. 과연 아침형 인간이라는 건 존재하는 것인가? 허상이 아닌가? 본래 인간이란 야행성 동물인데 억지로 낮에 활동하고 있는 게 아닐까? 정말로 낮에 활동하는 것이 최선인가? 그야말로 인류의 난제입니다.

다행히 햇빛을 쬐더라도 재는 되지 않는 불초 역자 돌아왔습니다. 가끔 햇빛을 쬐면 기분상 재가 되는 것 같기는 해요.

까놓고 인간이 주행성 동물이라는 것은 생물학적인 특성을 살펴볼 때 틀림이 없기는 합니다. 고양이과처럼 야간에 잘 보이는 것도 아니지 않습니까? 그런데도 역자와 같은 완전 야간형 인간의 몸과 마음과 고스트가 속삭이는 겁니다.

난처한 일이죠. 전뇌화를 하지도 않았는데.

사실 단순히 야간형이 아니라도 아마 겪어본 사람이 있을 겁니다. 분명히 7시간 넘게 푹 자고 일어났는데도 불구하고 몸이 찌뿌둥하고, 잠을 자도 잔 것 같지 않은 날이 있어요. 하루 종일 집중이 안 되고 말이죠. 커피를 아무리 마셔도 도통 효과가 없습니다. 도저히 안 되겠다 싶어 늦은 오후쯤 잠깐 낮잠을 자보지만 그래도 컨디션은 회복될 줄을 모릅니다.

오늘은 얼른 저녁 먹고 일찍 자야겠다. 이렇게 생각하고 저녁을 먹은 뒤 소화를 좀 시키고, 이제 자자!

그렇게 생각한 순간 마치 지금이라면 어떤 일이든 최고의 결과를 낼 수 있을 것처럼 정신이 번쩍 들고 기운이 흘러넘치는 경험 말입니다.

그럴 때 사람들은 의문을 품는 겁니다. 인간은 사실 야행성 동물이 아닐까? 합리적인 의심입니다.

그나마 위안이 되는 것이 있다면, 요즘은 세상이 좋아져서 야간 생활에도 불편함이 많이 줄었다는 점입니다.

역자가 맨 처음 통장을 만들었던 어린 시절만 해도 은행 거래란 것은 은행에 직접 가서 하는 거였습니다. 라떼는 호스야. 은행 거래 내역을 확인하기 위해서는 종이 통장을 은행에 가져가서 통장 정리란 것을 했었죠. 그래서 내역이 꽉 차면 종이 통장 새로 발급을 받고 그랬었어요. 그나마 ATM이 있어서 꼭 영업시간 안에만 가야 하는 건 아니었지만요.

그랬는데 시간이 흐른 요즘은 종이 통장 어디다 박아뒀는지도 가물가물합니다. 거래 내역 확인부터 이체까지 앉은 자리에서 인터넷으로 다 되잖아요. 현금 입출금이야 은행이나 ATM에 가야 하지만, 요즘은 거래 자체가 거의 은행 거래나 카드로 이뤄지니까 그럴 일도 거의 없습니다. 원 모어 띵 이후로는 인증서에 대한 규제도 좀 더 풀려서 한결 더 편해졌어요. 사실 현대를 살아가는 우리들은 생각보다도 격동의 시대를 살아가고 있을지도 모릅니다.

그리고 이렇게 생활이 편리해질수록, 점점 더 야간형 생활의 수렁에서 빠져 나오지 못하게 되는 거죠. 하하하하하하하.

그러면 역자는 다시 밤의 어둠 속으로 돌아갑니다. 또 봬요!

드라큘라 야근! 2

초판 1쇄 발행 2022년 2월 10일

지은이_ Satoshi Wagahara
일러스트_ Aco Arisaka
옮긴이_ 박경용

발행인_ 신현호
편집장_ 김승신
편집진행_ 권세라 · 최혁수 · 김경민 · 최정민
편집디자인_ 양우연
관리 · 영업_ 김민원

펴낸곳_ (주)디앤씨미디어
등록_ 2002년 4월 25일 제20-260호
주소_ 서울시 구로구 디지털로 26길 111 JnK디지털타워 503호
전화_ 02-333-2513(대표)
팩시밀리_ 02-333-2514
이메일_ lnovellove@naver.com
L노벨 공식 카페_ http://cafe.naver.com/lnovel11

ISBN 979-11-278-6334-0 04830
ISBN 979-11-278-6283-1 (세트)

값 7,800원

L NOVEL

변변찮은 마술강사와 추상일지 1~8권

히츠지 타로 지음 | 미시마 쿠로네 일러스트 | 최승원 옮김

알자노 제국 마술학원에는 학생들도 기가 막혀 하는
한 변변찮은 마술강사가 있었다.
그의 이름은 글렌 레이더스.
수업에 뱀을 가져와서 여학생들이 무서워하는 모습을 감상하려다가
오히려 그 뱀에게 머리를 물리질 않나…….
도서관에서 실종된 여학생을 구하러 갔다가, 오히려 본인이 겁에 질려서
파괴 주문으로 도서관을 날려버리려고 하질 않나…….
수업 참관 일에는 웬일로 성실하게 수업을 하나 싶더니 곧 본색을 드러내고……
그런 마술학원에서 벌어지는 변변찮은 일상.
그리고— "……꺼져라, 꼬마. 죽고 싶지 않으면."
글렌의 스승이자 길러준 부모인 세리카 아르포네아와의
충격적인 만남이 수록된 『변변찮은』 시리즈 첫 단편집!

본편 TV애니메이션 방영 화제작!!